D1928781

btb

Aus Freude am Lesen

btb

Buch

Ein pensionierter Diplomat liest in Rio de Janeiro die Nachricht von der Ermordung eines Kollegen, der ihm unterstellt war, als er in Peking arbeitete. Und ihm fällt wieder ein, wie widerwillig dieser ansonsten fähige junge Mann reagierte, als er einen speziellen Auftrag ausführen sollte: Der Sohn eines einflussreichen Brasilianers, ein Fotograf, war ein Jahr davor im Altaigebirge im äußersten Westen der Mongolei verschwunden, und er sollte sich auf die Suche nach ihm machen. Bewegt kramt der alte Diplomat Papiere hervor, die ihm sein Kollege nach der Reise aushändigte, und findet darunter zwei Tagebücher, das des verschollenen Fotografen und das seines soeben ermordeten Kollegen. Er beginnt, nach Verbindungen zu suchen, und dringt immer tiefer in die faszinierende und widersprüchliche mongolische Kultur vor, zu den Nomaden in der Wüste Gobi und in den mongolischen Steppen, zu den Rentiere züchtenden Tsaatan an der Grenze zu Russland, zu Untertonsängern, zwielichtigen buddhistischen Mönchen, kasachischen Falknern und der Legende einer erschreckenden, blutdürstigen Gottheit, die der Schlüssel zum Rätsel zu sein scheint.

Autor

Bernardo Carvalho wurde 1960 in Rio de Janeiro geboren. Er arbeitete als Journalist, hat Oliver Sacks und Bruce Chatwin ins Brasilianische übersetzt und in Brasilien mehrere Romane und einen Band mit Erzählungen veröffentlicht. Seine Werke sind in zwölf Sprachen übersetzt. Für »Mongólia« erhielt er 2003 den Preis der Associação Paulista de Críticos de Arte für den besten Roman, 2004 den Jabuti-Preis für den besten Roman und war Finalist beim Prêmio Portugal Telecom 2004.

Bernardo Carvalho bei btb

Neun Nächte. Roman (73702)

Bernardo Carvalho

Mongólia

Roman

Aus dem Brasilianischen
von Karin von Schweder-Schreiner

btb

Die Originalausgabe erschien 2003 unter dem Titel »Mongólia« bei Companhia das Lettras, São Paulo.

FSC
Mix
Produktgruppe aus vorbildlich bewirtschafteten Wäldern und anderen kontrollierten Herkünften
Zert.-Nr. GFA-COC-1223
www.fsc.org

Verlagsgruppe Random House FSC-DEU-100
Das für dieses Buch verwendete FSC-zertifizierte Papier *Munken Print* liefert Arctic Paper Munkedals AB, Schweden.

1. Auflage
Genehmigte Taschenbuchausgabe Februar 2009,
btb Verlag in der Verlagsgruppe Random House GmbH, München

Umschlaggestaltung: semper smile, München
Umschlagbild: © David Edwards/National Geographic/Getty Images
Satz: Greiner & Reichel, Köln
Druck und Einband: CPI – Clausen & Bosse, Leck
CP · Herstellung: BB
Printed in Germany
ISBN 978-3-442-73852-6

www.btb-verlag.de

… wie nutzlos müht er sich ab; immer noch zwängt er sich durch die Gemächer des innersten Palastes; niemals wird er sie überwinden; und gelänge ihm dies, nichts wäre gewonnen; die Treppen hinab müßte er sich kämpfen; und gelänge ihm dies, nichts wäre gewonnen; die Höfe wären zu durchmessen; und nach den Höfen der zweite umschließende Palast; und wieder Treppen und Höfe; und wieder ein Palast; und so weiter durch Jahrtausende …

FRANZ KAFKA, *Eine kaiserliche Botschaft*

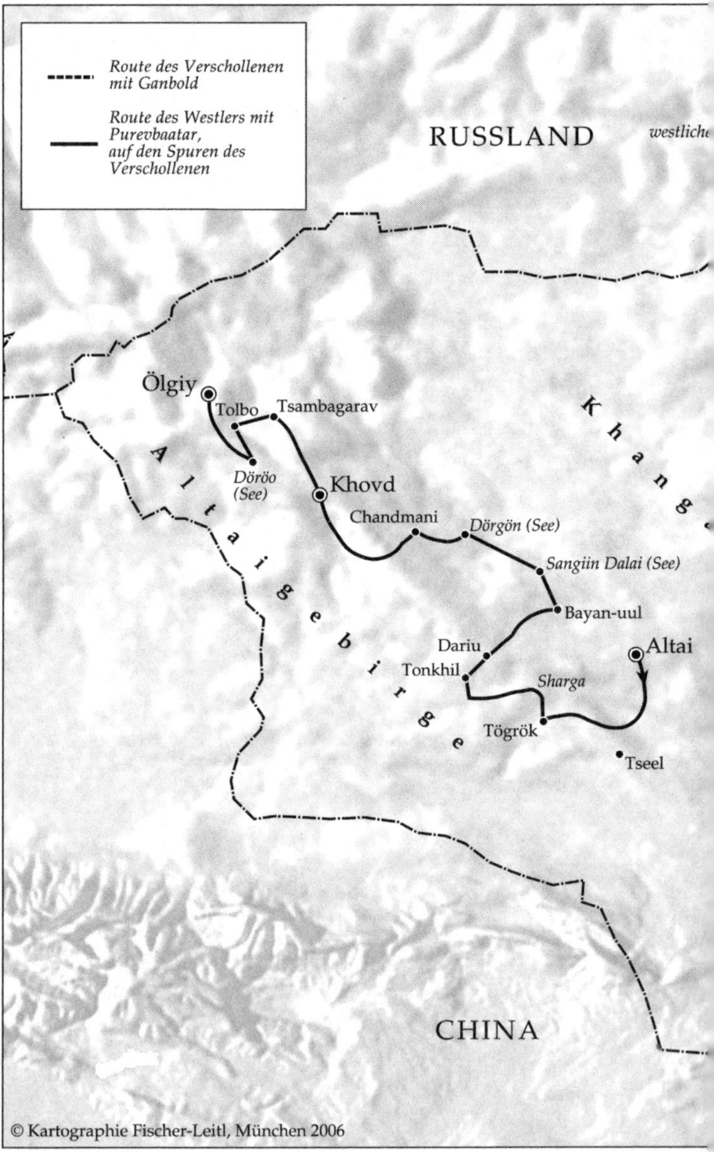

Route des Verschollenen mit Ganbold
Route des Westlers mit Purevbaatar, auf den Spuren des Verschollenen
RUSSLAND
westliche
Ölgiy
Tolbo
Tsambagarav
Döröo (See)
Khovd
Altaigebirge
Khang
Chandmani
Dörgön (See)
Sangiin Dalai (See)
Bayan-uul
Dariu
Tonkhil
Altai
Sharga
Tögrök
Tseel
CHINA
© Kartographie Fischer-Leitl, München 2006

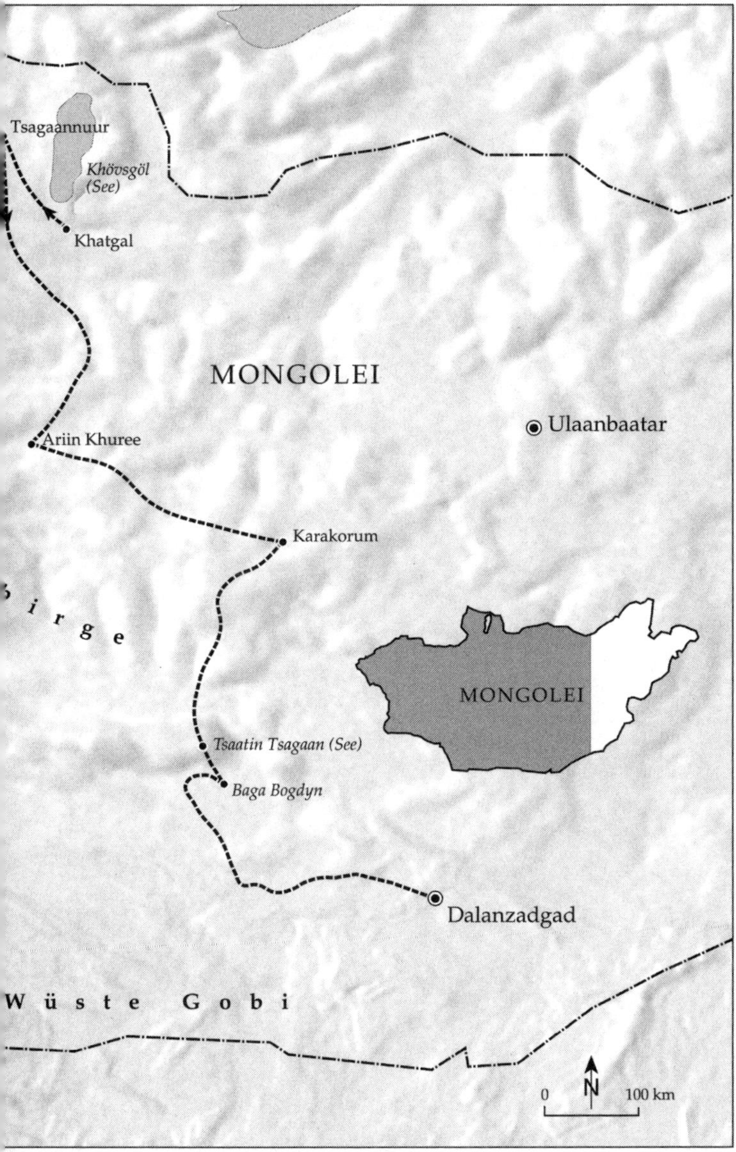

Tsagaannuur
Khövsgöl (See)
Khatgal
MONGOLEI
Ulaanbaatar
Ariin Khuree
Karakorum
irge
MONGOLEI
Tsaatin Tsagaan (See)
Baga Bogdyn
Dalanzadgad
Wüste Gobi
0
N
100 km

1.

Peking – Ulaanbaatar

»Der Westler« wurde er von den Nomaden genannt, als er durch die Weiten der Mongolei reiste, denn sie konnten seinen Namen nicht aussprechen. Bevor ich den Bericht in der Zeitung las, hatte ich lange nichts mehr von ihm gehört. Er war vor fünf Jahren aus China zurückgekehrt und aus dem diplomatischen Dienst ausgeschieden. Seine plötzliche Rückkehr fiel mit dem Ausbruch der atypischen Lungenentzündung in Asien zusammen, worin mancher eine Erklärung gesehen haben mag, aber ich nicht. In der Zeitung steht, er sei bei einer Schießerei zwischen der Polizei und einer Kidnapperbande ums Leben gekommen, als er in der Favela Pavãozinho das Lösegeld für seinen jüngeren Sohn zahlen wollte. Dem Alter nach kann es nur der Junge sein, der in Shanghai zur Welt gekommen war, kurz bevor er den Entschluß faßte, nach Brasilien zurückzugehen und ein neues Leben zu führen, ohne jemandem Rechenschaft schuldig zu sein. Allem Anschein nach ist er am Dienstag morgen heimlich aus dem Haus gegangen, um das Lösegeld zu zahlen. Er hat niemanden informiert, schon gar nicht die Polizei. Er hat sich strikt an dic Anweisungen der Entführer gehalten. Trotzdem sind ihm die Polizisten gefolgt, ohne daß er es merkte. Der Junge wurde gerettet, er aber starb an Ort und Stelle. Er war zweiundvierzig Jahre alt. Natürlich wird niemand dafür zur Verantwortung gezogen werden. Die Polizei behauptet, er habe sich unvorsichtig verhalten. Ich habe einen brasilianischen

Diplomaten angerufen, der in Warschau lebt und ihn von klein auf gekannt hat. Sie waren seit ihrer Kindheit befreundet. Er war tief erschüttert. Er wollte das nächste Flugzeug nach Brasilien nehmen, noch am selben Abend ging eine Maschine ab Frankfurt. Er war schon auf dem Weg zum Flughafen und hatte keine Zeit, länger mit mir zu sprechen. Wie er von gemeinsamen Freunden gehört hatte, war die Polizei anscheinend an der Entführung beteiligt. Er soll versucht haben, direkt mit den Entführern zu verhandeln, aber die Polizisten hatten ihn und die Gangster überwacht und ihre Telefongespräche abgehört und daraufhin beschlossen, sich zu rächen. Die Beerdigung fand am nächsten Vormittag statt. Als ich den Artikel las, war es schon zu spät. Seit ich pensioniert bin, stehe ich nicht mehr zu einer bestimmten Zeit auf. Anfangs bin ich noch morgens am Strand oder an der Lagoa gelaufen, bevor ich die Zeitungen las. Ich hatte versucht, mir einen Rhythmus anzugewöhnen. Am letzten Heiligabend hatte ich gerade noch ein scharfes Bremsen und einen dumpfen Aufprall gehört, bevor ich mich umdrehte und sah, wie ein fünfjähriges Mädchen im weißen Bikini, Tochter von einer der vielen Bettlerfamilien oder Leuten aus den Vorstädten, die am Wochenende an den Strand kommen und sich unter den Palmen auf den Grünstreifen zwischen den Fahrbahnen der Avenidas niederlassen, durch die Luft wirbelte, nachdem sie von einem Auto mit hoher Geschwindigkeit erfaßt worden war, und dann vor den entsetzten Blicken der Strandbesucher, des Autofahrers und der Mutter auf die Straße fiel und leblos liegenblieb. Wahrscheinlich war die Kleine auf die Fahrbahn gelaufen, weil sie dachte, es sei Sonntag und die Avenida deshalb für den Autoverkehr gesperrt. Sonntag war vermutlich der Tag, an dem sie sonst immer mit ihrer Mutter an den Strand ging.

Das Problem war, daß es nicht Sonntag war, auch wenn es den Anschein hatte; es war Heiligabend. Das hätte überall, in jeder Stadt passieren können, sagte ich mir immer wieder, versuchte mich gerade selbst davon zu überzeugen, als ich hundert Meter weiter auf eine Traube von Schaulustigen und Polizisten stieß, die sich um einen der Kleinbusse drängte, wie sie, immer völlig überfüllt, zwischen São Conrado und Copacabana hin und her fahren. Ein junger Mann in Badehose, den ich fragte, was passiert sei, antwortete barsch: »He, Opa, glaubst du vielleicht, zu Weihnachten wird nur Putern der Hals umgedreht?« Ein Gangster hatte ein Mitglied einer anderen Bande »erledigt«, am hellichten Tag, direkt am Strand, in aller Öffentlichkeit. Die Leiche lag in dem leeren Bus. Welchen Ort hatte ich mir für meinen Lebensabend ausgesucht? Ich weiß, daß das im Vergleich zu dem, was sonst noch passiert, soviel wie nichts ist, aber die Lust, aus dem Haus zu gehen, ist mir vergangen. Und bis auf meine Enkel, die sich nur selten und meistens unangemeldet blicken lassen, bekomme ich keinen Besuch mehr. Ich habe nicht mehr viel zu tun, außer zum wiederholten Male meine Schriftstellerpläne zu verschieben, mit denen ich mich trage, seit ich als Fünfundzwanzigjähriger in den diplomatischen Dienst eingetreten bin, allerdings kann ich mich jetzt, mit neunundsechzig, nicht mehr plump mit beruflichen Verpflichtungen herausreden oder mit der Scheu davor, mit wahren Schriftstellern verglichen zu werden. Auf die Literatur kommt es nicht mehr an. Ich müßte nur einfach anfangen zu schreiben. Kein Mensch wird sich darum kümmern, was ich tue. Inzwischen habe ich keine einzige Ausrede mehr dafür, daß es mir offensichtlich schlicht und einfach an Willen und Talent fehlt. Und die Nachricht von seinem Tod hat mich erst recht gelähmt. Sie war für mich ein weiterer Grund, nicht aus dem Haus zu gehen. Ich war noch nie besonders mutig, und mit den Jahren bin ich es immer weniger geworden. Im Prinzip war auch er keiner, der Risiken eingeht. Doch anders als ich wurde er von seiner Ungeduld und vom Schicksal unausweichlich in Richtung Gefahr getrieben. Darüber dachte ich gerade nach, als mir plötzlich einfiel, daß sich die Sachen noch bei mir befinden mußten, die er in der Botschaft in Peking deponiert hatte, bevor er nach Shanghai zurückging und für nur kurze Zeit seinen Dienst als Vizekonsul wiederaufnahm. Er hätte eine brillante Karriere machen können, denn er war intelligent und ehrgeizig, zumindest ehrgeiziger als ich, aber er war auch kein einfacher Mensch. Er war nicht dafür geschaffen, Befehlen zu gehorchen oder mit Rücksicht auf die Hierarchie nicht auszusprechen, was er dachte. Er hatte sich für den falschen Beruf entschieden. Und ich wußte genau, was das bedeutet. Vermutlich stand, schon als er nach Shanghai zurückging, sein Entschluß fest, aus dem diplomatischen Dienst auszuscheiden, was er dann ein Jahr später plötzlich und für alle – bis auf mich – überraschend tat. Daß ich bei seiner Entscheidung eine wesentliche Rolle gespielt habe, steht für mich außer Frage. Er war mir nicht sehr lange unterstellt, aber doch lange genug, um zu erkennen, daß er einen Fehler begangen hatte, als er Diplomat wurde. Ich versuchte ihm zu helfen, wo ich konnte, weil ich in ihm etwas von mir selbst wiedererkannte; ich glaubte, noch sei es nicht zu spät, ihn zu retten, aber auch meine Geduld war nicht unbegrenzt. Bis zu meiner Pensionierung hatte ich noch zwei Jahre vor mir. Ich habe in meinem Leben viele Fehler gemacht. Habe persönliche Pläne aufgegeben um der Sicherheit und Bequemlichkeit willen, die der diplomatische Dienst mir bot, mußte dafür aber auch einen Teil meiner Seele hergeben. Ich hatte nicht den Mut, Bindungen einzugehen, habe nichts gewagt, und am Ende stand ich allein da. Wenn ich mich wenigstens mit einer besonderen Karriere hätte brüsten können, doch nicht einmal das. Der Botschafter befand sich damals in einer schwierigen Situation, private Probleme zwangen ihn, China für mehrere Monate zu verlassen. Ich mußte die Leitung der Botschaft übernehmen, der Konsul mußte versetzt werden, er übernahm meine vorherigen Aufgaben, und damit blieb nur noch die Möglichkeit, den Vizekonsul aus Shanghai kommen und ihn das Konsulat in Peking übernehmen zu lassen. Auch für ihn war die Situation nicht einfach. Er war gerade erst ins Land gekommen. Seine schwangere Frau und der zweijährige Sohn waren in Brasilien geblieben, um zu warten, bis er ein Haus gefunden und sich eingerichtet hatte. Die befristete Versetzung nach Peking, wo er in der Notlage den Konsul ersetzen sollte, machte die Sache noch komplizierter, und sein Leben blieb dadurch länger in der Schwebe. Doch ich hatte keine andere Wahl. Mehr Bedienstete gab es nicht. Ich war bereits von meiner zweiten Frau getrennt – ein Jahr zuvor war sie nach Brasilien zurückgegangen und hatte sich mit dem französischen Botschafter zusammengetan, wie ich später herausfand – und hatte an den Empfängen und sonstigen gesellschaftlichen Verpflichtungen nicht mehr dasselbe Interesse wie früher, trotzdem gab ich mir die größte Mühe, seinen Aufenthalt in Peking so angenehm wie möglich zu gestalten, natürlich unter Berücksichtigung aller Umstände, und wir verstanden uns sogar gut, bis es am Ende der zweiten Woche zu einer ersten Reiberei kam (im übrigen meiner Ansicht nach kein ernsthafter Streit), was mich um so mehr ärgerte, weil ich seine Gründe nicht kannte und er sie mir nicht nennen konnte. Mir schien es unsinnig, eine reine Laune, daß er sich weigerte, eine außerordentliche, ausdrückliche Weisung des Außenministeriums zu befolgen. Erst als ich, mehr als sechs Jahre nach dem Vorfall, auf die Nachricht von seinem Tod stieß und mir plötzlich einfiel, daß sich die Papiere noch immer bei mir befinden mußten, kam mir, nachdem ich darin zu lesen begonnen hatte, der Gedanke, er könnte sie vielleicht nicht vergessen haben, als er nach Shanghai zurückging, sondern sie absichtlich, sozusagen zur Erklärung, zurückgelassen haben. Daß ich sie bis dahin nicht gelesen hatte, lag nicht unbedingt an mangelnder Neugier, ich hatte damals einfach die Nase voll von ihm. Ich wollte nichts mehr von ihm hören. Eigentlich hatte ich immer geglaubt, es seien unwichtige Papiere. So unwichtig, daß ich, als ich sie in eine Mappe steckte und mit dem restlichen Umzug nach Brasilien zurückschickte, noch nicht einmal wußte, was sie enthielten.

Ich ging zur Speisekammer meiner Wohnung, in der ich statt Lebensmitteln abgelegte Ordner und den nutzlosen Kram aufbewahrte, der bei meinen vielen Reisen und Umzügen zusammengekommen war, und suchte stundenlang nach der Mappe mit den Papieren, die ich zufällig zwischen meinen Sachen in der Botschaft gefunden hatte, als ich vor vier Jahren die Koffer packte, um Peking zu verlassen. Ich weiß auch nicht, wieviel Unbewußtes darin lag, daß ich vergessen hatte, ihm nach meiner Ankunft in Brasilien die Mappe zurückzugeben. Ich habe mich nie bei ihm gemeldet. Anfangs schob ich es auf, ihn anzurufen, ging einem Wiedersehen aus dem Weg, ich hatte keine Lust, ihm zu begegnen, und schließlich dachte ich einfach nicht mehr daran. Ich hatte nie vorgehabt, diese Papiere zu lesen, hatte sogar vergessen, daß sie irgendwo in einer Abstellkammer zwischen all den Sachen steckten, die ich nicht mehr brauchte. Nachdem ich stundenlang eingestaubte Kartons geöffnet und wieder zugemacht hatte, fand ich sie schließlich am frühen Abend. Sie befanden sich noch in derselben hellgrünen Mappe, auf die ich seinen Namen geschrieben hatte.

Was sich in Peking ereignete, kam unerwartet. Aber selbstverständlich hätte ich nicht darauf bestanden, wenn er sich mir anvertraut hätte. Die ganze Nacht las ich in den Papieren, im Grunde eine Art Tagebuch, das er in Form eines langen Briefes an seine Frau in Brasilien geschrieben, aber nie abgeschickt hatte. Und da erst wurde mir die ganze Geschichte klar. Die Weisung war aus Brasília gekommen. Ein alter Unternehmer, verwitwet und behindert, offensichtlich mit Einfluß in den Kulissen der Macht, war verzweifelt, weil sein einziger Sohn seit Monaten in der Mongolei verschollen war, und hatte das Außenministerium gebeten, ihm bei der Suche zu helfen und entsprechende Maßnahmen einzuleiten. Die Weisung war unmißverständlich. Sie kam aus dem Präsidialamt. Der Botschafter rief mich aus Rio an, um sich zu vergewissern, daß ich verstanden hatte, wie wichtig die Angelegenheit war. Wir sollten jemanden auf die Suche nach dem jungen Mann schicken. Aus nicht ausdrücklich genannten Gründen, über die zu diskutieren uns aber auch nicht zustand, sollten die mongolischen Behörden nicht informiert werden, zumindest vorerst nicht. Die Sache sollte nicht nach einer offiziellen Mission aussehen. Ich weiß weder, was man hätte befürchten können, noch, welchen Dingen man vorbauen wollte. Jedenfalls sollte der Entsandte seine Nachforschungen als einfacher Tourist getarnt anstellen, zumal wir in der Mongolei keine diplomatische Vertretung hatten. Umgeben von Russen und anderen Diplomaten, sprach ich darüber mit dem Vizekonsul in einem am Ritan-Park gelegenen Restaurant, in dem wir häufig zu Mittag aßen. Ich legte ihm den Fall dar, sagte, die Sache sei dringend und sehr speziell, und er gab sich verständnisvoll, beruhigte mich, es gäbe nicht das geringste Problem. Der unübliche Charakter der Mission machte ihm offenbar nichts aus. Er war bereit, in die Mongolei zu reisen. Er fragte nach dem Namen des jungen Mannes. Er war mir entfallen. Ich sagte, ich würde ihm den kompletten Vorgang in sein Büro bringen lassen. Es war nicht viel, ein kurzer Briefwechsel zwischen dem Vater des Verschollenen und dem Außenministerium, Name und Telefon des mongolischen Führers, der den jungen Mann auf seiner Reise begleitet hatte und zu dem wir schon per Telefon einen ersten Kontakt hergestellt hatten, sowie ein Foto – mit der geheimnisvollen Aura übrigens, die Aufnahmen von Verschollenen im allgemeinen annehmen, obwohl im Grunde überhaupt nichts daran geheimnisvoll ist. Ich ging allein zur Botschaft zurück. Er mußte, wenn ich mich richtig erinnere, noch etwas auf dem Yabaolu-Markt besorgen, bevor er nach der Mittagspause an seinen Arbeitsplatz zurückkehrte. Ich bat meine Sekretärin, ihm alles, was wir über den Fall erhalten hatten, auf den Schreibtisch zu legen, und kümmerte mich dann um andere Angelegenheiten. Am Nachmittag erschien er mit verstörtem Gesichtsausdruck und dem Dossier in der Hand in meinem Büro. Ich telefonierte gerade. Ich forderte ihn auf, hereinzukommen und sich zu setzen. Er war nervös. Konnte gar nicht stillsitzen. Ich dachte, es wäre etwas Schreckliches passiert. Irgend etwas mit der Familie in Brasilien. Ich machte mich auf das Schlimmste gefaßt. Als ich mein Telefonat beendete, sah er mich an und sagte, er könne den Auftrag nicht übernehmen, er bitte um Entschuldigung, aber es sei ihm nicht *sitzt vorn neben Bauaa. Der junge Mann neben mir, den Blick verloren auf den Horizont gerichtet. Es sind für mich sehr schmerzliche Stunden, aus Gründen, die er sich gar nicht vorstellen kann. Und ich denke, daß es auch für ihn nicht einfach sein muß. Laut Kuidabergen hat er, seit er wieder zu sich gekommen ist, kein einziges Wort gesprochen, in keiner Sprache.*

Ölgiy sieht eher nach einem moslemischen Dorf in Bosnien oder Usbekistan aus – ich kenne keines, aber so stelle ich es mir vor – als nach einer echten mongolischen Stadt. Neunzig Prozent der Bevölkerung sprechen nicht die Landessprache. Es ist eine kasachische Stadt. Bis auf die jüngeren tragen alle Frauen ein Kopftuch und knöchellange Kleider. Die Männer tragen draußen die kasachische Kappe oder so eine Mütze, wie der Riese sie auf dem Kopf hatte. Die Kleider der Frauen sind sehr farbenfroh, auch wenn sie einfach und schmutzig sind. Hin und wieder fliegen Hühnergeier über die Stadt. Alles verfällt. Wir fahren direkt zum Flughafen. Morgen gibt es einen Flug nach Ulaanbaatar. Der Flughafen ist geschlossen. Wir fahren zu dem Vertreter der Fluggesellschaft nach Hause. Er wohnt in der Stadt. Für die örtlichen Verhältnisse ist sein Haus ein kleiner Palast. Ein Holzhaus mit einem riesigen Dach und Fenstern im Dachgeschoß, das mitten auf einem Schottergrundstück steht, umgeben von einer Adobemauer. Die Häuser der Kasachen sind im allgemeinen gekalkte Adobekästen mit Flachdächern aus Baumstämmen, darauf Erde und Steine als Belag. Sie erinnern an die Häuser der Indios in der Wüste von Arizona oder New Mexico. Der Palast des Vertreters der Fluggesellschaft hat einen mit gemustertem Plastik ausgelegten Fußboden. Wer hereinkommt, zieht die Schuhe aus. Im Flur ist eine ganze Wand mit einer Fototapete bedeckt, darauf eine Gebirgslandschaft mit verschneiten Bergen, Tannen und einem kristallklaren Bach. Die Tapete ist schlecht verklebt. An mehreren Stellen schlägt die Landschaft Falten. Der Vertreter der Fluggesellschaft läßt zunächst ausrichten, er schlafe, und dann, weil wir nicht lockerlassen, er sei weggegangen und niemand wisse, wohin. Wenn er uns keine Tickets verkauft, wissen wir nicht, wo wir sie sonst bekommen könnten. Wir fahren zum Hotel. Es ist voller Russen. Wir bekommen kein Zimmer mit Dusche. Aber es gibt in der Stadt zur Zeit sowieso keinen Strom und kein Wasser. Purevbaatar und Bauaa teilen sich ein Zimmer. Er und ich auch. Ich darf mich nicht mehr von ihm trennen. Ab jetzt bin ich für ihn verantwortlich. Ich habe Angst, es könnte etwas passieren, und lasse ihn keine Minute allein. Am Nachmittag ist wieder Wasser da. Ich nutze die Gelegenheit und überrede ihn, im Gemeinschaftsbadezimmer zu duschen. Das Wasser ist so eisig kalt, daß es wie Feuer auf der Haut brennt und man meint, das Gehirn werde gelähmt. Ich leihe ihm etwas zum Anziehen. Biete ihm meinen Waschbeutel an, und er beginnt von allein, sich zu rasieren und das Haar zu schneiden. Noch immer spricht er kein Wort. Purevbaatar verbringt den Nachmittag damit, unsere Flugtickets für den nächsten Tag zu kaufen. In Ölgiy gibt es nichts zu tun. Wir müssen sehr früh auf dem Flughafen sein, um unsere Plätze für den Flug zu sichern. Wir essen im Hotel zu Abend und gehen früh schlafen. Mitten in der Nacht wache ich davon auf, daß jemand gegen unsere Tür donnert. Ich blicke zum anderen Bett und beruhige mich, als ich sehe, daß er trotz des Krachs tief und fest schläft. Er ist erschöpft. Der Kerl draußen gibt es auf, unsere Tür zu bearbeiten, und geht woanders klopfen. Er redet laut. Sagt irgend etwas auf mongolisch und auf kasachisch. Bis schließlich eine

Frau ihre Zimmertür öffnet und ihn wutentbrannt verjagt, wie ich glaube, dem schroffen Dialog im Flur entnehmen zu können. Unvermittelt kehrt Stille ein. Eine halbe Stunde später krakeelt der Betrunkene erneut, nun draußen vor dem Hotel, unter meinem Fenster. So geht es noch eine halbe Stunde weiter, dann gibt er auf.

Am nächsten Tag erklärt Purevbaatar, es sei ein verliebter Mann gewesen. Er wiegt den Kopf und sagt: »Ach ja, die Liebe!« Ich kann ihn nicht mehr ertragen. Wir fahren um sieben Uhr zum Flughafen. Als wir dort ankommen, ist noch niemand da, das Gebäude ist geschlossen. Wir bleiben im Jeep sitzen und warten. Allmählich kommen noch mehr Autos mit weiteren Passagieren. Ein Mann steigt aus einem Lieferwagen, kommt zu unserem Jeep, öffnet Bauaas Tür, ohne um Erlaubnis zu fragen oder irgend etwas sonst zu sagen, stützt den Arm auf dem Lenkrad ab und beugt sich in den Wagen hinein. Nach kurzem Schweigen beginnen sie sich zu unterhalten. Wie immer treten lange Pausen auf, in denen keiner etwas sagt. Mongolen äußern erst nach einer ganzen Weile, was sie wollen. Während der Mann weiterschwatzt (oder schweigt), macht Bauaa sich mit einem Streichholz das Ohr sauber und blickt dabei geradeaus, als sähe er den Mann gar nicht. Schließlich sagt der, weswegen er gekommen ist: Er hat das Nummernschild des Jeeps gesehen und bittet Bauaa, einen Brief nach Altai mitzunehmen. Bauaa will sich, sobald wir einchecken, auf den Heimweg machen. Zum Dank geht der Mann eine kasachische Gitarre aus seinem Wagen holen und singt ein Volkslied.

Das Flugzeug ist zur Abwechslung eine Antonov, die unvermeidliche Turbopropellermaschine mit vierzig Plätzen, die uns nach Altai gebracht hat. Wir sitzen hinten. Purevbaa-

tar sitzt eine Reihe vor uns und schläft praktisch den ganzen Flug über. Nachdem wir abgehoben haben und keine Gefahr mehr besteht, ihn zu verlieren, nutze ich die Gelegenheit und gehe zur Toilette. Im Waschbecken liegt Zigarettenasche. Vermutlich hat der Kopilot oder die Stewardeß hier geraucht. Als ich zurückkomme, sitzt er noch immer schweigend da und schaut aus dem Fenster. Wir machen eine Zwischenlandung in Tosontsengel im aimag Zavkhan, auf halber Strecke nach UB. Die Mongolen verkaufen auf dem Flugfeld Fische. Es sind taimens, sibirische Verwandte des Lachses, mächtige, bis zu fünfzig Kilo schwere Fische, bekannt als die »asiatischen Riesenforellen« oder auch »Könige der mongolischen Flüsse«. Die Passagiere nutzen die Zwischenlandung zum Fischkauf und bringen die Fische in Plastiktüten ins Flugzeug. Sie stinken bestialisch. In der Kabine ist es entsetzlich heiß. Der erste Passagier, der mit seinem Fisch unter dem Arm wieder an Bord kommt, stößt mit der löcherigen Plastiktüte an die Rückenlehnen, während er zu seinem Platz durchgeht. Und er stößt mit dem Kopf des Fisches die Passagiere, die nicht ausgestiegen sind, an den Kopf. Wir sitzen ganz hinten, ich am Gang, und als der Mann mit dem Fisch an Bord kommt, bin ich sein erstes Opfer. Von seinem Fensterplatz neben mir beobachtet buruu nomton die Szene schweigend. Unsere Blicke begegnen sich, und zum ersten Mal lächelt er. So wie damals, als ich ihn zum ersten und einzigen Mal vor dieser Reise gesehen habe, als er erst fünf Jahre alt war und nicht verstehen konnte, wer ich war und warum ich mich dort befand. Wir sind auf dem Weg nach Hause.

3.
Rio de Janeiro

Ich habe diesen Text in sieben Tagen geschrieben, vom Tag nach der Beerdigung bis gestern abend, nachdem ich vierzig Jahre lang meinen Plan, Schriftsteller zu werden, vor mir hergeschoben hatte. Genauer gesagt, habe ich nichts anderes getan, als die Tagebücher abzuschreiben sowie sie mit meinen Kommentaren zu versehen. Literatur machen die anderen. Aber das Wesentliche habe ich erst heute verstanden. Ich habe mich am Morgen in ein Taxi gesetzt. Habe zum ersten Mal nach neun Tagen das Haus verlassen. Ich bin zu der Messe gefahren, die auf Bitte der Witwe gelesen wurde, obwohl er weder fromm war noch an sonst irgend etwas glaubte. Er ist vor zehn Tagen gestorben. Und noch nie, seit ich ihn kannte, war die Erinnerung an ihn so lebendig in meinem Kopf. Abgesehen von den Tagebüchern des Verschollenen hatte ich auch die grüne Mappe mit seinen Aufzeichnungen über seine Reise durch die entlegensten Ecken der Mongolei mitgenommen. Es war der Brief, den er für sie geschrieben hatte oder auch für mich, das weiß ich nicht. Als ich eintraf, hatte die Messe schon begonnen. Die Kirche war voll besetzt. Ich kannte niemanden. Vielleicht den einen oder anderen aus dem diplomatischen Dienst. Ich blieb hinten, und während ich nach einem bekannten Gesicht Ausschau hielt, entdeckte ich schließlich den Diplomaten, der in Warschau lebte und den ich angerufen hatte, gleich nachdem ich von dem Mord erfahren hatte. Er war, sowie er die Nachricht erhalten hatte, ins nächste Flugzeug gestiegen. Und hatte dennoch, genau wie ich, die Beerdigung verpaßt. Als die Messe zu Ende war, ging ich zu ihm und begrüßte ihn. Er verwechselte mich mit einem anderen. Er war verstört. Entschuldigte sich. Er tat mir leid und ich mir auch. Und auch alle, die sich dafür entschuldigen müssen, daß sie ausdrücken, was sie fühlen. Eine Schlange von Leuten hatte sich gebildet, die der Familie kondolieren wollten. Ich erkannte die Witwe von weitem. Da ich nicht recht wußte, was ich sagen sollte, fragte ich den Diplomaten nach den Eltern des Verstorbenen. Er sah mich erstaunt an, dann erst wurde ihm klar, wie wenig ich wußte, und er antwortete in ganz leicht gereiztem Ton, so als machte meine Unwissenheit mich zu einem Störenfried: »Die Mutter starb, als er sechzehn war. Der Vater hat ihn nie anerkannt, und inzwischen ist er so alt und krank, daß er ihn selbst dann nicht anerkennen könnte, wenn er es wollte.«

Wir stellten uns in der Schlange an, die sich sehr langsam im Gang des Mittelschiffs vorwärts bewegte. Die Witwe stand zwischen einem Jungen und einem Mann, der sie stützte. Der Junge mußte der ältere Sohn sein. Den kleineren sah ich nicht. Ich kann mir vorstellen, welch ein Trauma es für ihn war. Vermutlich war er nicht in der Verfassung, an der Messe teilzunehmen. Der ältere war ein hübscher Junge mit traurigen Augen, er stand aufrecht neben der Mutter und nahm die Beileidsbekundungen entgegen. Meiner Berechnung nach mußte er inzwischen acht sein. Ich fragte den Diplomaten, wer der Mann zur Rechten der Witwe war.

»Das ist sein jüngerer Bruder«, antwortete er.

»Ich wußte gar nicht, daß er Geschwister hatte.«

»Genaugenommen ist es sein Halbbruder. Sie hatten verschiedene Mütter.«

Ich wurde nachdenklich und schwieg. In China hatte er nie von einem Bruder gesprochen. Es war mir peinlich, weitere Fragen zu stellen. Die Schlange rückte vor, aber wir waren noch weit entfernt. Und wir hatten kein anderes Thema. Das Schweigen machte die Situation noch peinlicher, und ich glaube, nur deshalb sprach der Diplomat spontan weiter: »Ich dachte, Sie wüßten das. Er kannte seinen Vater nicht. Und als er sechzehn war, hatte er sich zum ersten Mal an ihn gewandt, um ihm mitzuteilen, daß seine Mutter gestorben war. Wir sind zusammen zur Schule gegangen. Ich glaube, der Vater und die Mutter hatten nur eine kurze Beziehung, mehr nicht. Er hatte ihn nie gesehen. Trotzdem nahm er seinen Mut zusammen und wandte sich nach dem Tod der Mutter an ihn, denn er hatte sonst niemanden mehr. Aber der Vater hat ihn natürlich nicht empfangen. Er hat ihn aus seinem Büro rausgeworfen. Sie haben sich nie wiedergesehen.«

Ich war sprachlos. Ich wußte nichts über den Westler, hatte nie nach seiner Familie gefragt. Der Diplomat fuhr fort: »An dem Tag, als er den Vater im Büro aufsuchte, saß der jüngere Bruder, der Sohn der Frau, die der Vater geheiratet hatte, im Vorzimmer in einem Sessel neben der Sekretärin. Er war fünf Jahre alt, malte an einem Bild und lächelte ihn an, als er an ihm vorbeiging, wobei er natürlich weder begriff, daß es sein älterer Bruder war, noch, daß der Vater ihn aus seinem Büro geworfen hatte. Daß er einen älteren Bruder hat, das hat er erst vor sechs Jahren erfahren.«

Die Schlange rückte weiter vor, wir befanden uns nur noch wenige Meter von der Witwe entfernt, und als ich wieder zu dem Mann blickte, der sie zu ihrer Rechten stützte, schämte ich mich auf einmal ganz entsetzlich. Ich schämte mich meiner Ignoranz, meiner mangelnden Sensibilität, für all das, was ich nicht getan hatte, und für alles, was ich nicht zu ihm gesagt hatte, als er noch lebte. Ich mußte an das Bild des Verschollenen denken. Ich schämte mich, weil ich nicht schon früher begriffen und den Westler um Entschuldigung gebeten hatte. Er hatte mir seine Reisenotizen dagelassen, damit ich begriff, sozusagen als Nachhilfeunterricht. Man nimmt nur wahr, was zu sehen man bereit ist. Der Diplomat sprach weiter, aber ich hörte nicht mehr genau, was er sagte: »Ich dachte, Sie wüßten es. Ich war der Meinung, Sie wären damals auch in Peking gewesen. Aber da habe ich mich wohl geirrt. Ich habe heute nicht gerade meinen besten Tag. Tatsache ist, daß die beiden Brüder sich dank einem ungeheuerlichen Zufall erst zwanzig Jahre später in der Mongolei wiederbegegnet sind, stellen Sie sich das vor. Was es alles gibt.«

Mir traten die Tränen in die Augen, aber der Diplomat konnte nicht wissen, warum. Schließlich hatte ich den Verstorbenen kaum gekannt. Als ich endlich an der Reihe war, hatte ich mich wieder gefaßt. Ich stellte mich vor und reichte der Witwe die Mappe. Wir hatten uns in China nur selten gesehen. Er stützte sie, während sie die Beileidsbekundungen entgegennahm. Etwas im Gesicht oder in der Miene des Mannes erinnerte tatsächlich an seinen toten Bruder. Ich reichte ihm die Hand und gab ihm die beiden Tagebücher zurück, die er geschrieben hatte, bevor er in der Mongolei verschwunden war. Ich weiß nicht, ob er mich aus Peking kannte, ob er begriff, wer ich war. Egal. Im Taxi auf der Fahrt nach Hause versuchte ich mir einzureden, daß ich sie auf gewisse Weise, trotz meiner Begriffsstutzigkeit und meiner Dummheit, zusammengeführt hatte, ohne es zu wollen, daß ich, als ich den Westler in die Mongolei schickte, ihn, ohne es zu wollen, gezwungen hatte zu tun, was getan werden mußte.

Danksagung

Dieses Buch wäre nicht zustande gekommen ohne die Menschen, die mich zwei Monate lang über fünftausend Kilometer weit durch das Landesinnere der Mongolei geführt haben: meine Dolmetscher Ts. Narantuya und G. Alzakhgui sowie die Fahrer T. Tserendolgor und I. Batnasan. Finanziert wurde die Reise mit einem Stipendium für schriftstellerische Arbeit der Fundação Oriente, Lissabon.

möglich, in die Mongolei zu reisen. Ich atmete tief durch. Man hatte mich gewarnt, daß er nicht einfach sei, aber bis dahin war alles gutgegangen. Mir war schon der Verdacht gekommen, das seien Intrigen aus dem Ministerium. Ich hatte sogar Spaß an unseren intellektuellen Auseinandersetzungen. Aber das jetzt war mehr als eine Enttäuschung. Es ging um etwas Ernstes, etwas ganz Besonderes. Das hatte er wohl nicht richtig verstanden. Ich bemühte mich, Geduld zu bewahren. Fragte, was passiert sei, was nun anders sei. Er schüttelte den Kopf. Er war erregt. Sagte, es sei nichts passiert. Es liege an ihm. Er könne nicht reisen. Und da fuhr ich aus der Haut. Das heißt, ich beschloß, nicht mehr zu argumentieren. Menschen wie ich fahren nicht aus der Haut. Man muß verstehen, daß seine Weigerung und sein Sinneswandel mir wie eine neurotische Laune vorkamen. Und dann bildete er sich auch noch ein, ich könnte ihn von dem Auftrag entbinden, ohne daß er mir einen vernünftigen Grund nannte, schlicht und einfach, weil er nicht fahren wollte, weil er es sich anders überlegt hatte, aus irgendeinem subjektiven Grund, der mir um so nichtiger zu sein schien, weil er ihn nicht nennen wollte. Ich war schon ziemlich nervös wegen der Verantwortung, den Botschafter zu vertreten, hatte mir trotzdem größte Mühe gegeben, die Zeit in Peking für ihn so wenig unangenehm wie möglich zu gestalten, und diese unvermittelte Änderung seiner Haltung kam mir wie ein Verrat vor oder zumindest wie mangelnde Anerkennung und Dankbarkeit für mein Engagement. Ich tobte innerlich, verhielt mich jedoch wie ein Diplomat angesichts einer Widrigkeit. Eine Technik, die man mit der Zeit und im Umgang mit den Vorgesetzten lernt. Ich tat, als hätte ich nichts gehört. Ich wiederholte die Weisung. Fragte nicht weiter nach, warum er nicht reisen wolle. Ich wiederholte die Weisung – er solle in zwei Tagen aufbrechen – und forderte ihn auf, sich zurückzuziehen, ich hätte andere Dinge zu erledigen.

Das Tagebuch, das er eine Woche nach seiner Ankunft in Peking, also wenige Tage vor unserem Zusammenstoß, zu schreiben begonnen hatte, zeigt, daß er schon nicht mehr in guter Verfassung war. Er war die Verkörperung des Antipoden. Das Ganze war ein unseliger Zufall. Es war sein erster Aufenthalt in Asien. Den Posten als Vizekonsul in Shanghai hatte er angenommen, um dem Machtzirkel zu entfliehen und möglichst weit weg zu sein von dem, was er an diesem Beruf am meisten verabscheute. Shanghai hatte ihm gefallen, das Chaos und die Widersprüche der Stadt, er bezeichnete sie als »liederlich« – so steht es in dem im Prinzip an seine Frau in Brasilien gerichteten Tagebuch-Brief, den er aber nie abgeschickt hat und von dem ich inzwischen vermute, er sei eigentlich für mich bestimmt gewesen, zumindest ab dem Zeitpunkt, als ich ihn zwang, in die Mongolei zu reisen, und ihm klar wurde, daß er den Auftrag nicht ablehnen konnte. Gleich nach seiner Ankunft in Peking hatte die Stadt auf ihn einen erdrückenden, irrealen Eindruck gemacht, eine Hauptstadt der Macht wie Brasília oder Washington, eine Stadt mit Realitätsverlust, und genau dem hatte er entfliehen wollen. Es war eher ein Alptraum:

Ein Palast in der Wüste

1. Juni. Seit einer Woche bin ich nun hier. Nebel hängt über der Stadt, es ist drückend heiß. Seit meiner Ankunft ist es so. Wie in Shanghai. Doch im Gegensatz zu Shanghai ist die Ar-

chitektur hier unmenschlich. Peking ist eine Stadt der Extreme. Das Chaos wird seit Jahrzehnten aus der Stadt vertrieben. Shanghai ist zu einem großen Teil von Ausländern gebaut worden, nach dem Geschmack der Ausländer, und sie haben ihrerseits die Chinesen wie Tiere behandelt und sie aus ihrem Blickfeld verbannt, womit sie die Widersprüche, die sich bis heute im Stadtbild erhalten haben, nur noch verschärften. Shanghai ist eine furchtbare Stadt, aber ironischerweise menschlicher als Peking. In Shanghai wurden neben dem Elend, der Kriminalität und der Unterdrückung eigenwillige, hinreißende, behagliche Orte geschaffen, geschützt zum Wohle der Reichen und Kolonisten; es sind Wohnhäuser, Klubs, Hotels, Siedlungen, Parks und von Bäumen gesäumte Straßen, die überhaupt nicht die Atmosphäre einer ausgebeuteten, enteigneten, usurpierten und liederlichen Stadt verströmen. Die Häuser, in denen heute keine Museen untergebracht sind, wurden von chinesischen Familien bezogen, viele sind inzwischen zu Elendsquartieren verkommen. In der französischen Konzession plante in einer dieser schönen großbürgerlichen Villen Zhou Enlai mit seinen Genossen die kommunistische Revolution, während sich die Ausländer gleich nebenan auf luxuriösen Empfängen amüsierten. Das Leben inmitten von Konflikt, Konfrontation und Andersartigkeit, selbst wenn vieles heimlich geschah, hat Shanghai zu einem Ort voller Ungleichheiten, aber zu einer lebendigen Stadt gemacht. In Peking hingegen versucht man seit Jahrzehnten, vermutlich sogar schon seit Jahrhunderten, alle Widersprüche aus der Stadt zu verbannen. Da gibt es großflächige Anlagen, Avenuen und Boulevards für unterjochte, gehorsame Bürger neben den letzten Überbleibseln der alten hutongs, *chaotischen und labyrinthischen Ballungsräumen, Slums mit Häu-*

sern aus Steinen und Ziegelmauerwerk, in der Anlage dem Muster der alten mongolischen Lager folgend. Die Parks sind wie Inseln, umschlossen von breiten Avenuen. In Wirklichkeit sind sie Gefängnisse. Die vereinzelten Hochhäuser wirken aus der Ferne betrachtet wie die Türme einer Science-fiction-Stadt, einer futuristischen und zugleich dekadenten Welt unter drückenden Staubwolken und Dunst, wo das Sonnenlicht diffus und kraftlos wird und der Horizont zu einer Fata Morgana, einem unerfüllbaren Wunsch für jeden, der diesem ausweglosen Ort entfliehen möchte, einer Stadt, die sich vergeblich bemüht, aseptisch zu sein, trotz all des atavistischen Drecks und der vielfältigen Gerüche und des Gestanks, die einem hier und da in die Nase dringen. Die Monumentalarchitektur der Tore der ehemaligen Stadtmauern und ihres Kerns, der Verbotenen Stadt, wirkt auf den Menschen beklemmend, läßt ihn zur Bedeutungslosigkeit schrumpfen. Es ist eine erdrückende Architektur, majestätisch und unwirtlich zugleich, als hätte man einen Palast irgendwo mitten in die Wüste gesetzt, nur um all jene zu beeindrucken, die dort halb verdurstet vorbeikommen und sich mühen, nicht auf Fata Morganas hereinzufallen. Die riesigen Flächen und Boulevards ohne einen einzigen Baum, ohne jede Vegetation bilden die Grundlage einer nach dem Prinzip des Labyrinths (eine Stadtmauer nach der anderen) geplanten Stadt: Selbst wenn sich da kein Bauwerk, kein Gebäude befindet, kommt man kaum voran, so als zwänge eine schwere Last zur Unbeweglichkeit, als führte jeder Schritt zwangsläufig vom Weg ab. Peking ist die architektonische Verkörperung des Labyrinthgefühls, wie man es in der Wüste hat. Wenn es keine Wände und Mauern zu überwinden gilt, sind es riesige Flächen, vor denen der Mensch es sich zweimal überlegt, bevor er den ersten Schritt tut. Die Vorstellung von einer Stadtmauer, und dazu ein Mauerring nach dem anderen, so faszinierend für Kafka und Borges, findet sich verkörpert im Grundriß der chinesischen Hauptstadt, selbst dort, wo es keine Bebauung mehr gibt, selbst dort, wo die Häuser und ehemaligen hutongs *abgerissen worden sind zugunsten von breiten Avenuen und kahlen Boulevards und der Vorstadtlandschaft. Das Prinzip des Labyrinths ist sogar in den Untergeschossen der Stadt gegenwärtig. Man entrinnt ihm nicht. Als hätte das Labyrinth die gesamte Geographie durchdrungen – es ist auf der Erde, im Boden und wird an diesem Ort selbst dann noch präsent sein, wenn es dereinst keine Stadt mehr gibt. Das Labyrinth ist die Leere. Peking ist als Stadt so konzipiert, daß es niemanden in sich hineinläßt und letztlich auch niemanden hinausläßt. Konzipiert aus der obsessiven Verteidigungsperspektive, ohne jede Rücksicht auf das Wohlbefinden der Bürger. Nur im innersten Kern der Verbotenen Stadt bemüht es sich, angenehm zu sein. Das Angenehme, verborgen, gehütet, der Allgemeinheit verboten, strengstens verschlossen, ist zugleich das Gefängnis und die vollkommene Isolierung dessen, der es genießt. Das Privileg befindet sich im Zentrum des Labyrinths. Ein eng begrenzter Raum. Vor lauter Sorge, sich und seine Annehmlichkeiten gegen Bedrohungen von außen zu schützen, wird der Kaiser zur Geisel seiner selbst.*

In der Verbotenen Stadt steht ein Palast, der mich noch stärker als die anderen beeindruckt hat, und du bist der einzige Mensch auf der Welt, der verstehen kann, was ich meine. Er heißt Palast der Himmlischen Reinheit. Ich gebe hier den erklärenden Text vom Eingang wieder: »Während der Regierungszeit des Kaisers Yongzheng (der erst durch einen Staatsstreich in der Erbfolgelinie an die Macht gelangte – die

Klammern sind natürlich von mir) wurde der Thronfolger auf geheimem Weg bestimmt. Da der Kaiser Verrat und einen Staatsstreich fürchtete (wobei er selbst von einem profitiert hatte), beschloß er, sein Testament mit dem Namen des Sohnes, der ihm nachfolgen sollte, in einen Kasten zu legen und diesen hinter dem Querbrett oberhalb des kaiserlichen Thrones in diesem Palast zu verstecken. Der Kasten sollte erst nach dem Tod des Kaisers geöffnet werden.« Du kannst dir unschwer vorstellen, zu welchen Intrigen das führte, natürlich immer unter dem Vorwand, einen Staatsstreich zu vereiteln.

Um etwas frische Luft zu bekommen, habe ich mir ein Fahrrad gemietet und bin zu den hutongs *an den Ufern des Houhai-Sees gefahren. Vergeblich. In dieser Hitze ist es dort genauso drückend, es stinkt, und im kalten Winter dürften diese Siedlungen unbewohnbar sein. Man könnte es auf die Spitze treiben und die Theorie vertreten, die* hutongs *seien eine Form des – ebenfalls labyrinthischen – Widerstands gegen die Staatsmacht und deren Verkörperung in den breiten Avenuen und Boulevards, aber das wäre eine einfältige, oberflächliche Sichtweise. Im Grunde gibt es nirgends Annehmlichkeiten oder Erleichterung. Alles ist entweder viel zu offen oder viel zu eng umschlossen. Etwas dazwischen gibt es nicht.*

Es war ein makabres Gefühl, von einem Toten als einfältig und oberflächlich bezeichnet zu werden, mich schon gleich zu Beginn im Tagebuch eines Mannes wiederzuerkennen, der soeben bei dem Versuch, seinen Sohn zu retten, ermordet worden war und mir als Erbe den Eindruck hinterließ, daß es mir an Verständnis und Sensibilität mangelte. Dank diesem Tagebuch verstand ich endlich, daß ich vor sechs Jahren nichts verstanden hatte. In der Woche, als er ankam, hatten wir über

Peking diskutiert, und ich sah, daß der Brief an seine Frau im Prinzip seine Reaktion auf meine Argumente darstellte. Als er begann, gegen Peking zu Felde zu ziehen, hatte ich ihn gefragt, ob er nicht erkenne, welch großartige Auseinandersetzung in der Architektur der Stadt zum Ausdruck komme. Die *hutongs*, nach dem Vorbild der chaotischen Mongolenlager gebaut, waren für mich eine natürliche Reaktion gegenüber der Staatsmacht, es waren Labyrinthe, deren Kraft die kommunistischen Machthaber zerstören wollten, indem sie weite Freiflächen und breite Avenuen schufen. Das war so offensichtlich. Die *hutongs* waren eine Reaktion auf die totale Sichtbarkeit und die Formen von Unterdrückung, deren Ausdruck von der Verbotenen Stadt bis hin zur kommunistischen Stadtplanung reichte. Ich hatte ihn gefragt, ob er nicht sehe, daß es dabei um eine spontane Dynamik des Widerstands gegen die zentralistische Macht gehe. Natürlich siegte letzten Endes die zentralistische Macht, doch so einfach, wie er die Dinge sehen wollte, seien sie nicht. Jetzt erst, nachdem ich sein Tagebuch gelesen habe, verstehe ich sein Interesse am Palast der Himmlischen Reinheit und begreife, daß nicht er, sondern ich die Dinge vereinfacht habe. Daß er sterben mußte, als er das Lösegeld für seinen Sohn zahlen wollte, ist angesichts dieses Wissens noch trauriger. Ich zitiere weitere Stellen aus seinem Tagebuch, in denen es um die Stadt geht:

2. Juni. Der eigentliche Bereich für Vergnügungen befindet sich außerhalb des Zentrums, am Stadtrand. Ich bin im Taxi zum Sommerpalast gefahren. Der Hof und der Kaiser brauchten einen solchen Ort, um den Fallstricken der Macht zu entkommen, in die sie selbst verwickelt waren. Es ist wahrscheinlich der angenehmste Ort in der Umgebung von Peking, wenn nur nicht die Touristenmassen wären. Und nicht von ungefähr haben die Westmächte ihn mehr als einmal bombardiert und wie ignorante Barbaren ein außergewöhnliches Denkmal der hiesigen Kultur zerstört, wenn sie die Chinesen unterwerfen und sie zwingen wollten, China dem Außenhandel zu öffnen. Der Sommerpalast ist der Ort, wo eine unter der Staatsmacht erstickende Stadt Luft holen kann. Als ich von dort wegfuhr, war ich von Haß auf die heuchlerischen Engländer und Franzosen erfüllt, die das kulturelle Erbe der Menschheit nur dann schützen, wenn es ihren Interessen dient.

4. Juni. Wann immer ich kann, laufe ich durch die Stadt, bevor ich zur Botschaft fahre. Vor ein paar Tagen war ich im Park des Himmelstempels. Zum ersten Mal kam Peking mir etwas menschlicher vor. Morgens ist der Park bevölkert von alten Leuten, die, je nach ihren Neigungen, verschiedene Arten von Frühsport treiben. Das gibt es in ähnlicher Form auch in Shanghai. Ein Mann spielt allein Tennis, er hat den Ball an einem Gummiband an seinem Schläger festgebunden. In einer Ecke des Parks, übrigens auch in anderen Parkanlagen der Stadt, wie ich dann festgestellt habe, tanzen alte Männer und Frauen, aber auch Leute mittleren Alters in Gruppen zu Salon- oder Diskomusik. Andere üben lieber Tai Chi zu chinesischer Musik. Aber am faszinierendsten ist, wie diese alten Menschen sich die westliche Popmusik zu eigen machen. Zum ersten Mal hatte ich den Eindruck, daß die Leute fröhlich und lebendig sind und nicht nur eine Masse dahinvegetierender Radfahrer. Die einen machten Gymnastik an den Bäumen, andere spielten Federball mit tamburinförmigen Schlägern, in jeder Hand einen. Doch das Trugbild währte nicht lange. Kaum hatte ich den Fuß wieder auf die Straße gesetzt, kehrte der Eindruck zurück, daß ich mich in einer Gesellschaft befinde, die an Kunst und ästhetischen Genüssen keinerlei Interesse hat. Ein abgestumpftes, pragmatisches Volk, im Gegensatz zu den Japanern; als wäre ihnen jedes ästhetische Empfinden völlig fremd. Mag sein, daß es eine künstlerisch interessierte und aktive Minderheit gibt, doch das ist für einen Neuankömmling nicht zu erkennen, weder Kinos noch Theater sind zu sehen, nichts außer dem von der hiesigen Kultur adaptierten westlichen Pop. Noch nie, in keinem anderen Land, das ich kenne, habe ich den Eindruck gehabt, daß Kunst als derartig überflüssig gilt, daß sie überhaupt nicht vorhanden ist oder zumindest nicht sichtbar in Erscheinung tritt, auch wenn opportunistische westliche Kuratoren und Kunsthändler eifrig die Vorstellung zu verkaufen trachten, daß die zeitgenössische Kunstszene in China brodele. Für mich ist es eine der schlimmsten Verkörperungen der Hölle, ein automatischer Zustand pragmatischen Unglücks, ein Zustand, in dem es nur um das Überleben geht. Das Schöne an einem Land wie Brasilien ist, daß bei allem Elend und trotz dieses Elends eine Volkskunst blüht, die nicht bloßes Kunsthandwerk oder Folklore ist, vor allem in der Musik. Ich habe den Eindruck – und ich höre dich schon sagen, daß ich mich täusche oder Vorurteile habe –, daß in China die Bezeichnung zeitgenössische Kunst allenfalls ein dem Westen entliehener Begriff ist, den eine elitäre Minderheit sich angeeignet hat und als Abklatsch produziert. Man hat hier den Eindruck, daß für diese Kultur außer der absolut unmittelbaren und notwendigen Ästhetik keine andere irgendeinen Wert besitzt. Was ist aus dem jahrhundertealten architektonischen Erbe geworden? Noch nie habe ich eine Stadt mit einer solchen Ansammlung von noch im Bau befindlichen oder frisch bezogenen grauenhaften Hochhäusern gesehen. Ob etwas künstlerisch gestaltet ist oder ob die Menschen sich wohl fühlen können, daran ist niemand interessiert. Überleben genügt. Deshalb bin ich zu dem Schluß gekommen, daß die sportlichen Übungen im Park auf den ersten Blick fröhlich wirken mögen, tatsächlich aber nichts als eine Pflichtübung sind, eine von vielen anderen befohlenen Aufgaben, schließlich gehen ab einem bestimmten Alter alle in die Parkanlagen, und die alten Leute treiben ihre Gymnastik, so wie die Kinder zur Schule gehen und die Erwachsenen zur Arbeit. Peking ist ein riesiger Ameisenhaufen, in dem jeder seine Pflichten zu erfüllen hat.

Die besondere Tragik und Ironie an dem Ganzen ist, daß »das Schöne an Brasilien« ihn nicht zu retten vermocht hat. Wir haben mehrmals über die chinesische Kultur diskutiert. Er war gerade erst angekommen, hatte aber bereits tausend Vorstellungen. Das kannte ich schon. Es gibt einen alten Spruch, den habe ich ihm genannt, damit er sich etwas zurückhält, doch vergeblich: »Wenn Ausländer nach China kommen, wollen sie gleich große Abhandlungen schreiben. Sie kommen mit tausend Vorstellungen her. Nach einem Jahr bringen sie gerade noch ein paar Zeilen zu Papier.« Die Realität ist viel komplexer, als es den Anschein hat. Wir verstehen nichts von dem, was wir in China sehen. Trotzdem machte er weiter. Man muß ein Ignorant sein, um so zu reden. Wer Bescheid weiß, hat es nicht nötig, so drauflos zu reden, um Widerrede zu ernten. Und bis ich das begriffen habe, hat es gedauert. Es hat gedauert, bis ich begriffen habe, daß in seiner scheinbaren Arroganz Demut lag und daß er mit seinen leichtfertigen Behauptungen im Grunde lediglich zu verstehen suchte. Seine Provokationen waren eine Bitte um Hilfe, man möge ihm erklären, was er so verzweifelt zu verstehen versuchte. Als ich hörte, daß er sich für Kunst interessierte, führte ich ihn zu den wichtigsten Galerien und in die Ateliers von ein paar Künstlern. Doch nichts konnte ihn überzeugen. Wir diskutierten über alles. Anfangs machte es mir noch Spaß. Er hatte für alles Gegenargumente. Sprach selbstherrlich über Dinge, von denen er kaum etwas wußte. Und anfangs gefiel mir sogar der bestimmte Ton, mit dem er seinen Standpunkt verteidigte und seine Unwissenheit verriet, inmitten all der diplomatischen Apathie. Zum ersten Mal seit Jahren konnte ich mich mit jemandem unterhalten, der wirklich sagte, was er dachte, auch wenn es Unsinn war. Er mochte falsche Ideen haben, aber zumindest waren es seine eigenen, und er hatte den Mut oder die Naivität, sie auszusprechen. Dann aber gab es eine Wasserscheide, ein Abendessen, bei dem ich zum ersten Mal fand, er treibe es zu weit, und gereizt reagierte, weil er mich nicht zu Wort kommen ließ. Es war zu Hause bei einem Kollegen von der Indischen Botschaft. Er nutzte den Abend dazu, seine abwegigen Ideen darzulegen, wie immer über Themen, von denen er nichts verstand, so daß die übrigen Gäste erstarrten. Zwischen uns war das okay. Aber vor anderen Leuten war es peinlich, und ich konnte nicht stumm zuhören. Das hätte bedeutet, mit seiner Dummheit zu paktieren. Und hinzu kam, daß er mein Untergebener war. Der Inhalt der Diskussion findet sich in dem Tagebuch, in einem Abschnitt, den er vermutlich noch am selben Abend geschrieben hat:

7. Juni. Warum gibt es in China keine moderne Literatur? (Oder zumindest eine Produktion moderner Prosa von Bestand, vergleichbar zum Beispiel mit der japanischen oder russischen Literatur vom Ende des neunzehnten und der ersten Hälfte des zwanzigsten Jahrhunderts.) Meine These, die mir als oberflächlich ausgelegt wird, da ich Chinesisch weder lesen noch sprechen kann (was man mir heute abend freundlicherweise unter die Nase gerieben hat), lautet, daß die Sprache an sich, da sie die einzige Schriftsprache der Welt mit vorwiegend bildlicher Grundlage ist (das Japanische ist eine Zwitterform, in der das Bildliche in der täglichen Kommunikation zugunsten des Auditiven abgebaut und durch ein Silbensystem ersetzt wurde, von dem das kanji *– die chinesischen Ideogramme – nur eingeschränkt Gebrauch macht), eine übergroße Zahl an Metaphern besitzt, die sich im wesentlichen nicht für das Schreiben moderner Prosa eignen. Die Schriftzeichen sind Bedeutungseinheiten, Morpheme. Und die Bedeutung ist schon in ihrer prosaischen, alltäglichen Basis, in der Kombination von Schriftzeichen, und sei es nur unbewußt, übermäßig gewählt und indirekt, euphemistisch und metaphorisch. Aufgrund dieser linguistischen Besonderheit können die Chinesen den literarischen Aspekt entweder nur in einem hypergewählten Stil oder in der extremen Knappheit ihrer Lyrik erkennen, und deshalb gibt es keinen Raum für eine diskrete, ironische und trockene Prosa (Lu Xun, der vielen als der größte chinesische Schriftsteller des zwanzigsten Jahrhunderts gilt, bestätigt als die große Ausnahme die Regel). Nicht von ungefähr haben die Intellektuellen zu Beginn des Jahrhunderts für eine Reform der Sprache gekämpft, für eine Modernisierung, die es ihnen erlauben sollte, sich in der zeitgenössischen Welt auszudrücken und eine literarische Prosa zu schreiben, die nicht der klassischen entspricht. Nicht von ungefähr haben sie für die gesprochene Sprache gekämpft. Am besten kann sich offenbar die Lyrik, ein Genre, das sich durch Kürze und Knappheit auszeichnet, den Besonderheiten des literarischen Chinesisch anpassen.*

Und Kalligraphie ist hier eine Kunst. Jahrhundertelang galt ein Gedicht als ein unsichtbares Gemälde und ein Gemälde als ein sichtbares Gedicht. Das ist eine Möglichkeit, der Form gegenüber der Bedeutung Vorrang zu geben, sich von dem Übergewicht an Metaphorik zu befreien. Eine Welt voll krummer Zeilen, in der niemand geradeheraus spricht, sondern alle nur durch Annäherung. Es ist unglaublich, wie oft einzelne Wörter, aus dem Zusammenhang gerissen, selbst für Chinesen unverständlich sind. Nichts ist einfach. Der Weg der Bedeutung ist in China gewunden. Deshalb kann die moderne Prosaliteratur kein natürlicher Ausdruck sein. Sie ist das Ergebnis der Anstrengung einiger weniger sowie einer Verwestlichung, die ihrerseits zu wenigen bedeutsamen Werken geführt hat, denn die umgangssprachliche Kommunikation ist, wenn wir die Begriffe wörtlich nehmen, ein Kitschdialog schlechter Prosaisten. Das Ideogramm, das uns aus der Distanz fasziniert, ist aber auch das, was sie daran hindert, wie wir zu schreiben. Nur durch die Umwandlung der bildlichen Sprache in eine auditive wird die Grundlage dafür geschaffen werden, daß eine literarische Prosa und eine moderne Literatur entstehen können, wie wir sie im Westen kennen. Doch dabei würden sie zugleich das Kostbarste verlieren, was sie besitzen. Leider scheint diese Entwicklung unaufhaltsam zu sein.

Seine Argumente mochten für einen Ausländer, der noch nie zuvor chinesischen Boden betreten hatte, sogar interessant sein, doch zeugten sie von einer Arroganz, einer Ethnozentrik und einer Ignoranz, die selbst einem wie mir peinlich waren, der ich zwar auch nicht viel wußte, mich jedoch zumindest nicht zu solchen Blindflügen hinreißen ließ. Es waren Argumente, die lediglich deutlich zeigten, wie verzweifelt ihn die Einsicht machte, daß er diese Kultur niemals würde verstehen können, daß es eine ganze Welt gab, zu der er niemals würde Zugang finden, und wenn er sich noch so sehr anstrengte, sich noch so sehr darauf versteifte. Auf einen frisch nach Brasilien gekommenen Chinesen konnte die brasilianische Literatur genauso gehaltlos wirken. Vor allem hatten seine Schlußfolgerungen nichts mit der Realität zu tun. Er konstruierte sich ein Land und ließ sich darüber hemmungslos aus. Er konstruierte sich eine Sprache, wußte aber nicht, wovon er redete. Ich versuchte, ihm zu erklären, daß die Schriftzeichen kein Beleg für die These seien, die er, gestützt auf spärliche Chinesischkenntnisse, vertreten wollte. Er hatte die Wirkungen wahrgenommen, aber nicht deren Ursachen, obwohl sie offensichtlich waren. Es geht schon damit los, daß im alltäglichen Leben kein Mensch die Ideogramme wortwörtlich nimmt, in jener bildlichen, metaphorischen oder euphemistischen Bedeutung, von der er sprach. Kein Chinese, der »Telefon« liest oder sagt, denkt daran, daß die beiden Schriftzeichen »elektrische Sprache« bedeuten. So wie auch niemand, der Portugiesisch spricht, denkt, er sei zu irgend etwas verpflichtet, wenn er sich mit dem Wort »obrigado« (wörtlich »verpflichtet«) bedankt. Niemand denkt beim Sprechen an die Etymologie der Wörter. Hinzu kommt, daß es Schriftzeichen mit rein phonetischer Funktion gibt. Viele sind gar keine Ideogramme. Ich stimmte ihm darin zu, daß China, anders als Japan oder Rußland, keine blühende moderne Prosa hervorgebracht habe. Doch selbstverständlich aus anderen Gründen. Anscheinend wollte er die soziale und historische Dimension des Landes nicht wahrhaben. Als existierte der Kommunismus nicht. Als hätte es im Laufe des Jahrhunderts keine politische Verfolgung gegeben. Als hätte es weder die japanische Invasion noch die Kulturrevolution gegeben. Die Erklärung, die Schriftzeichen hätten eine moderne Literatur verhindert, war falsch, auch wenn sie nicht jeglicher Grundlage entbehrte. Richtig ist, daß literarische Bewegungen zu Beginn des zwanzigsten Jahrhunderts für die Einführung einer modernen chinesischen Schrift kämpften, die es Schriftstellern ermöglichen würde, sich wie in einer westlichen Sprache auszudrücken. Doch muß man die vielen Jahre unter dem Kommunismus berücksichtigen, um zu verstehen, warum sich seither keine starke literarische Prosa entwickelt hatte. Die chinesischen Künstler haben ihre Kräfte während der ersten Hälfte des zwanzigsten Jahrhunderts in den Turbulenzen eines permanenten sozialen Chaos aufgerieben. In Anbetracht der damaligen Zustände war es praktisch unmöglich, sich nicht zu engagieren, und in vielen Fällen erwies sich der politische Essay als passender und erweckte größere Aufmerksamkeit als die literarische Prosa. Um meine Argumentation zu widerlegen, fragte er mich, warum dann, im Gegensatz zur Literatur, die seiner Meinung nach noch ganz in den Anfängen steckte, das chinesische Kino selbst nach der Kulturrevolution und auch noch unter dem Kommunismus eine solche Blüte erlebt habe. Mir blieb nichts anderes übrig, als mit meinen persönlichen Ansichten hinterm Berg zu halten und ihm zu antworten, unsere Zeit sei eben nicht mehr die Zeit für Literatur, die chinesischen Schriftsteller seien zu spät in die Moderne eingetreten. Ich gab mich zwar nicht geschlagen, doch im Grunde neigte auch ich zu der Ansicht, daß die Chinesen mehr Handwerker als Künstler waren, wie er ständig behauptete, im Gegensatz zu den Japanern, die ihrerseits große moderne Werke hervorgebracht hatten, indem sie ihre eigene Tradition in der Auseinandersetzung mit fremden Kulturen neu belebten – dafür hatten sie auch mehr Zeit und bessere Bedingungen gehabt. Die Chinesen hatten fremde Kulturen imitiert und kopiert, aber ihre Fremdheit beibehalten, vielleicht weil ihre kulturelle Tradition eine festere Grundlage besaß, älter war und weniger durchlässig als die japanische und deshalb alle Einflüsse von außen daran abglitten. Alles Fremde blieb an der Oberfläche. Im Kern blieben sie Chinesen, und darin erschöpften sie sich. Was die Ideogramme betrifft, versuchte ich, dem Westler (wie die mongolischen Nomaden ihn nannten, weil sie seinen Namen nicht aussprechen konnten) zu erklären, daß das Faszinierende daran just das ist, was sich an ihnen nicht erklären läßt. Darüber sprechen heißt schon sie verraten. Eine Übersetzung ist unmöglich. Es ist immer eine erklärende Annäherung an das, was nicht ausgesprochen werden kann, aber in den Formen enthalten ist. Und nur darin hatte er in gewisser Weise recht. Theoretisch trifft es zu, daß die Schriftzeichen sich eher für punktuelle, konzise Formen eignen als für eine realistische Prosa, sie passen besser zu Lyrik und Aphorismen. Der synthetische, komplexe Aspekt der Ideogramme macht das klassische Chinesisch zu einer für die realistische Prosa westlichen Musters ungeeigneten Sprache. Schon das chinesische Wort zur Bezeichnung von »Roman« (*xiaoshuo)* bedeutet wörtlich »kleines Gerede«. Ein monumentaler Roman wie *Der Traum der Roten Kammer* aus dem achtzehnten Jahrhundert hat nicht nur nichts Realistisches, er kann genaugenommen vielleicht gar nicht als Roman bezeichnet werden; es ist, wie Borges sagte, eine »Fülle von Träumen«, eine endlose Kollage von poetischen, allegorischen und onirischen Texten. In meiner Ignoranz glaubte ich immer, die Ideogramme und der Realismus des westlichen Romans seien vielleicht einfach nicht miteinander vereinbar. Doch im Gegensatz zu ihm behielt ich meine bescheidenen Ansichten lieber für mich. Was jedoch die Kunst betrifft, so habe ich ihm und seinen Schmähungen nicht nur einmal zugestimmt, und das auch noch öffentlich. Nur ein winziger Bruchteil der Gesellschaft interessierte sich für Kunst. Das gleiche konnte man auch von Brasilien sagen. Meiner Ansicht nach produzierten die zeitgenössischen Künstler im kommunistischen China, als ich noch dort lebte, einen Abklatsch des Westens, offenbar waren sie nicht in der Lage, ihre eigenen, schon an sich erdrückenden Traditionen zu erneuern. Zudem hatten sie in den Jahren der Kulturrevolution erbärmlich gelitten und versuchten gerade erst wieder Fuß zu fassen. Sie standen vor einem Neuanfang. Obwohl alle, bis auf ihn natürlich, mich vom Gegenteil zu überzeugen suchten, hatte ich das Gefühl, daß die chinesische Kunst in der Vergangenheit ruhte. In der Literatur hatte ich nach dem wenigen, was ich kannte, den Eindruck, es sei alles gesagt. In den zwanziger Jahren gab es wenigstens noch neue Geschichten zu erzählen und den drängenden Wunsch nach einer neuen Form, die sich nicht der Palastprosa oder der beliebten feuilletonistischen Prosa der Vergangenheit unterordnen ließ. Und nur deshalb erzählte ich ihm von Lu Xun, den er nie gelesen hatte.

9. Juni. Das wichtigste chinesische Prosawerk des zwanzigsten Jahrhunderts ist ein kleines Buch von Lu Xun mit dem Titel Die wahre Geschichte des AH Q, *ich habe es mir gestern an einem Kiosk gekauft, eine einfache zweisprachige Ausgabe, auf chinesisch und englisch. AH Q kann als eine Allegorie Chinas verstanden werden: Der Kerl bekommt ständig eins auf den Kopf, schafft es aber immer, mit Hilfe von Autosug-*

gestion seine Niederlagen in Siege umzumünzen. Er ist der festen Überzeugung, daß er ein Held ist. Eine Art chinesischer Macunaíma. Aber AH Q ist auch eine Metapher für das Problem der eigenen Sprache. Der Name AH Q bedeutet nichts, sagt nichts aus und leitet sich von nichts ab. Anstatt irgendeinen Hinweis zu geben, verbreitet er Ungewißheit. Er verrät nichts über seinen Träger – anders als die traditionellen chinesischen Namen sagt er weder, wessen Sohn sein Träger noch wo er geboren ist. Der Name ist keine Metapher mehr, sondern benennt ganz direkt und willkürlich einzig dieses eine Individuum. Die gesamte Einleitung des Buches dreht sich um diese Frage; es ist eine Allegorie der modernen Literatur, die nur möglich ist, wenn die Namen die Dinge nicht mehr metaphorisch, andeutend benennen, sondern direkt, und damit die Willkürlichkeit der Benennung, den tiefen Abgrund zwischen den Wörtern und den Dingen offenbaren. Die moderne Literatur ist Frucht des Bewußtseins von einer tiefen Kluft zwischen Kultur und Natur, die sich in den chinesischen Schriftzeichen und Ideogrammen nicht manifestiert. Lu Xun schreibt eine ironische Fabel. AH Q ist ein Dummkopf, der die ausländischen Sitten und die Modernisierung ablehnt, aus einer Arroganz heraus, die nur seine eigene Beschränktheit und Selbsttäuschung offenbart. Die größte Ironie ist, daß ein chinesischer Autor selbst dann, wenn er modern sein will, nach wie vor Fabeln, Parabeln und moralische Erzählungen schreibt, wie in der alten chinesischen Tradition. Im Grunde ist seine Prosa der Form nach altmodisch, mit aktualisiertem Inhalt, damit er seinen Zeitgenossen als Lektion dienen kann. Und manchmal überlege ich, ob der Versuch, die chinesische Sprache zu modernisieren, mit Gewalt die Kluft zwischen Natur und Kultur herzustellen, wie sie für die westliche Zivilisation kennzeichnend ist (aber weit weniger deutlich im Osten), nicht ein Rückschritt wäre. Manche nennen Lao She den zweiten großen chinesischen Schriftsteller des zwanzigsten Jahrhunderts, doch er ist lediglich ein neorealistischer Sozialkritiker ohne wirklich große literarische Neuerungen, was mich nur in meiner These bestätigt, daß China keine moderne Prosa von Bestand hervorgebracht hat. Den chinesischen Schriftstellern ging es im zwanzigsten Jahrhundert darum, den Realismus in China einzuführen, um damit der Literatur gesellschaftliche Relevanz zu verleihen. Ohne den Umweg über den Realismus ist es nicht möglich, eine moderne Prosa nach westlichem Muster zu produzieren. Aber sie kehrten regelmäßig zur Tradition zurück. Selbst Lao She griff, als er die Situation der Chinesen unter der japanischen Besatzung beschreiben wollte, zur Satire, der Parabel von einem Katzenvolk, das auf dem Mars lebt. Auch wenn dies noch so einschränkend klingt, würde ich, wenn ich das Wesentliche definieren sollte, sagen, daß die Chinesen eine Tradition des Kunsthandwerks haben, doch keine der Kunst. Das Ziel ist eine hervorragende Technik. Die Frage nach der Selbstreflexion der modernen Kunst stellt sich nicht. Wenn sie auftaucht, ist es allenfalls ein Spleen oder eine sehr unbeholfene Reflexion. Als Reaktion auf die grausame Unterdrückung entstand eine primitive Kritik: Der zeitgenössische chinesische Künstler glaubt, um Kunst zu machen, genügt es, die Staatsmacht zu verspotten und gegen die Unterdrückung zu reden. Die chinesischen Künstler schwanken zwischen Akademikertum und der Nachahmung, der Mimikry der westlichen Kunst. Da es keinen Realismus gegeben hat, können sie nicht verstehen, was es mit dem Bruch der modernen Kunst auf sich hat. Man hat ihnen beigebracht, ein Handwerk gut auszu-

üben, aber nicht, über dieses Handwerk nachzudenken und es zu variieren. Angesichts des Bruchs halten sie an der Form fest, weshalb man hier im Jahre 2002 Impressionisten, traditionelle Aquarellisten, Kubisten, Surrealisten, akademische Künstler, Hyperrealisten und Popart-Vertreter im selben Raum problemlos nebeneinander sehen kann, wie im Kunstmuseum von Shanghai, als gehörten sie zur selben Epoche und zur selben Schule. Der Bruch gilt der gesamten chinesischen Tradition, und dafür ist jede aus dem Westen stammende Form als Instrument recht, ungeachtet ihres Anachronismus.

Ich war derjenige, der ihn dazu gebracht hat, *Der Rikschakuli* und *Die Stadt der Katzen* von Lao She zu lesen. Ich war derjenige, der ihn in Kunstgalerien geführt hat. Was er sagte, hatte mit einem Widerstand gegen das zu tun, was er nicht verstand, und zugleich mit einer Ungeduld, einem Drang, verstehen zu wollen. Er war gequält von verschiedenen Wünschen, die auf den ersten Blick widersprüchlich wirken konnten, im Grunde jedoch einander ergänzten. Erst nach einer gewissen Zeit begriff ich, daß seine Angewohnheit, dummes Zeug über Dinge zu sagen, die er nicht kannte, ein wirrer Versuch war, sich dem betreffenden Gegenstand anzunähern und ihn kennenzulernen. Er hoffte, jemanden so sehr zu provozieren, daß dieser ihm schließlich die Dinge erklärte, die I-Tüpfelchen an den richtigen Platz und einen Schlußpunkt unter seine imaginäre Schmährede über China setzte. Ich habe diese Rolle nicht übernommen, ich war nicht in der Lage, ihm zu widersprechen, und das muß ihn noch mehr gereizt haben, denn heute, nachdem ich seine Tagebücher gelesen habe, ist mir klar, daß er der letzte war, der an seine eigenen Worte glaubte. Ich bin sicher, daß er sich in der Mongolei genauso aufgeführt hat, aber dort hatte er wenigstens einen Auftrag, und ich befand mich nicht in der Nähe. Jetzt erst begreife ich, in welcher Verfassung er gewesen sein muß, als er nach Ulaanbaatar aufbrach. Das zeigt der folgende Abschnitt aus seinem Tagebuch vom Tag seiner Abreise, in dem er beschreibt, was für eine Ironie des Schicksals es ist, wenn man die aus der Unkenntnis uns so ferner Kulturen und Länder entstandenen Klischees in der Umkehrung am eigenen Leib erfährt – und folglich die Umkehrung der Karikatur, die er China aufzwingen wollte:

Als ich am Morgen versuchte, Reiseschecks über hundert Dollar einzutauschen, weil ich für das Taxi und die Flughafengebühr Yuan brauchte, wollte der Hotelangestellte an der Rezeption, als er meinen Paß sah, wissen, aus welchem Land ich komme. Ich fragte ihn, ob das von Bedeutung sei. Ein Amerikaner, der neben mir Dollar eintauschte, lachte und zeigte sich für meinen Sarkasmus empfänglich, allerdings nicht lange. Der Angestellte antwortete nicht, er sah in einer Liste nach und sagte dann, er könne meine Schecks nur gegen Vorlage des Kaufbelegs von der ausstellenden Bank tauschen. Ich sagte, das sei absurd, der Kaufbeleg sei meine Garantie und ich sei nicht verpflichtet, ihn irgend jemandem vorzulegen – der Beleg sei nur für den Fall von Diebstahl oder Verlust der Reiseschecks vorgesehen. Er entschuldigte sich und sagte, das seien die Vorschriften der Bank von China. Brasilien stehe auf der Liste der Länder mit hohem Risiko. Er zeigte mir die Liste. Ich wurde wütend, sah den Amerikaner an, aber der ignorierte mich nun und erwiderte meinen Blick nicht mehr. Ich sagte, ich wohnte seit zwei Wochen im Hotel, man habe alle meine Daten, die Nummer meiner Kreditkarte usw. Ich sei nicht irgendwer, der mal eben hereingekommen sei, um Dollar zu tauschen. Er antwortete, das sei die Vorschrift. Ich mußte tatsächlich nach oben auf mein Zimmer gehen und den Kaufbeleg holen. Die Völker, die sich am meisten gegen vermeintlich unehrliche Länder schützen, sind genau diejenigen, die Korruption und Unehrlichkeit am besten kennen, weil sie damit direkte Erfahrung haben und sie selbst öffentlich praktizieren.

Vieles von dem, was er – ohne jede Sachkenntnis – über China sagte, war eine verzerrte Projektion dessen, was er aus Brasilien kannte. Als er in die Mongolei abreiste, verfügte er nur über die Informationen, die der mongolische Führer uns gegeben hatte, nachdem er von der Brasilianischen Botschaft in Peking per Telefon kontaktiert worden war, und das war nicht viel. Wir hielten uns an die Weisungen des brasilianischen Außenministeriums sowie an die Wünsche des Vaters des Verschollenen, der uns die Telefonnummer des Führers genannt hatte, den einzigen Anhaltspunkt, den er besaß, nachdem er von seinem Sohn seit Monaten nichts gehört hatte. Er hatte sich nicht eingestehen wollen, daß es nicht normal war, so lange keine Nachricht zu erhalten. Tatsächlich hatte er, erst als ihn der mongolische Führer anrief, mit dem sein Sohn Monate vor seinem Verschwinden eine Reise unternommen hatte, begriffen, was los war. Der Führer versuchte, sich auf englisch auszudrücken, er war nervös und wurde noch nervöser, als der Vater am anderen Ende der Leitung zu schreien begann. Der Führer hatte die Sachen des jungen Mannes und wollte wissen, wohin er sie schicken sollte. Vergeblich versuchte er, dem Vater klarzumachen, daß er an dem, was geschehen war, keinerlei Schuld trug; vergeblich sagte er, er habe seit Monaten von dem Sohn nichts gehört; vergeblich erklärte er, er habe sich zu dem Anruf erst entschlossen, nachdem er erfahren habe, daß der eigentlich Verantwortliche, ein anderer Führer, der den jungen Mann zum Zeitpunkt seines Verschwindens begleitet habe, nichts unternommen hatte, um die Familie über den Vorfall zu informieren; vergeblich versuchte er, dem Vater klarzumachen, daß seine Initiative vollkommen uneigennützig war, und da der Alte noch immer brüllte und ihm androhte, ihn umzubringen, falls sein Sohn nicht auftauche, brach er nach ein paar Minuten das Gespräch ab, ohne etwas geklärt zu haben. Nach diesem Anruf hatte der Vater des Verschollenen sich jedoch besonnen und seine Kontakte in Brasília mobilisiert. Der Sohn, ein Berufsfotograf, war von einem brasilianischen Reisemagazin beauftragt worden, »Mongólia«, also die Mongolei, von Norden nach Süden zu bereisen. Seinem mongolischen Führer zufolge hatte er ein Tagebuch hinterlassen. Was aus den Fotos geworden war, wußte niemand. Zu meiner Überraschung gab es zwei Tagebücher in der Mappe, die ich zwischen so vielen nutzlosen Papieren in meiner Abstellkammer fand, nachdem ich die Nachricht vom Tod des Westlers gelesen hatte. Das eine Tagebuch war vollständig, das andere brach mittendrin ab. Der Westler hatte beide bei seiner Rückkehr aus der Mongolei zusammen mit anderen Papieren in Peking deponiert, wahrscheinlich absichtlich, wie ich jetzt vermute, damit ich mir, wenn ich alles lese und mit dem vergleiche, was er selbst an seine Frau geschrieben hat, endlich ein Bild davon machen kann, was tatsächlich geschehen ist.

Er reiste an einem Freitagmorgen ab. In den Aufzeichnungen für seine Frau, die wie ein langer Brief anmuten (mir aber inzwischen an mich gerichtet zu sein scheinen), beschreibt er, wie er fast zwei Stunden lang über trockene, gelbliche und staubige Wüstenregionen geflogen ist und sich, als sie sich der Hauptstadt näherten, schon gar nicht mehr habe vorstellen können, daß sich die ganze Welt plötzlich in etwas verwandelte, was auf ihn wie ein riesiger Golfplatz wirkte. Als er in dem Flugzeug, das ihn von Peking nach Ulaanbaatar brachte, die Wüste Gobi überflog, nahm er sich vor, dort mit seinem kühlen, objektiven Bericht über die Sinnlosigkeit seines Auftrags zu beginnen. Diesen Notizen zufolge ist Ulaanbaatar von Hügeln und Steppen umgeben. Die Stadt ist ein Störfaktor in der Landschaft, eine luftverschmutzte Kleinstadt (aber die größte der Mongolei) mit Kohlekraftwerken, mächtigen Rohrleitungen über der Erde, die sich am Stadtrand entlangschlängeln und heißes Wasser ins Zentrum führen, sowie Schornsteinen, aus denen schwarze Rauchwolken aufsteigen. Ein Passagier, der neben ihm saß, sagte, im Winter sei es noch schlimmer wegen der Heizungen. Die Stadt liegt in der Mitte eines grünen Tals, am Ende einer waldbewachsenen Hügelkette, wenn man sich von Süden her nähert. Ich weiß nicht, wie weit ich dem trauen kann, was er geschrieben hat, da er selbst, wie mir inzwischen klargeworden ist, seinen eigenen Worten nicht traute. Sein Blick verzerrte die Realität. Ich wußte ja, was er in China gesehen hatte, und das entsprach nicht dem, was ich sah. In den Zeilen, die er, noch im Warteraum des Pekinger Flughafens, an seine Frau schrieb, äußert er sich zum Beispiel, zum ersten Mal mit einer Prise Selbstironie, über seinen ersten Eindruck von den »Mongolen«: *Die gesprochene Sprache klingt nicht so häßlich wie das Chinesische. Die Menschen haben eine angenehmere Art. Offensichtlich sind sie höflicher und schlichter als die Chinesen. Sie sprechen leiser, es klingt nicht so, als schrien sie, sie sind nicht so geschwätzig. Ich war sehr angetan von meinem ersten Kontakt mit den »Mongolen«, allerdings nur, bis sie über die Lautsprecher aufgerufen wurden und ich begriff, daß es in Wirklichkeit Japaner waren, die im selben Warteraum auf ihren Heimflug warteten.*

In Ulaanbaatar nahm er am Flughafen ein Taxi und fuhr direkt zum Hotel. Es war ein graues, rechteckiges Gebäude, von den Russen gebaut, wenige Meter vom Hauptplatz entfernt, gleich neben der früheren Zentrale der Kommunistischen Partei, die nun unter anderem eines der unzähligen Internetcafés der Stadt beherbergte. Der Hauptplatz, eigentlich eine große Betonfläche ohne einen einzigen Baum, war nach dem Helden der Revolution benannt. Das Reiterstandbild von Sükhbaatar erhob sich einsam in der Mitte, mit dem Rücken zu dem düsteren Mausoleum, in dem sich vermutlich die sterblichen Überreste des Helden befanden, gegenüber von dem gleichfalls düsteren Regierungsgebäude. Man muß wissen, daß wir entschieden hatten, die mongolischen Behörden nur im äußersten Fall einzuschalten. Wir mußten erst in Erfahrung bringen, was eigentlich geschehen war. So lauteten die Weisungen aus Brasília. Man wollte kein Risiko eingehen. Aus irgendeinem Grund galten, auf Hinweise des Vaters gestützt, der junge Mann und seine Absichten als verdächtig. Womöglich hatte er in der Vergangenheit schon einmal etwas angestellt. Alles sollte äußerst diskret geschehen, um Unannehmlichkeiten jeder Art zu vermeiden. Zwischen den Zeilen gaben sie uns zu verstehen, daß sie selbst gar nicht sicher waren, ob er tatsächlich verschwunden war. Er konnte auch absichtlich untergetaucht sein. Das herauszufinden war der Auftrag des Westlers. Mehr wußten wir nicht. Wir hatten die Telefonnummer des Führers, eines Mannes namens Ganbold, der ein Jahr zuvor den Fotografen von der Grenze zu Rußland im äußersten Norden bis zur Wüste Gobi im äußersten Süden der Mongolei geführt hatte und mit dem er sich allem Anschein nach bei der Rückkehr nach Ulaanbaatar überworfen hatte, bevor er zwei Monate später erneut aufbrach, mit welchem Ziel, wußte niemand so genau, doch nun mit einem anderen Führer und gegen jede Vernunft, denn es war bereits Spätherbst, zu einer weiteren Reise in den Westen, wo er dann in einem der vielen Schneestürme verschwunden war, die in jenem Winter, einem der strengsten seit Menschengedenken, über das Land fegten.

Am späten Nachmittag gelang es dem Westler, Ganbold zu sprechen. Die Mongolen führen keinen Nachnamen, und wenn sie einen Familiennamen angeben müssen, benutzen sie im allgemeinen den Vornamen des Vaters oder auch nur dessen Anfangsbuchstaben. Sie werden anhand der väterlichen Initiale identifiziert. Die beiden verabredeten sich für den nächsten Vormittag in der Hotellobby. Es war ein sonniger Samstag. Ganbold war ein junger Mann von höchstens dreißig Jahren und wirkte zart und scheu. Er war klein, hatte Segelohren, trug eine Brille und das Haar im Bürstenschnitt, ganz das Gegenteil des typischen kräftigen, untersetzten Mongolen, wie er auf Postkarten abgebildet wird, in voller Montur für den Ringkampf, den Nationalsport. Seine Miene verriet Mißtrauen. Vielleicht lag es an der Situation. Er sprach nicht gern, zumindest nicht mit Fremden. Für ihn war das Treffen offensichtlich eine Qual, die er nur deshalb ertrug, weil er seine Prinzipien hatte, wie er nicht zu verkünden unterließ, und seine Unschuld beweisen wollte. Als der Westler von seinem Zimmer nach unten kam, erwartete Ganbold ihn bereits in der Lobby, er saß in einem Sessel, vor sich auf dem

Fußboden einen Rucksack. Ihm war sichtlich unbehaglich zumute. So unbehaglich, daß er, sowie er den Westler erblickte, aus seinem Sessel aufsprang und ihm, nachdem sie sich begrüßt hatten, den Rucksack überreichte: »Das sind seine Sachen.« Dann zog er ein Notizbuch mit schwarzem Kunstledereinband aus der Tasche und übergab es ihm, als wollte er sich schnellstens einer Riesenlast entledigen und dann gehen. »Das ist sein Tagebuch. Das heißt, das Tagebuch über die Reise, die er mit mir zusammen von Khövsgöl* bis in den Süden der Wüste Gobi gemacht hat. Es muß noch eins geben, in dem er seine Notizen über die letzten Tage vor seinem Verschwinden eingetragen hat. Er hat nämlich alles aufgeschrieben. Aber das habe ich nie gesehen. Wahrscheinlich ist es noch bei dem anderen Führer. Das Problem ist nur, daß wir uns nicht gut verstehen«, sagte er.

Der Westler war noch zu verblüfft über die ziemlich abrupte Art, mit der Ganbold sich vorgestellt hatte – falls man das überhaupt als Sich-Vorstellen bezeichnen konnte –, um offen sein Mißfallen darüber zu äußern, daß der Führer sofort seinen Kollegen und Konkurrenten kritisierte, ohne wenigstens Rücksicht auf den Ernst der Situation zu nehmen, in der solche Empfindlichkeiten und Intrigen nicht angebracht waren. Bevor der Westler jedoch seine Gereiztheit zeigen konnte, mußte er herausbekommen, was genau geschehen war, und auf seine Bitte hin trug ihm Ganbold in wenigen Worten vor, was er wußte. Der junge Fotograf war mit dem Plan in die

* Zur Aussprache der mongolischen Namen: kh entspricht dem Laut eines aspirierten h; ö dem Laut u; Doppelvokale (aa) signalisieren die betonte oder lange Silbe des Wortes. Enthält ein Wort mehrere Doppelvokale, handelt es sich um ein zusammengesetztes Wort, wie Ulaanbaatar (»Roter Held«) oder Tsagaannuur (»Weißer See«).

Mongolei gekommen, eine Reiseroute zu wählen, die von den einheimischen Führern als »klassisch« bezeichnet wurde, weil es die traditionellste war und am häufigsten genommen wurde. Er traf zu Beginn des Sommers ein, wie die meisten Touristen, wollte mit dem Auto von Norden nach Süden quer durch das Land fahren und die Gelegenheit nutzen, das Nationalfest Naadam – oder »Die Spiele« – zu fotografieren, das am 11. und 12. Juli in Karakorum gefeiert wird, einstmals, im dreizehnten Jahrhundert, die Hauptstadt des mongolischen Reiches, heute nur noch ein Nest neben dem berühmten Kloster Erdene Zuu, dem größten des Landes; dann wollte er weiter nach Süden zur Wüste fahren, wo er die meiste Zeit verbringen wollte. Er blieb fast zwei Monate in der Wüste Gobi. »Er hat alles in seinem Tagebuch aufgeschrieben«, sagte Ganbold noch einmal und wies auf das schwarze Heft, wie um zu betonen, daß er nichts zu tun habe mit dem, weswegen sie sich da trafen, und zu verstehen zu geben, daß es ihm lieber wäre, wenn der Westler die Aufzeichnungen läse, anstatt von ihm Antwort auf seine Fragen zu erwarten. Er wollte sich so schnell wie möglich jeder Verantwortung entledigen. Nach langem vergeblichem Nachbohren, das nur eine Ausflucht nach der anderen zeitigte, entschloß sich der Westler, wie er es in den Zeilen an seine Frau (oder an mich, wer weiß) ausdrückte, an Ganbolds »menschliche Solidarität« zu appellieren, und schaffte es schließlich, mit welchem Argument auch immer, den sturen Widerstand des Mongolen zu brechen und ihm wenigstens die Information zu entlocken, wie er zu dem anderen Führer, der den jungen Mann in den letzten Tagen vor seinem Verschwinden begleitet hatte, Kontakt aufnehmen konnte. »Ich rufe Sie heute abend an und gebe Ihnen Bescheid«, sagte Ganbold, schon halb im Gehen.

Im Rucksack befanden sich zwei Hosen, fünf Hemden, eine leere Plastikflasche und ein Paar Turnschuhe. Bevor er sich verabschiedete, sagte der Führer noch, das Zelt, der Schlafsack, der Kocher und andere wichtige Ausrüstungsteile seien mit dem jungen Mann verschwunden. Ganbold hatte den Rucksack und das Tagebuch, in dem der Fotograf über den ersten Teil seines Aufenthalts in der Mongolei berichtete, aufbewahrt und alles nach Brasilien schicken wollen, nach dem unseligen Telefonat mit dem Vater des Verschollenen jedoch davon Abstand genommen.

Der Westler verbrachte den Nachmittag in seinem Hotelzimmer mit der Lektüre des Tagebuches – oder besser gesagt, mit dem Versuch, die grausige Schrift zu entziffern. Als wären es Hieroglyphen. Er hatte nichts zu tun, mußte nur auf den Anruf von Ganbold warten. Hin und wieder unterbrach er die mühsame Lektüre und trat mit dem schwarzen Büchlein in der Hand ans Fenster. Die Straßen waren menschenleer. In der Ferne sah er die grünen Hügel. Auf den einen Hang hatte irgend jemand etwas in uiguro-mongolischer Schrift, dem klassischen Alphabet, in weißen Lettern und senkrechten Zeilen geschrieben. Auf Druck der Russen hatten die Mongolen in den vierziger Jahren die uiguro-mongolische Schrift aufgegeben und die kyrillische übernommen. Im Park gegenüber ein paar Betrunkene. Hier und da ein torkelnder Mann, der es kaum schaffte, sich einem der wenigen Fußgänger zu nähern und ihn um etwas anzubetteln, wahrscheinlich um Geld für Wodka. An der Ecke standen auch einige Paare und unterhielten sich, mit farbigen sommerlichen *dels* bekleidet, einer Art in der Taille gegürtetem Umhang, der typischen Tracht der Mongolen. Vermutlich waren es Nomaden aus dem Landesinneren, die sich vorübergehend in der Hauptstadt aufhielten. Um acht Uhr abends, draußen war es noch taghell, klingelte das Telefon. Es war Ganbold. Er wollte ihn am nächsten Vormittag vom Hotel abholen. Völlig überraschend hatte er mit Purevbaatar, dem anderen Führer, telefoniert, und dieser hatte sich bereit erklärt, sie beide zu empfangen, und erwartete sie zum Mittagessen. Der Westler las bis spät in die Nacht hinein weiter in dem ein Jahr zuvor geschriebenen Tagebuch, in der Hoffnung, einen Anhaltspunkt zu finden. Er las unsystematisch, übersprang unleserliche Abschnitte, blätterte zurück, wenn ihm etwas Besonderes auffiel:

5. Juli. Wir fliegen von Ulaanbaatar nach Khatgal in der Porvinz Khövsgöl, Land der Schamanen an der Grenze zu Rußland. Die Antonov setzt holpernd auf der unebenen Erdpiste auf. Die Passagiere hüpfen in ihren Sitzen. Ein paar Ausländer wechseln Blicke und lachen. Es ist wie eine Landung auf einem Feld voller Schlaglöcher. Batnasan, unser Fahrer, ein großer, gutmütiger Mann, erwartet uns mit seinem russischen Kleinlaster am Rand der Piste. Wir fahren weiter nach Tsagaannuur, im Gegensatz zu den anderen Passagieren, die das Wochenende am Khövsgöl-See verbringen wollen, in der Ruhe eines Touristencamps vor dem Hintergrund einer vertraut wirkenden Gebirgslandschaft. Hier beginnt meine Reise. Ich will die Tsaatan fotografieren, ein Volk von Rentierzüchtern, die isoliert an der Grenze zu Rußland zwischen der Taiga und den Bergen leben. Sie sind vom Aussterben bedroht. Wir nehmen in Khatgal Proviant auf. Der Ort mutet sibirisch an. Es gibt kein Jurtenviertel, wie sonst in den meisten mongolischen Städten. Die Jurten – oder *gers*, wie sie auf mongolisch heißen – sind Rundzelte mit einem Gerüst aus Holzlatten, über die auf der Innenseite eine Filzschicht gespannt ist, dann eine Zwischen-

schicht aus wasserdichtem Stoff oder Plastik und darüber eine weiße Zeltplane, die zusammen sowohl die Hitze als auch die Kälte abhalten. Im dreißig Grad heißen Sommer bleibt es darin kühl und im minus dreißig Grad kalten Winter warm. Die runde Öffnung in der Spitze dient als Abzug für die Kochstelle in der Zeltmitte wie auch zur Lüftung und ist bei den Sandstürmen in der Wüste besonders praktisch. Außerdem dient sie als Sonnenuhr, die einfallenden Strahlen beleuchten der Reihe nach verschiedene Stellen und zeigen so die Uhrzeit an. Der Eingang, eine Holztür, ist immer nach Süden ausgerichtet, vermutlich wegen der Sonne. Es gibt ein ganzes Zeremoniell und eine Reihe von Verhaltensregeln für das Betreten einer Jurte, angefangen bei dem Verbot, an die Tür zu klopfen, denn sie ist heilig. Anklopfen bedeutet, daß der Fremde zögert, und stellt folglich eine Beleidigung der Jurtenbewohner dar, so als hielte er sie nicht für würdig, ihn zu empfangen. Da die Jurten sich leicht aufstellen lassen, sind sie ideal für Nomaden. Für ein baumloses, windgepeitschtes Land mit extremen Temperaturschwankungen könnte es keine geeignetere Architektur geben. In den Ortschaften des Nordens hingegen sind die Behausungen, wie in Khatgal, aus Holz, Baracken mit grün oder rot angemalten Wellblechdächern. Es ist eine bewaldete Gegend. Die dort ansässige Bevölkerung zählt nicht zu den Khalkha, der ethnischen Mehrheit der Mongolen, sondern zu den Darkhad, die einen starken Akzent haben und stolz sind auf ihre Volkszugehörigkeit, so wie unser Fahrer. Die Fahrt nach Tsagaannuur soll zwei Tage dauern. Das Gelände ist besonders gebirgig und holperig. Wenn nicht Schlaglöcher und Berge die Fahrt erschweren, dann sind es Sümpfe. Offenbar gibt es einen kürzeren Weg durch die Berge, zwischen Jankhai und Tsagaannuur, aber nach Aussage der Einheimischen ist er ziemlich unsicher. Die von den Russen geschaffene Piste ist in sehr prekärem Zustand. Wir könnten steckenbleiben oder uns verfahren. Nach einem Tag Fahrt schlagen wir auf einer Lichtung auf einer Hügelkuppe mit Blick in ein Tal unser Lager auf. In der Ferne stehen Jurten. Weiße Punkte in der Landschaft. Vögel fliegen schreiend vorbei. In der Nacht höre ich Wölfe heulen. Noch nie habe ich solche Laute gehört. Es klingt, als kämpften sie mit dem Tod. Unterwegs sind wir zwei mit Gewehren bewaffneten Reitern begegnet. Sie haben gefragt, ob wir etwas zu verkaufen hätten.

Gegen Morgen hat es gefroren. Am späten Nachmittag erreichen wir Tsagaannuur. Ein Nest, an den Ufern eines kleinen gleichnamigen Sees gelegen, berüchtigt für seine Trunkenbolde. Für einen Besuch bei den Tsaatan müssen wir uns eine Erlaubnis der Grenzpolizei besorgen. Die Polizeiwache befindet sich in einer Holzbaracke. Im Innern hängt über die gesamte Breite einer mit rotem Satin bespannten Wand eine Landkarte der Region. Der Kommissar ist ein dicker Kerl, zwei freundliche Soldaten sind ständig um ihn. Die ganze Situation hat etwas von einem Stück von Gogol. Wir fahren weiter, zu dem Führer, der uns zu Pferd durch die Berge und die Taiga zu den Tsaatan bringen soll. Er heißt Togtokh und hat blaue Augen. Er wohnt in der Nähe, an einem Bach. Er ist ein Darkhad. Ganbold sagt, die Darkhad seien schmutzig. Für mich sind sie nicht schmutziger als die anderen Nomaden, denen wir bislang begegnet sind. Togtokh fragt, ob wir gut reiten können. Er wird uns am nächsten Morgen um acht Uhr am Fuß des Berges, wo wir zelten wollen, abholen. Wir fahren mit dem Auto weiter und suchen einen geschützten Platz, wo wir die Zelte aufschlagen können. Das Gelände ist sumpfig. Wir werden von Mücken aufgefressen. Als mir schließlich eine Stelle geeignet scheint, weigert sich Batnasan, mit dem Wagen heranzufahren. Er sagt, auf keinen Fall dort, da sei es verboten, und weist auf eine Kiefer, an der ein blaues Band festgebunden ist. Der Ort ist heilig, von Geistern bewohnt. Möglich, daß dort jemand gestorben ist.

Wir befinden uns in Schamanenland. Wer die Mongolei bereist, wird unterwegs immer wieder auf pyramidenförmige Steinhaufen treffen, in deren Spitze blaue Bänder oder Fahnen stecken. Das sind die *ovoos*, sie markieren die Orte, wo die Erde dem Himmel am nächsten und es am einfachsten ist, mit den Geistern zu kommunizieren. Diese von den Schamanen benannten Stellen liegen im allgemeinen auf Erhebungen in der Landschaft, doch nicht immer. Und dem Reisenden bringt es Glück, wenn er, falls er auf einen *ovoo* trifft, einen Stein auf den Haufen wirft und dreimal im Uhrzeigersinn um ihn herumgeht. In der Mongolei spiegelt das Land den Himmel. Der Schatten der Wolken wandert über die Steppen und die Wüste. Der Himmel ist immer ganz nah. Doch die Landschaft verweigert sich. Was man sieht, läßt sich nicht fotografieren.

Am nächsten Tag kommt Togtokh uns abholen. Natürlich ist er nicht um acht Uhr da. Er erscheint um neun und bringt außer dem Fuchs, den er selbst reitet, noch zwei Pferde mit. Ganbold bekommt die Stute, doch sie ist störrisch. Unterwegs biete ich an, die Stute zu nehmen, und wir tauschen die Pferde. Wir reiten bergauf durch die Taiga von Khounkher. Togtokh warnt uns, wir könnten mit den Knien gegen die Bäume schlagen, so eng stehen sie beieinander. Der Ritt durch die Taiga ist mühsam, der Weg ist voller Steine, Kuhlen und Matsch. In den Flüssen schwimmen noch große Eisschollen, auf den Berggipfeln liegt noch Schnee. Die Pferde rutschen auf den Steinen aus und versinken mit den Hufen im Schlamm. Immer wieder bleibt uns nichts anderes übrig, als sie selbst einen Weg finden zu lassen. Der Riemen meines Steigbügels steckt im letzten Loch, dennoch ist er zu kurz. Schon bald fangen mir die Knie an zu schmerzen. Dazu kommt, daß die Mücken unersättlich sind. Keiner wird verschont, auch die Pferde nicht. Während wir noch bergauf reiten, begegnen wir einem sehr freundlichen alten Tsaatan. Er heißt Sanjim und fordert uns auf, die Nacht im Haus seiner Tochter zu verbringen, das wir ihm zufolge am späten Nachmittag gleich am Eingang zum dritten Tal erblicken würden. Um zwei Uhr rasten wir zum Mittagessen auf einem steinigen Plateau, nachdem wir den Wald hinter uns gelassen und den ersten Höhenzug bewältigt haben. Die Landschaft ist sumpfig, mit Steinen, Bächen, Morast und niedriger Vegetation. Hier gibt es keine Bäume mehr. Plötzlich kommen vom nächsten Höhenzug drei Reiter herunter. Der erste ist ein französischer Fotograf, von dem ich schon gehört habe. Gleich hinter ihm kommen eine Freundin von ihm und der Darkhad-Führer. Sie kehren gerade von den Tsaatan zurück und legen eine Erholungspause ein. Sie sind ausgehungert. Nehmen alles, was wir ihnen anbieten. Der Fotograf sagt, die Tsaatan seien nicht mehr so wie früher, die Touristen hätten sie verdorben. Kürzlich, sagt er, hätten ein Amerikaner und ein Japaner sie im Helikopter besucht. Der Weg ist tatsächlich unwirtlich. Meine Knie sind kaputt, dabei haben wir noch nicht einmal die halbe Strecke zurückgelegt. Hin und wieder bleiben die Pferde im Morast stecken und stolpern auf den Steinen. Und meine Stute, die nur auf ständigen Druck meiner Beine weitergeht, erschrickt zwischendurch völlig überraschend und jagt immer wieder wie wild los, wenn ich überhaupt nicht damit rechne. Die mongolischen Pferde erschrecken über die merkwürdigsten Dinge, als wären sie tatsächlich ständig von Geistern umgeben, die wir nicht sehen können. Der Franzose ist von den Tsaatan enttäuscht. Ich frage, ob er erwartet hat, gute Wilde vorzufinden. Ich spüre die Gereiztheit in seinem Schweigen und dem Blick, mit dem er mich durchbohrt. Um der durch meine ironische Bemerkung ausgelösten Mißstimmung die Schärfe zu nehmen und ehe sich die Gemüter erhitzen, steht Ganbold auf, sagt, wir müssen weiter, und rettet mich mit einem versöhnenden Klischee: »Die Mongolei ist das Land der Fotografie.«

Am späten Nachmittag erreichen wir das Tal Menghe Bulag, wo die Tsaatan-Familien aus der sogenannten westlichen Taiga den Sommer verbringen. In dieser Gegend gibt es nur vierzehn Familien, das entspricht ungefähr fünfzig Personen. Die Tsaatan sterben aus.

Ungefähr weitere sechzig leben auf der anderen Seite vom Tsaagannuur, in der sogenannten östlichen Taiga, einer leichter zugänglichen Gegend, dort gibt es sogar eine Familie, die gegen Bezahlung für Touristen als Exoten posiert, um die Erwartungen der westlichen Besucher nicht zu enttäuschen. Ein trauriger Anblick, sagt Ganbold. Er ist einmal da gewesen und hat nicht die Absicht, noch einmal hinzufahren. Die Tsaatan sind Rentierzüchter und leben, im Gegensatz zu den anderen mongolischen und kasachischen Nomaden, nicht in Jurten, sondern in kegelförmigen Zelten, ähnlich den Tipis der nordamerikanischen Indianer. Im Winter, wenn es bis zu minus vierzig Grad kalt wird, gibt es keine Möglichkeit, in die westliche Taiga zu reisen. Die Tsaatan gehören zu der Volksgruppe der Tuva und sprechen eine mit dem Türkischen verwandte Sprache. Im allgemeinen sind sie gefällig und gastfreundlich, so wie die Mongolen. Wir kommen am Zelt der Tochter des alten Sanjim, dem wir in den Bergen begegnet sind, vorbei und reiten weiter ins Tal hinein, bis wir auf eine Gruppe von vier Zelten treffen. Als wir uns den Zelten nähern, dreht meine Stute wegen irgend etwas durch und rast los. Um ein Haar wäre ich aus dem Sattel gefallen. Die Männer haben sich in einem der Zelte versammelt und spielen Karten. Ob sie betrunken sind, weiß ich nicht. Als wir eintreten, begrüßen sie uns nicht. Wir werden feierlich ignoriert. Wahrscheinlich haben sie die neugierigen Ausländer satt, die sie wie vom Aussterben bedrohte Tiere begaffen.

Für jemanden, der das Nomadentum immer als eine alternative, freiheitliche Lebensform idealisiert hat, birgt die Begegnung mit der Realität zumindest eine heilsame Seite. Die Nomaden sind keine philosophische Abstraktion. Sie führen ein fest organisiertes, abwechslungsloses Leben. Jede Abweichung kann den Tod mit sich bringen. Sämtliche Bewegungen und Regeln sind bestimmt durch die grundlegendsten Erfordernisse für ein Überleben unter extremsten Bedingungen. Die Endogamie bedeutet für die Tsaatan das Ende. Und der

Kontakt mit der Außenwelt, nach dem Zusammenbruch des Kommunismus Anfang der neunziger Jahre, hat ihnen nur ihr eigenes Elend vor Augen geführt.

Bayaraa, der Chef, ist ein Sohn der Matriarchin, einer alten Schamanin. Seine Frau Jargal führt uns zum Zelt ihrer Schwiegertochter Bolroo, in dem wir einquartiert werden. Die Frauen machen sämtliche Arbeiten: Sie versorgen den Haushalt, die Kinder und die Rentiere. Bolroo ist eine Darkhad, wie ihre ältere Schwester hat auch sie einen Tsaatan geheiratet. Das sind Ausnahmen. Normalerweise sind die Tsaatan endogam. Das ist der Grund dafür, daß sich inzwischen eine ganze Reihe von Gesundheits- und Inzuchtproblemen entwikkelt haben. Offenbar gilt das auch für die Rentierherden. Das Leben in der Taiga ist sehr hart und einsam. Keine Frau eines anderen Volksstamms ist bereit, ihr Leben in dieser Einsamkeit zu verbringen. Bolroos Mann ist vor Tagen auf die Jagd gegangen. Sie ist mit den Kindern allein. Ich bin erschöpft. Ich muß mich auf den Boden setzen und die Beine ausstrecken. Die Rentiere sind komische Geschöpfe, ziemlich dumm und neugierig; wenn die Zelte offen sind, kommen sie herein und schnüffeln herum. Laut Ganbold suchen sie Salz, das ihnen in der Ernährung fehlt. Die Tsaatan geben ihren Rentieren normalerweise Salz aus der Hand. Am frühen Abend gehen die Frauen los und holen die Rentiere von der Weide zum Schlafen in die Nähe der Zelte. Das ist eine Vorsichtsmaßnahme, damit sie nicht von Wölfen angegriffen werden. Die Rentiere sind die einzige Einkommensquelle für die Tsaatan. Jedes Jahr wächst das Geweih, trocknet ein und wird abgeworfen. Früher zersägten die Tsaatan die trockenen Geweihe vor dem Winter und verkauften sie an Zwischenhändler in Ulaanbaatar für Geld, Mehl oder Reis. Die Zwischenhändler ihrerseits verkauften die Geweihe weiter an Chinesen und Japaner, die an ihre aphrodisische und Heilwirkung glauben. Da sie für noch durchblutete Geweihe mehr bekommen, sind die Tsaatan dazu übergangen, sie im Juni abzusägen, was für die Rentiere sehr schmerzhaft und gefährlich ist.

Die Männer spielen und trinken bis spät in den Abend hinein. Sie lassen sich nicht blicken. Togtokh hat sich zu ihnen gesellt. Plötzlich bricht ein Unwetter los. Es gießt in Strömen. Donnert und blitzt. Bolroo hat eine erst vor kurzem geborene Tochter, Urnaa. Nachdem sie das Kind gestillt und in eine Art Wiege gelegt hat, die an den Holzstützen des Zelts hängt, serviert sie Ganbold und mir eine Suppe mit getrocknetem Rentierfleisch und sagt, Suyan werde uns nach dem Abendessen empfangen. Suyan ist die alte Schamanin und Matriarchin. Ich habe darum gebeten, sie zu sehen. Ich kann nicht weiterreisen, ohne sie fotografiert zu haben. Suyan ist die Großmutter von Bolroos Mann. Sie lebt allein in einem Zelt. Seit ihrem zwanzigsten Lebensjahr ist sie Schamanin. Es ist eine Familientradition. Angeblich ist sie achtundneunzig Jahre alt, aber vermutlich ist sie jünger. Das harte Leben läßt die Menschen weit älter aussehen, als sie tatsächlich sind.

Wir nehmen als Geschenk eine Flasche Wodka mit. Sie nimmt sie zum Zeichen des Danks mit ausgestreckten Händen entgegen und stellt sie auf einen Altar. Sie trägt einen runden Hut aus Rentierfell und einen schmutzigen lilaroten *del*. Dazu mit Rentierfell gefütterte Stiefel. Sie hat O-Beine, so wie viele der alten Menschen in der Mongolei. Ihr Körper ist krumm wie ein knorriger Baum. Sie brummelt etwas, es soll wohl Freude ausdrücken. Sie fragt, woher ich komme. Von Brasilien hat sie noch nie gehört. Als sie klein war, hat sie sich im Wald verlaufen. Erst nach Tagen fand man sie, bewußtlos. Da hat sie entdeckt, daß sie mit den Geistern sprechen konnte und daß diese ihr sehr viel zu sagen hatten. Das hat ihr Leben vollkommen verändert. Jahrelang hat sie sich, angeleitet von einer Tante, darauf vorbereitet, Schamanin zu werden. Ich frage, ob ich sie fotografieren darf. Unter ihrer dünnen, runzligen Haut zeichnet sich der kantige

Schädel ab. Die Augen liegen tief, die Nase besteht fast nur aus den sehr weiten Nasenlöchern. Ich mache meine Fotos und stecke die Kamera weg. Nach kurzem Schweigen fragt sie, ob ich etwas wissen möchte. Mir fällt nichts ein. Weil Ganbold nicht locker läßt, frage ich schließlich, ob meine Reise erfolgreich sein wird. Sie fragt, welcher Religion ich bin und unter welchem Zeichen des chinesischen Horoskops ich geboren bin. Dann dreht sie uns den Rücken zu, als befragte sie etwas, das wir nicht sehen können. »Das sind Steine«, sagt Ganbold. »Alle Schamanen benutzen ein Instrument für die Kommunikation mit den Geistern; das gehört zum Familienerbe.« Nach ein paar Minuten wendet Suyan sich wieder zu uns, blickt wortlos zu Boden, dann sieht sie mich an. Ich kann ihrem Blick nicht standhalten. Draußen blitzt und donnert und regnet es noch immer. Es dauert eine Weile, bis sie schließlich sagt, sie habe nichts sehen können.

Urnaa weint die ganze Nacht. Am nächsten Morgen schieße ich die letzten Fotos, die ich noch brauche, dann brechen wir auf. Der Rückweg ist noch schwieriger. Meine Knie sind hinüber. Die Mücken in der Taiga sind eine Pest. Togtokh sagt, das sei gar nichts. Wir hätten noch Glück gehabt. Es hätte viel schlimmer sein können. Da es die ganze Nacht geregnet hat, ist der Weg noch schlechter als gestern. Am Nachmittag, als wir im Wald sind, überrascht uns wieder ein Gewitter. Die Pferde rutschen aus. Auf den steilsten Wegstrecken müssen wir absteigen und sie bergab führen. Meine Stute erschrickt wegen meiner Regenhaut, sie bäumt sich auf und schlägt aus. Bei jeder Kleinigkeit gerät sie in Panik. Ich könnte sie umbringen. Um acht Uhr abends erreichen wir Togtokhs Haus. Batnasan erwartet uns, er ist betrunken.

Am nächsten Tag stand Ganbold wie vereinbart um Punkt elf Uhr an der Hotelrezeption und erwartete den Westler. Weder auf der Straße noch auf dem Hauptplatz gab es ein Taxi.

Tatsächlich brauchte man in Ulaanbaatar nur den Arm auszustrecken, und schon hielt ein Privatwagen; die Fahrer ließen sich, genau wie ein Taxi, entsprechend der gefahrenen Kilometer bezahlen. Es kam nur darauf an, ob der Fahrer Lust dazu hatte. Aber an diesem Vormittag war kein Auto unterwegs. Oder zumindest keins, das bereit war, für sie zu halten. Es war so gut wie überhaupt kein Mensch unterwegs. Der Himmel war klar, wie am Tag zuvor. Ein angenehmer Tag. Sie beschlossen, zu Fuß zu gehen. Sie hatten mehr als genug Zeit. Sie überquerten den Platz und gingen durch die menschenleeren Straßen des Zentrums. Unterwegs konnte Ganbold einen Unfall verhindern, indem er den Westler, der sich im Gehen die Häuser rechts und links ansah, im letzten Moment vor einem offenen Gully beiseite zog. Überall in der Stadt gab es offene, mit Abfall verstopfte Gullys. Manche waren bis zu drei Meter tief. »In Ulaanbaatar sollte man beim Gehen immer auf die Straße vor sich blicken. Und das Schlimmste ist, wenn der Gully einen Deckel hat, denn der liegt nie fest, und wer drauftritt, fällt hinein«, sagte Ganbold. *Wir kommen an dem düsteren Gebäude des Viktoria-Kinos vorbei. Die gemalten Plakate, die auf der Außenseite des Betonklotzes die mongolischen Filme ankündigen, sind unglaublich. Ganbold sagt, es gibt hier eine regelrechte Filmindustrie. Offenbar handelt es sich hauptsächlich um historische Schinken und Melodramen.* Nach zehn Minuten befanden sie sich in einem Jurtenviertel, einer Art Favela am Stadtrand, mit den typischen weißen Zelten der Nomaden, dicht an dicht, zwischen Holzzäunen und Eisenpforten, die das Symbol für Ehe oder unendlich schmückte, zwei ineinandergeschlungene Ringe oder Rauten, ein Motiv, das sich in der gesamten Mongolei wiederfindet, auf Pforten, Teppichen, Vorhängeschlössern und anderen Haushaltsgegenständen. Ganbold, der die Rolle des Fremdenführers übernommen hatte und zwanghaft alle Gebäude erklärte, an denen sie seit dem Verlassen des Hotels vorbeikamen (das rosa Opernhaus; den Kulturpalast, ein gräßliches, für die einheimischen Maße zu hohes, pseudomodernes und etwas außerirdisch anmutendes Bauwerk mit kantigen Verzierungen und einer goldenen Kuppel; das kleine Gebäude der Börse, in dem sich vor 1992 ein Kino befunden hatte; den neoklassizistischen Bau des Kunstmuseums usw.), begann unvermittelt über den Verschollenen zu sprechen: »Ich habe ihn auf dem Flughafen verabschiedet. Wir haben das Gepäck aufgegeben und so weiter. Ich habe gesehen, wie er sich in der Schlange vor der Paßkontrolle angestellt hat. Wieso hätte ich auf die Idee kommen sollen, daß er nicht eingestiegen war, die Mongolei nicht verlassen hatte? Er war sehr verärgert über mich, weil ich mich geweigert hatte, mit ihm in den Westen zu fahren. Er befand sich schon seit drei Monaten in der Mongolei. Sein Visum lief ab. Außerdem war sein Geld alle, und er mußte warten, bis man ihm aus Brasilien neues schickte. Aber dann wäre es schon zu spät im Jahr gewesen, um in die Berge aufzubrechen. Wir hätten einige Zeit gebraucht, um die Expedition vorzubereiten, und inzwischen wäre schon der erste Schnee gefallen. Die Pisten konnten von einem Moment auf den anderen unpassierbar werden. Er hatte sich ganz plötzlich dazu entschlossen, ich konnte das nicht verstehen. Die Route, die er sich vorgenommen hatte, war zu dieser Jahreszeit der reine Wahnsinn. Die Orte, die er besuchen wollte, würden sehr bald von der Außenwelt abgeschnitten sein. Ich hätte nie gedacht, daß er an dem Nachmittag nicht ins Flugzeug gestiegen war, bis ich dann herausfand, daß er mit Purevbaatar unterwegs nach Westen war.«

Ganbold konnte seine Betroffenheit nicht verbergen. Sosehr er sich auch wünschte, keinerlei Schuld an dem zu tragen, was geschehen war, und so wenig er tatsächlich direkt dafür verantwortlich war, fühlte er sich dennoch irgendwie am Verschwinden des jungen Mannes beteiligt. »Das kann Purevbaatar bestimmt erklären«, antwortete er jedesmal, wenn der Westler ihn nach etwas fragte.

Ganbold und Purevbaatar waren nie besonders gute Freunde gewesen, doch alles deutete darauf hin, daß sie, erst nachdem der junge Mann verschwunden war, den Kontakt abgebrochen hatten. Ganbold warf ihm vor, daß er sich bereit erklärt hatte, den Brasilianer Ende Oktober ins Altaigebirge zu führen, und dann ohne seinen Kunden nach Ulaanbaatar zurückgekehrt war, etwas Unverzeihliches. Da er sich zuvor geweigert hatte, diese aberwitzige Reise mit dem Brasilianer zu unternehmen, fand er, es stehe ihm zu, seinen Kollegen zur Rechenschaft zu ziehen. Als der Westler ihn fragte, warum der Brasilianer sich plötzlich entschlossen hatte, ins Altaigebirge zu fahren, und trotz der ungeeigneten Jahreszeit so hartnäckig an dem unvernünftigen Plan festgehalten hatte, wich Ganbold aus. Da sie gerade an dem Kloster Gandan vorbeikamen, nutzte er die Gelegenheit, um das Thema zu wechseln, und fuhr in seinem Vortrag über die Sehenswürdigkeiten der Stadt fort – oder zumindest verstand der Westler das anfangs so, denn noch hatte er keinen Anhaltspunkt, der ihm erlaubt hätte zu begreifen, daß Ganbold damit lediglich indirekt ansprach, was den Verschwundenen veranlaßt hatte, Knall auf Fall und zu höchst ungelegenem Zeitpunkt nach Westen aufzubrechen: »Dies ist das größte Kloster von Ulaanbaatar. Es ist eines der wenigen, das die Kommunisten nach der Revolution von 1921 unter dem Vorwand haben stehen lassen, es zeuge, ebenso wie Amarbayasgalant im Norden und Teile von Erdene Zuu in Karakorum, von der Vergangenheit des Landes. Amarbayasgalant haben wir gleich am ersten Wochenende nach seiner Ankunft besucht. Wir sind mit dem Auto an einem Tag hingefahren und am nächsten Tag zurückgekommen. Dann, als wir nach Karakorum kamen, genau auf halbem Weg zwischen Khövsgöl und der Wüste Gobi, hat er Erdene Zuu besucht. Die Kommunisten haben in der gesamten Mongolei siebenhundertfünfzig Klöster zerstört und dreißigtausend Lamas umgebracht, aber sie wußten genau, wenn sie sämtliche Klöster zerstört und alle Mönche umgebracht hätten, dann wäre ein Volksaufstand nicht mehr zu verhindern gewesen. Nur damit Sie sich eine Vorstellung machen können: 1921 waren zwanzig Prozent der Bevölkerung Mönche. Alle hatten mindestens einen Lama in der Familie. Eltern waren gezwungen, mindestens einen Sohn ins Kloster zu geben. Warum, glauben Sie, haben die Chinesen dem Buddhismus in Tibet noch nicht endgültig den Garaus gemacht?«

In seinem Tagebuch schrieb der junge Mann dazu: Besichtigung des Klosters Gandan. Es besteht nicht die geringste Möglichkeit, die buddhistischen Mönche zu negieren. Die zwanzig Meter hohe Statue im Innern des Haupttempels wurde im Auftrag des sogenannten Achten Jebtzun Damba angefertigt, der zu Beginn des zwanzigsten Jahrhunderts zum Bogd Khan ernannt wurde, dem letzten König der Mongolei, und wegen einer Syphilisinfektion blind war. Die Originalstatue war dann im Jahre 1938 als Geschenk an Stalin geschickt und von den Russen zerschlagen worden. Nach dem Zusammenbruch des Kommunismus in der Mongolei konnten die Lamas mit Hilfe von Spenden aus Tibet und Japan eine neue Statue anfertigen lassen. Die Haltung der rechten Hand, deren Mittelfinger sich über die Innenfläche der linken Hand neigt, bedeutet: »Der das Bewußtsein entwickelt und sehen macht.« Einem Bericht des amerikanischen Forschers Roy Chapman Andrews zufolge, der bei Ausgrabungen in der Wüste Gobi in den zwanziger Jahren mehrere Dinosaurierarten entdeckte, besaß der Bogd Khan, der als Lebender Buddha galt – die Reinkarnation der dritthöchsten Autorität im tibetischen Buddhismus –, ein in Shanghai gekauftes Auto und pflegte ein an die Batterie angeschlossenes Kabel über die Außenmauer seines Winterpalastes hängen zu lassen, so daß seine gläubigen Untertanen, die das Kabel zu seiner Verehrung berührten, einen Schlag bekamen, was sie als Bestätigung der Fähigkeiten ihres Herrschers und geistigen Führers verstanden, während er sich drinnen in seinen Gemächern darüber amüsierte, wie sie da draußen zusammenzuckten. Ganbold hat mir das erzählt. Ich finde das überhaupt nicht komisch. Als wir später den Palast des Bogd Khan besichtigten, stellte ich fest, daß er zwar an keinerlei Religion glaubt, einem Ausländer jedoch nicht gestattet, sich über die nationalen Mythen lustig zu machen. Das empört ihn. Als hätte ich seine Mutter beleidigt.

Es war, als hörte ich ein und dieselbe Person. Irgendwie waren sich der Verschollene und der Westler in ihren ethnozentrischen Ideen fatal ähnlich. Der Unterschied bestand, wie mir schließlich klar wurde, nur darin, daß der Verschollene noch versuchte, die Welt als Verbündeten zu behandeln. Er war naiver oder optimistischer. Diese Mühe gab der Westler sich nicht. Sein Unbehagen sorgte dafür, daß er ganz selbstverständlich die Rolle des Gegners übernahm. Er kämpfte gegen die Welt. Letzten Endes gaben sie nur dieselben Klischees von sich. Sie verurteilten die östlichen Gesellschaften als unfrei, weil durch die Religion oder die Partei oder sonstwen unterdrückt. Die Mongolei war für sie ein Paradebeispiel. Nach dem Ende des Kommunismus war der Mystizismus, der siebzig Jahre lang bekämpft worden war, wie ein aus seinem Verlies befreites Gespenst triumphierend wiederauferstanden.

Nachdem er mit Ganbold quer durch das Land gereist und wieder nach Ulaanbaatar zurückgekehrt war, beschloß der junge Mann eines Morgens, allein ins Zentrum zu gehen. Er war in einer Wohnung am Stadtrand untergebracht. Ich komme am Kloster Gandan vorbei und betrete den Tempel. Ich bin der einzige Ausländer. Während ich die riesige Statue betrachte, die im Tempel steht, tippt mir ein Mönch, der mich schon vorher angesehen hat, auf die Schulter und bedeutet mir, ihm nach draußen zu folgen. Wenn ich richtig verstanden habe, soll ich mit jemandem sprechen. Als wir draußen sind, findet er jedoch nicht den, den er sucht, einen, der übersetzen kann, was er mir sagen will, und nach einer Weile gibt er auf. Wieder bedeutet er mir etwas mit einer Handbewegung, so als wollte er verärgert sagen: »Vergiß es.« Sein Verhalten ist nicht besonders freundlich. Später erklärt Ganbold mir, man müsse bezahlen, wenn man in den Tempel wolle – ich soll bezahlen, weil ich Ausländer bin, vermute ich, denn ich habe keinen einzigen Mongolen bezahlen sehen. Ich setze meinen Weg zum Zentrum fort. Ein Stück weiter sitzt ein Schamane oder Guru irgendeiner Art vor einer Jurte und singt in ein Mikrophon, begleitet von einem Jungen auf einer *morin khuur*, der mongolischen Fiedel. Vor dem Podest, auf dem die beiden etwas erhöht sitzen, haben sich Leute (Glaubensanhänger, vermute ich) an der Hand gefaßt und gehen im Kreis um ein kegelförmiges Zelt (ein Tipi, wie das der Tsaatan) herum, in dem sich ein ausgestopfter Adler oder anderer Raubvogel befindet. Das Ganze riecht mir stark nach Sekte und Schwindel.

Vom Tempel Gandan aus bogen Ganbold und der Westler in eine ungepflasterte Seitenstraße ein, die sich zwischen den

Jurten zum nordwestlichen Teil der Stadt hinzog. Ganbold wohnte nicht weit von dort: »Genaugenommen wohne ich im selben Viertel wie Purevbaatar. Wir sind praktisch Nachbarn.« Deshalb hatten sie nicht verhindern können, daß sie sich mehrfach zufällig begegneten, auch als sie schon nicht mehr miteinander sprachen. Bevor Ganbold den Vater des Verschollenen anrief und sich das Geschrei des Alten am Telefon anhören mußte, hatte er noch einmal Kontakt zu Purevbaatar aufgenommen und ihn überreden können, ihm die Sachen des jungen Mannes zu geben, damit er sie nach Brasilien schicken konnte. Aber sie waren gleich wieder aneinandergeraten. Er sah sich gezwungen, Purevbaatar zur Rechenschaft zu ziehen. Dabei hatte er erfahren, daß dieser ihm eine Mitschuld am Verschwinden des Fotografen gab. Und aus Stolz beschloß er, sich um die ganze Geschichte nicht mehr zu kümmern. Als dann die Brasilianische Botschaft aus Peking anrief, ihm mitteilte, daß sie jemanden schicken würden, der sich mit der Sache befassen sollte, und sagte, man rechne auf seine Hilfe, hatte Ganbold sich vorgenommen, dem Betreffenden den Rucksack und das Tagebuch zu übergeben und sich dann nicht mehr blicken zu lassen. Doch die Hilflosigkeit des Westlers hatte ihn aus dem Konzept gebracht. Er konnte sich nicht weigern, ihm zu helfen, sagte er. Und nur deshalb befand er sich nun mit ihm auf dem Weg zu einem Mittagessen bei Purevbaatar, eigentlich unvorstellbar, nachdem er seit Monaten kein Wort mit ihm gewechselt hatte.

Die ungepflasterte Straße mündete in eine Asphaltstraße und diese wiederum in eine breite Avenue mit einem ungepflasterten Mittelstreifen zwischen den beiden Fahrspuren und gesäumt von etwa zehnstöckigen Wohnblocks und ein paar einfachen Geschäften. Inzwischen waren überall Autos unterwegs. Der Gehweg war zum Teil betoniert, dann wieder ungepflastert, darauf standen Buden, in denen von elektronischen Geräten bis hin zu gekochtem Fleisch und Kebab alles verkauft wurde. Es gab Supermärkte, Kneipen, Wäschereien, Banken. Man konnte es als Vorstadtmilieu bezeichnen, obwohl es nur ein paar Minuten vom Zentrum entfernt lag. Kein einziger Baum weit und breit. Magere Straßenköter liefen quer über die Avenue oder lungerten auf dem Gehweg und dem Mittelstreifen. Die Häuser waren weiße Plattenbauten, auf den seitlichen Fassaden mit blauen oder granatroten geometrischen Motiven dekoriert. Sie sahen aus wie Favelas in der Vertikalen. »Die haben die Russen in den achtziger Jahren gebaut«, sagte Ganbold, und der Westler dachte an den Anfang des Tagebuchs, den er am Abend zuvor gelesen hatte: Die Schönheit der Landschaft in der Umgebung von Ulaanbaatar, die ich aus dem Flugzeug gesehen habe, steht in starkem Gegensatz zu dem Viertel, wo ich untergebracht bin. Die Ankunft ist ein Schock, das Gebäude hat so einen grausig stinkenden Eingang, daß es mir beim ersten Betreten Brechreiz verursacht hat. Inzwischen halte ich die Luft an, wenn ich da hindurchgehe. Ich glaube, es ist der Geruch von gekochtem Hammelfett, aber ich wage nicht, danach zu fragen, aus Angst, meine Gastgeber zu kränken.

Der Westler träumte mit offenen Augen, in Gedanken war er bei dem Tagebuch des Verschollenen, und um ein Haar wäre er beim Überqueren der Avenue angefahren worden. Er kam zu sich, als er die Hupe hörte, das Auto an ihm vorbeisauste und er Ganbolds Hand fühlte, der ihn mit festem Griff um den Arm daran hinderte, den nächsten Schritt zu tun, und somit erneut einen Unfall verhinderte.

Die Autos rasen wie verrückt durch die Straßen von UB. Sie hupen, wann ihnen danach ist, wenn sie überholen wollen, wenn sie ein anderes Auto vor sich sehen oder eins, das auf ihre Spur einbiegt, auch wenn es sich dreihundert Meter vor ihnen befindet. Die Fahrer haben überhaupt keine Ahnung von Verkehrsregeln oder von den Grundsätzen guter Erziehung und Höflichkeit. Sie machen, was sie wollen und wann es ihnen paßt. Sie hupen alle naslang, jagen Fußgänger, fahren bei Rot über die Kreuzung, schneiden die anderen, bremsen abrupt.

»Das ist das chinesische Vorbild«, sagte Ganbold.

Vor dem Haus, in dem Purevbaatar wohnte, spielten vier alte Männer Karten, während auf der Straße und dem Innenhof zwischen den Wohnblocks Kinder tobten. Als die beiden Besucher in das Haus traten, folgten aller Blicke dem Westler, als wäre er ein Außerirdischer. Je weiter sie die Treppen zum vierten Stock hinaufstiegen, um so unruhiger wurde Ganbold. Er hatte das Treffen nach reiflicher Überlegung telefonisch verabredet. Es hatte ihn große Anstrengung gekostet, seinen Stolz zu überwinden, der ihm seit Monaten verbot, mit Purevbaatar zu sprechen. Im Grunde war es eine Möglichkeit, jede Verantwortung von sich zu weisen und den Ball weiterzugeben. Die Wohnung bestand aus einem Schlafzimmer, einem Wohnzimmer, einer kleinen Küche und einem Badezimmer. Purevbaatar lebte darin mit seiner Frau und zwei kleinen Kindern, die gerade draußen spielten. Er machte ihnen selbst auf. Er war etwas größer als Ganbold, zwar nicht dick, aber erheblich kräftiger, und wirkte leutselig. Hin und wieder fiel ihm eine Haarsträhne über die Augen. Sein Gesicht war rund, mit freundlichem Ausdruck. Zumindest auf den ersten Blick. Ein gutaussehender Mann und allem Anschein nach ein Verführer. Er war an einem Donnerstag geboren, daher sein Name, der »Donnerstagsheld«. Er hatte in

London studiert und sprach wesentlich besser Englisch als Ganbold. Er hatte mit einer Engländerin zusammengelebt. Sie hatten sich kennengelernt, als er für ein Reisebüro arbeitete, das dafür bekannt war, Reiterexkursionen durch die Steppe in der Region von Khentii in der östlichen Mongolei zu organisieren, wo sich die Wiege und vermutlich auch das Grab von Dschingis Khan befand. Die Wände des Wohnzimmers waren mit orangegelben Teppichen behängt, auf denen Kamele zwischen den Dünen in der Wüste wandern. In einer Ecke stand ein Fernseher auf dem Fußboden und in der Raummitte ein niedriger viereckiger, schwarz lackierter Tisch, darauf vier Schalen und eine Thermosflasche. Sie setzten sich um den Tisch herum auf den Fußboden. Purevbaatar goß ihnen Tee ein. Es war der unvermeidliche, für die Mongolei und Tibet typische salzige Tee mit Milch. Ganbold hielt den Blick gesenkt. Der Fernseher war eingeschaltet. Es lief eine koreanische Telenovela. Sie war mongolisch synchronisiert, aber im Hintergrund konnte man die Schauspieler koreanisch sprechen hören. Die Telenovela war gerade der große Renner. Das ganze Land saß vorm Fernseher. Purevbaatar griff nach der Fernbedienung und schaltete den Ton aus. Seine Frau kam mit einem Suppentopf aus der Küche. Sie war schmal und sehr blaß. Sie hatte sich geschminkt, das ganze Gesicht war gepudert, das Haar mit einem japanischen Stäbchen zusammengehalten. Ihr Gesicht war rund und flach. Sie begrüßte Ganbold und lächelte dem Westler zu. Dann servierte sie die Suppe und gab während des ganzen Essens keinen Ton mehr von sich. Nach kurzem Schweigen, in dem nur zu hören war, wie die beiden Führer die fette Brühe mit Nudeln und Hammelfleisch direkt aus der Schale schlürften, ergriff Purevbaatar das Wort und begann, den

Blick fest auf den Westler gerichtet, die Geschichte ab dem Moment zu erzählen, bei dem Ganbold aufgehört hatte. Für ihn hatte damit alles angefangen: »Was auf dem Flughafen geschah, ermutigte ihn zu bleiben. Er wäre wie geplant abgereist, wenn Ganbold etwas umsichtiger gehandelt hätte.« Überrascht, weil er nicht damit gerechnet hatte, gleich zu Anfang zu hören, was er als Provokation empfand, verschluckte Ganbold sich und mußte die Schale auf dem Tisch absetzen. Er bekam einen Hustenanfall. Seine Augen funkelten vor Wut. Fast wäre er Purevbaatar an die Gurgel gegangen, doch dieser sprach weiter, den Blick nach wie vor auf den Westler gerichtet, als wäre nichts geschehen und als schuldete er nur ihm eine Erklärung: »Jeder Ausländer, der sich länger als einen Monat in der Mongolei aufhalten will, muß sich bei seiner Ankunft und am Ende seiner Reise, bevor er das Land verläßt, bei der Polizei melden. Das weiß jeder Führer. Nun war es so, daß er sich nicht angemeldet hatte und die Polizei ihn nicht ausreisen ließ. Sie schickten ihn zurück in die Stadt, wo er das Problem auf der Polizeiwache klären sollte. Er versuchte es mit allen Argumenten. Erklärte, das habe ihm niemand gesagt. Die Polizei fragte nach seinem Führer, aber der war schon weggegangen ...« In diesem Augenblick sprang Ganbold auf und riß den Tisch, die Suppe und den Tee mit. Die beiden brüllten sich auf mongolisch an, gingen aber nicht aufeinander los. Sie wagten nicht, handgreiflich zu werden. Die Frau, die hinausgegangen war, um frischen Tee zu holen, kam aus der Küche gelaufen, und mit Hilfe des Westlers gelang es ihr, die Gemüter zu beruhigen. Der Westler hielt ihnen eine Gardinenpredigt, er sagte, er sei nicht gekommen, um seine Zeit mit solchen Szenen zu vergeuden, er müsse den jungen Mann finden. Ihre Differenzen könnten sie später und allein unter sich ausmachen. Nachdem die Frau den Teppich gesäubert hatte, goß sie Ganbold, der nun wie ein eingeschnappter Bengel schwieg, eine neue Schale Tee ein und auch Purevbaatar, der sich zwar ebenfalls verärgert zeigte, am Ende aber dem Drängen des Westlers nachgab und seinen Bericht an dem Punkt, an dem er vor dem Zwischenfall aufgehört hatte, in einem bis auf den harten Akzent makellosen Englisch fortsetzte. Im Grunde hatte er, wie der Westler schließlich feststellte, etwas Verschlagenes, was aber zunächst von seiner extrovertierten, charmanten Art überdeckt wurde: »Er war verzweifelt. Er stand in der Schlange, um an Bord zu gehen. Sein Gepäck hatte er schon aufgegeben. Das Flugzeug sollte in einer halben Stunde starten. Und nach all der Mühe und den nutzlosen Diskussionen mit Ganbold, um ihn zu überreden, mit ihm in den Westen zu reisen, war er inzwischen selbst entschlossen, das Land zu verlassen. Er sagte zu den Polizisten, er sei bereit, notfalls ein Bußgeld zu zahlen, und ließ durchblicken, er werde jeden Betrag zahlen. Er hatte einen Anschlußflug nach Brasilien gebucht, er durfte seinen Flug nach Peking nicht verpassen. Aber nichts konnte sie zum Einlenken bringen. Sie wollten ihn nicht aus dem Land lassen. Sie sagten, er könne am nächsten Tag einen anderen Flug nehmen, aber vorher müsse er seine Situation auf der Polizeiwache in Ulaanbaatar klären. Er versuchte mit Gestik und Mimik zu argumentieren, entsetzt beobachtet von den anderen ausländischen Touristen in der Schlange, die jedoch so taten, als sähen sie nichts, vor lauter Angst, das Ganze könnte auch für sie Folgen haben. Er war schon sehr verärgert wegen …«, und da sah Purevbaatar zu Ganbold hinüber und räusperte sich, »… wegen all dem, was vorher geschehen war, und nun auch das noch. Später hat er zu mir gesagt, die Polizisten hätten deutlich gezeigt, welchen Spaß sie nicht nur daran hatten, ihre absurde Autorität gegenüber einem machtlosen Ausländer auszuspielen, sondern auch daran, daß er immer verzweifelter wurde, als er begriff, daß sie mit keinem Argument umzustimmen waren. Sie erwiderten, so seien die Gesetze des Landes, und im Gegensatz zu anderen Gegenden der Welt seien die Gesetze in der Mongolei dazu da, daß sie eingehalten würden. Wütend machte er sich auf die Suche nach einem Telefon. Er hatte keine Münzen mehr und konnte also nicht von einem öffentlichen Telefon aus anrufen. Er bat die Angestellten der chinesischen Fluggesellschaft, ihn von einem ihrer Apparate aus telefonieren zu lassen. Aber keiner half ihm. Erst als eine Flughafenangestellte ihn in dem Zustand sah, erlaubte sie ihm, von ihrem Büro aus zu telefonieren. Leider war sein Führer nicht direkt nach Hause gefahren. So was kommt vor …« Angesichts dieser in seinen Augen nicht nur ungerechten, sondern auch kleinlichen Anschuldigung konnte Ganbold nicht mehr an sich halten und warf empört ein: »Ich saß im Taxi, auf dem Weg nach Hause!« Purevbaatar nutzte die Unterbrechung und trank einen Schluck Tee, dann, sichtlich zufrieden mit der Wirkung seiner Provokation, fuhr er unerschütterlich fort: »Es war niemand zu Hause. Der Anrufbeantworter sprang an. Er überlegte noch, ob er eine Nachricht hinterlassen sollte, doch das schien ihm sinnlos. Und während er darauf wartete, daß man ihm sein Gepäck brachte, das er ja schon aufgegeben hatte, kam ihm die Idee. Ich mache ihm daraus keinen Vorwurf. Ich hätte genauso gehandelt. Selbstverständlich. Wenn er sich sowieso schon illegal im Land befand, sein Flugzeug weg war und man ihn zwingen wollte, in die Stadt zurückzufahren, sah er nicht ein, warum er nicht die Gelegenheit nutzen und die Reise unternehmen sollte, die er so gern machen wollte. In den Westen. Ich hätte diese Widrigkeiten genauso als ein Zeichen der Vorsehung verstanden. Er blätterte in seinem Adreßbuch, und die einzige andere Nummer aus Ulaanbaatar, die er darin hatte, war meine, von meiner Visitenkarte ...«

»Ich würde ja mal gern hören, wieso er überhaupt von deiner Existenz wußte«, warf Ganbold sarkastisch ein, ohne Purevbaatar anzusehen.

»Wir sind uns im Juli in Karakorum begegnet, einen Tag nach Naadam. Der reine Zufall. Ich hatte keine Ahnung, daß du sein Führer warst. Er war allein und fotografierte das Kloster, und ich begleitete zwei Amerikanerinnen. Er bat mich um eine Auskunft, wir unterhielten uns kurz, und ich gab ihm meine Karte. Das war alles«, antwortete Purevbaatar ungerührt.

In einem der Tempel von Erdene Zuu, dem auf den Überresten der Hauptstadt des mongolischen Reiches in Karakorum erbauten Kloster, wird ein Hackmesser aus dem achtzehnten Jahrhundert ausgestellt. Es diente dazu, »den Feinden der Religion die Aorta durchzuschneiden«, also den Atheisten und Ungläubigen. Die buddhistischen Lamas waren nicht so gütig, wie der Westen immer glaubt. Sie duldeten kein Anderssein. Es gibt unglaubliche Geschichten über Morde in andersdenkenden Sekten in Tibet und der Mongolei. Nach der am weitesten verbreiteten Version ist Danzanravjaa, der große Führer der buddhistischen Rotmützensekte, in der Mongolei eindeutig in der Minderheit – abgesehen davon, daß er in Tantra-Praktiken eingeführt und 1809, vor den Chinesen verheimlicht, zum König der Gobi-Region ausgerufen wurde –, von den Mandschus ermordet worden, doch es geht das Gerücht, daß er den Gelbmützenmönchen zum Opfer gefallen sei, den Gelugpa, die noch heute unter den mongolischen Lamas die Mehrheit bilden. Die buddhistische Kirche, so autoritär und repressiv wie die katholische oder jede andere, kann genauso moralistisch und extrem heuchlerisch sein. Warum sollten sie auch anders sein als der Rest der Menschheit? Im Buddhismus gibt es im Gegensatz zu der landläufigen Meinung durchaus Darstellungen einer Hölle für die Sünder. Man braucht nur das Kloster Choijin Lama in UB zu besuchen. Das ganze Kloster ist in ein Museum umgewandelt worden, das sich der Buße für Sünden, Bestrafungen, Darstellungen verschiedener Höllen und der beschützenden Dämonen widmet. Die Gemälde zeigen die gräßlichsten Folterungen, ausgeführt von Vorarbeiter-Teufeln unter der Anleitung von friedliebenden, gleichmütigen buddhistischen Mönchen. Und das Paradies wird als Tempel dargestellt, in dem die Mönche wie die Engel von links nach rechts und rechts nach links fliegen. In einem anderen Tempel von Erdene Zuu fällt mir ein Bild auf einem zerschlissenen Stoff auf. Es ist eine *tanka*, und ich erkenne darauf dieselbe rote Göttin, über die mir im Kunstmuseum von UB eine Führerin einen stundenlangen Vortrag gehalten hat, ohne daß ich sie darum gebeten hätte. Es ist eine dämonische Gottheit mit einer Krone und einer Kette aus fünfzig Totenschädeln um den Hals, wie ich gezählt habe. Ihr Geschlecht ist entblößt und halb geöffnet. In einer Hand hält sie eine mit Blut gefüllte Schädeldecke, wie eine Trinkschale. In der anderen Hand hält sie ein Hackmesser. Ihr rechter Fuß ruht auf einem roten Körper, ihr linker auf einem schwarzen. Zwischen ihren gespreizten Beinen tanzen umschlungen zwei Skelette. Wie sie im Museum in UB hieß, weiß ich nicht mehr. Hier wird sie Naro Hajodma genannt. Am meisten verwundert mich, daß sie auf der Schrifttafel gleich unter ihrem Namen als »Hüter-Göttin des Tantra« bezeichnet wird. Die Führerin aus Erdene Zuu, die Ganbold bezahlt hat, damit sie mich begleitet, während er sich um ein Problem mit Batnasans Auto kümmert, kann mir nichts über die Göttin sagen. Sie behauptet, sie habe schon Mönche danach gefragt, doch die verrieten nie etwas, sie weigerten sich, mit

Laien über Fragen ihrer Religion zu sprechen. Man sollte es nicht für möglich halten, daß eine so offenkundig mit der Sexualität und dem Tantrismus, der wesentlichsten und geheimsten Dimension des tibetischen und mongolischen Buddhismus, verknüpfte Darstellung existiert und niemand etwas darüber weiß. Die Führerin ist durch mein Interesse neugierig geworden, sie bittet mich, ihr zu erzählen, was ich weiß. Ich gebe wieder, was die Führerin im Museum in UB erzählt hat: Naro Hajodma war eine Frau, die nur an materielle Dinge und weltliche Freuden dachte. Als sich ihr die Möglichkeit eröffnet, eine Erbschaft zu machen, will sie sich nicht damit abfinden, daß sie die Erbschaft mit anderen Mitgliedern der Familie wird teilen müssen; also geht sie zu einem Schamanen und bittet ihn, sie von denen zu befreien, die ihr das Erbe streitig machen können. Als sie nach Hause kommt, ist die Familie tot. Verzweifelt darüber, was sie Böses angerichtet hat, macht sie sich auf die Suche nach einem Meister. Sie will wissen, was sie tun muß, um Vergebung zu erlangen, sich von ihrem Schmerz zu befreien und von der Schuld reinzuwaschen. Der Meister rät ihr, sie soll sich aus der Welt zurückziehen, und Naro Hajodma geht in die Berge und meditiert jahrelang. Eines Tages kehrt sie in die Stadt zurück und trifft auf eine Gruppe Prostituierte. Sie will sie überreden, ihr leidvolles Leben aufzugeben, doch keine nimmt sie ernst. Alle lachen sie aus und verspotten sie. Um sie von der Kraft des Willens und ihrer Läuterung zu überzeugen, trinkt Naro Hajodma das Blut eines ermordeten Verbrechers. Sie wird von Kopf bis Fuß rot, stirbt aber nicht. Woraufhin alle, von ihrer Reinheit überzeugt, sich ihr anschließen und ihre Lehre befolgen. Als wir uns draußen vor dem Tempel verabschieden, bedankt sich die Führerin bei mir für die Geschichte. Ich will noch ein paar Aufnahmen von Erdene Zuu machen. Ich gehe die Mauer entlang, suche nach der besten Perspektive. Ein mongolischer Führer, der zwei Amerikanerinnen begleitet – eine klein und dick, die andere groß und dünn, beide um die Fünfzig –, kommt auf mich zu, während die beiden Frauen das Kloster fotografieren, und stellt sich vor. Er sagt, er habe einen Teil meiner Geschichte über die Göttin im Tempel mit angehört. Die Amerikanerinnen hätten sich sehr dafür interessiert. Sie kommen aus Kalifornien. In San Francisco sind sie mit buddhistischen Gruppen in Kontakt gekommen und haben beschlossen, in die Mongolei und nach Tibet zu reisen, wobei sie selbst nicht wissen, was sie sich davon versprechen. In spöttischem Ton sagt er, sie hätten schon in der Wüste Tierknochen gesammelt, seien regelrecht besessen vom Buddhismus und stellten ihm Fragen, die er nicht beantworten könne. Er erkundigt sich, warum ich mich für das Bild interessiere. Ich erzähle ihm von der Führerin im Museum in UB, die unter Hunderten von Werken ausgerechnet dieses ausgewählt und fast eine halbe Stunde lang über die Darstellung der roten Göttin geredet hat. Ich sage, daß ich an solche Zufälle glaube. Und nun hätte ich obendrein auch noch gerade entdeckt, daß die besagte Göttin die Hüterin des Tantra sei. Ich warte auf seine Reaktion, aber auch er weiß von nichts. Er hat noch nie etwas vom Tantra gehört, das ist unglaublich. Ich weiß nicht, ob er das ernst meint. Ich frage, was der von den Lamas behauene phallische Stein am Ortsausgang von Karakorum, der auf einen natürlichen, an eine Vagina erinnernden Felsspalt im Berg gerichtet ist, zu bedeuten hat. Er sagt, die Lamas hätten den Stein behauen, um das Verlangen der jungen Mönche nach den Mädchen der Stadt zu stillen. Das klingt mir uneindeutig. Stillen oder erregen? Allenthalben sehe ich Sex. Selbst in der Zeremonie der Lamas, der ich am Morgen in Erdene Zuu beigewohnt habe. Aber man hat den Eindruck, als ob sonst niemand etwas sähe. Die amerikanischen Touristinnen rufen nach ihm, er geht, ohne mir zu antworten. Vorher jedoch reicht er mir eine Visitenkarte mit den Worten, sollte ich jemals wieder in die Mongolei kommen, könne ich auf ihn rechnen. Er wirkt nicht sehr vertrauenswürdig. Vermutlich ist auch er ein Opportunist.

Die Atmosphäre war endgültig vergiftet. Purevbaatar erhob sich und forderte den Westler auf, ihm ins Schlafzimmer zu folgen. »Wir schlafen lieber auf dem Fußboden, so wie in den Jurten. Das erinnert an die Steppe«, sagte er, als er den verblüfften Gesichtsausdruck seines Gastes sah. In der Wohnung gab es keine Betten. Im Schlafzimmer stand ein Regal mit wenigen Büchern, hauptsächlich über die Mongolei. Von einem Regalbrett, auf dem auch Bilder der Familie standen, nahm er ein Moleskin mit dem gleichen unverkennbaren schwarzen Kunstledereinband wie das Tagebuch, in dem der Westler am Tag zuvor im Hotel gelesen hatte. »Er hat dieses Tagebuch nicht vollgeschrieben. Ich hätte es auch Ganbold geben können, zusammen mit den anderen Sachen, aber dann haben wir uns verkracht, und da habe ich es lieber behalten. Man weiß nie. Ganbold hat überall verbreitet, es sei meine Schuld, und ich dachte, er könnte das Tagebuch gegen mich benutzen. Ich kann kein Portugiesisch. Ich weiß nicht, was er da womöglich geschrieben hat. Er war nicht einfach im Umgang. Sie verstehen … Als wir im Altaigebirge unterwegs waren, hat unser Fahrer ihn *buruu nomton* getauft – das ist einer, der sich nicht an Sitten und Vorschriften hält, was Sie im Westen als unangepaßt bezeichnen. Und wenn er nicht in der Nähe war, nannten wir ihn auch nur *buruu nomton*«, sagte Purevbaatar, wollte schon loslachen, verkniff es sich aber, als er sah, daß der Westler es nicht komisch fand, und fuhr fort: »Aus Gründen, die ich später erklären kann, wurden wir schließlich in Ölgiy festgehalten. In den letzten Tagen ging er mir auf die Nerven, und wir stritten uns. Er wollte unbedingt umkehren und denselben Weg zurückfahren, den wir schon hinter uns hatten. Er glaubte, wir seien, ohne es zu merken, an dem Ort vorbeigefahren, den er suchte. Er hatte die fixe Vorstellung von einem bestimmten Ort, wußte aber nicht, wo der lag. Die Landschaft dort wollte er um jeden Preis fotografieren. Also machte er sich allein auf den Weg, zu Pferd. Und verschwand. Niemand weiß, wie weit er bei dem Wetter gekommen ist. Am nächsten Tag, als mir klar wurde, daß er sich abgesetzt hatte, überlegte ich noch, ob ich hinter ihm herfahren sollte, wurde aber von einem Schneesturm daran gehindert. Außerdem war mir verboten, die Stadt zu verlassen. Die Polizei in Ölgiy hat meine Aussage nach seinem Verschwinden nicht aufgenommen. Das ist eine lange Geschichte. Ich spreche kein Kasachisch, und die Typen, mit denen ich zu tun hatte, sprachen kaum Mongolisch. Sie bekamen Angst, das Verschwinden eines Ausländers nach Ulaanbaatar melden zu müssen. Und sie hatten ihre Gründe. Er hatte keine Spuren hinterlassen. Als wäre er nie dortgewesen. Man hat nie wieder etwas von ihm gehört. Er hat sein Tagebuch zurückgelassen. Soweit ich weiß, steht alles da drin. Wenn Sie irgendeine Frage haben, ein Anruf genügt. Ich glaube, das ist besser so. Lesen Sie erst das Tagebuch, dann können wir uns unterhalten. Für mich ist es einfacher, wenn Sie fragen«, sagte er. Dann zog er eine Kommodenschublade auf und nahm einen Paß heraus. »Den hat er auch hiergelassen. Das ist eine lange Geschichte. Als wir die Genehmigung beantragen wollten, das Reservat von Tavanbogd zu besuchen, behielt die Polizei von Ölgiy unsere Papiere ein, und da ist er abgehauen. Sie haben uns nicht nur nicht die Genehmigung erteilt – was sie bei den Witterungsverhältnissen auch gar nicht gedurft hätten, das war viel zu riskant –, sondern sie behielten seinen Paß, meinen Personalausweis und den Führerschein unseres Fahrers ein. Weil sie befürchteten, wir würden auch ohne Genehmigung nach Tavanbogd fahren. Also saßen wir in Ölgiy fest. Erst am Flughafen wollten sie uns unsere Papiere zurückgeben. Und ohne den hier konnte er nicht weit kommen«, sagte Purevbaatar zu dem verblüfft blickenden Westler und reichte ihm den Paß des Verschollenen. »Sie werden sich fragen, warum wir so lange gewartet haben und erst kurz vor Einbruch des Winters aufgebrochen sind. Als er zu mir kam, hatte er kein Geld mehr. Ich habe ihn bei mir aufgenommen. Wir haben sein Visum verlängern lassen und auf das Geld aus Brasilien gewartet. Es hat fast zwei Monate gedauert, bis es ankam. Und als es dann da war, konnte ich ihn nach so langem Warten nicht enttäuschen.«

Purevbaatar schwieg betreten. Es war nicht zu erkennen, ob er bereute, bislang nicht sehr kooperativ gewesen zu sein, oder ob er die ganze Zeit auf eine Chance gewartet hatte, sich aber schlicht und einfach nicht in der Lage gefühlt hatte, die Initiative zu ergreifen, wie zum Beispiel die Familie seines Kunden in Brasilien anzurufen. Es war nicht zu erkennen, ob sein Widerstand lediglich eine Folge des Streits mit Ganbold war. Möglicherweise war das in Purevbaatars Augen ganz logisch: Er hätte zwar nicht gewußt, was er den Verwandten des Verschollenen sagen sollte, stand aber bereit, falls man den Kontakt zu ihm aufnahm. Da Brasilien in der Mongolei keine diplomatische Vertretung unterhielt, hatte er den Paß aufbewahrt, bis jemand danach fragte. Und er sah darin nichts Verkehrtes. Er hatte eine etwas ungehobelte, unzivilisierte Seite. Er beherrschte die Regeln des gesellschaftlichen Umgangs nicht. Und das konnte auch im Gegensatz zu dem, was der Verschollene in seinem Tagebuch notiert hatte, ein Zeichen von Aufrichtigkeit sein. Zumindest auf den ersten Blick. Der Westler schlug die letzten Seiten des Tagebuchs auf. Die Einträge endeten abrupt und ohne jede Erklärung mit einer nicht weiter interessanten Beschreibung der Stadt Ölgiy im äußersten Westen des Landes.

Als sie Purevbaatars Gebäude verließen, bat der Westler Ganbold, ihn zu dem Haus zu führen, in dem der junge Mann gleich nach seiner Ankunft in Ulaanbaatar und in den letzten Wochen, bevor er an der Ausreise gehindert worden war, gewohnt hatte. Das Haus lag nicht weit entfernt. Sie gingen zwischen den Wohnblocks entlang. Ganbold hatte sich noch nicht von dem Streit mit Purevbaatar erholt. Er hielt beleidigt den Blick gesenkt und trat im Gehen nach Steinen. Kinder tollten in den Innenhöfen, alte Männer hatten vor den Häusern Tische aufgestellt und spielten Karten. Viele starrten den Westler an. Manche hielten sogar inne. Es war kein Viertel, in dem Ausländer verkehrten. Normalerweise sah man dort keine Touristen. Der Hauseingang war verdreckt. Es stank entsetzlich, vermutlich nach dem Hammelfett, von dem der junge Mann in seinem Tagebuch gesprochen hatte. Wäre es in Brasilien gewesen, hätte der Westler nicht gewagt, das Haus ohne Begleitung zu betreten. Er fühlte sich, als dränge er in eine Räuberhöhle ein. Ein paar Kinder rannten die Treppe hinauf oder hinunter. Die Innenwände waren leuchtend blau gestrichen. Ansonsten war alles ziemlich düster. Im Flur vor der Wohnungstür im zweiten Stock gab es kein Licht. »Es hat keinen Sinn, die Glühbirne auszuwechseln. Vor zwei Tagen erst habe ich eine neue eingesetzt. Die werden geklaut«, sagte Ganbold etwas verlegen, während er sich bemühte, im Dunkeln mit dem Schlüssel das Schloß zu finden. Erst als die Tür aufging, stellte der Westler am Quietschen fest, vor allem aber dank des Lichts, das nun von drinnen aus der Wohnung kam, daß die Tür in Wirklichkeit ein Eisenblech war. »Mehr als einmal haben sie versucht, die Tür aufzubrechen, deshalb haben wir dies hier zur Sicherheit angebracht. Es ist kein absoluter Schutz, aber wenigstens werden Einbrecher davon abgeschreckt«, sagte Ganbold. Die Wohnung war leer. Als sie hineingingen, merkte der Westler, daß sich wegen der Geräusche im Flur die Nachbartür geöffnet hatte. Nur einen Spaltbreit. Und eine kleine, vielleicht auch nur gebückte Person stand hinter der Tür und horchte, was die beiden auf englisch sagten. Der Westler erahnte halbwegs den Kopf, konnte aber nicht erkennen, ob es ein alter Mann war oder ein Kind. Der Grundriß und die Größe der Wohnung entsprach genau der Wohnung von Purevbaatar. Eine Zweizimmerwohnung mit einer kleinen Küche und einem Badezimmer. Die Aussicht war weniger bedrückend. Statt der Fassaden der anderen Wohnblocks sah man die Schornsteine des Kohlekraftwerks in der Ferne und im Hintergrund die Berge. »Solange er in Ulaanbaatar war, hat er hier gewohnt. Wir haben diese Wohnung für meinen Schwiegervater, wenn er im Winter in die Stadt kommt. Im Sommer steht sie leer. Das paßte gerade. Er konnte für sich allein sein, und es war billiger als ein Hotel«, sagte Ganbold.

Ich bin noch dabei, mich einzuleben. Vor vier Tagen bin ich angekommen. Es ist drei Uhr nachts. Ich bin aus dem Schlaf hochgeschreckt, draußen im Flur wird geschrien. Jemand haut gegen die Wohnungstür. Ich rühre mich nicht und sage keinen Ton. Da der Kerl nichts erreicht, trommelt er gegen die Tür. Dann schlägt er wieder mit der Faust drauf. Ich kann nur abwarten, bis es ihm langweilig wird oder ein Nachbar ihn zum Aufgeben bewegt. Was er da schreit, kann ich nicht verstehen. Wahrscheinlich ist er betrunken. Und hat sich im Stockwerk geirrt. Die Szene wiederholt sich jede Nacht. Irgendwann werde ich mich daran gewöhnen. Abends esse ich im

Zentrum. Ganbold begleitet mich, ißt aber nichts, danach geht er zum Abendessen nach Hause zu seiner Familie. Er wohnt nicht weit von hier. Wir fahren im Taxi zurück. Ganbold bringt mich immer bis zur Tür und verabschiedet sich erst, wenn er die Gewißheit hat, daß ich sicher in der Wohnung gelandet bin und die Tür verriegelt ist. Er sagt, ich dürfe sie unter keinen Umständen öffnen. Und ich dürfe nicht abends allein weggehen. Wegen der Betrunkenen. Daß mein Eindruck von der Stadt durch diesen Rat nicht gerade besser wird, versteht sich.

Nachdem er am Nachmittag ins Hotel zurückgekommen war, begann der Westler das zweite Tagebuch zu lesen, das Purevbaatar ihm gegeben hatte. Oben auf der ersten Seite stand in Druckbuchstaben ein Name: *Narkhajid*. Als wäre in den knappen Raum oberhalb der ersten Zeile eine Überschrift hinzugefügt worden, die allem übrigen im nachhinein einen Sinn gab. Die Einträge begannen ein paar Tage vor der geplanten, aber mißglückten Abreise des jungen Mannes nach Peking. *Buruu nomton*. Er war zurück in Ulaanbaatar, nach der Reise mit Ganbold, der mit ihm von Khövsgöl bis zur Wüste Gobi gefahren war. Es waren eigentlich seine letzten Tage in der Mongolei, und nichts wies darauf hin, daß er länger oder ganz bleiben wollte. Seltsamerweise war noch nichts zu spüren von jenem unerklärlichen Fieber, das ihn dazu trieb, eine weitere Expedition zu unternehmen, dieses Mal in den Westen des Landes. Er war bereit abzureisen. Seinen Auftrag für das Reisemagazin hatte er erledigt, da schlug Ganbold ihm unvermittelt vor, ein Kloster buddhistischer Nonnen zu besuchen. Und daraufhin überlegte er es sich Knall auf Fall anders und beharrte, bevor er die Mongolei verlasse, müsse er unbedingt ins Altaigebirge.

Ganbold glaubt, der Besuch im Tempel lohne sich. Es könnten schöne Aufnahmen dabei herauskommen, falls die Nonnen sich fotografieren lassen. Wir müssen verhandeln. Ich wußte nicht, daß es reine Nonnenklöster gibt. Ich bin nicht mehr in der Verfassung, noch irgend etwas zu besichtigen, und schon gar nicht noch einen buddhistischen Tempel. Mein Kopf hat sich schon verabschiedet. So geht es mir immer am Ende einer Reise. Außerdem habe ich ein paar Dinge, die ich in der Stadt erledigen muß, bis zuletzt aufgeschoben, ich muß zur Post und zur Bank gehen, lasse mich aber auf Ganbolds Vorschlag ein. Er versichert mir, es sei nicht weit zum Tempel, wir können zu Fuß hingehen, am Vormittag, so daß wir die Elf-Uhr-Zeremonie miterleben. Anschließend können wir mit dem Taxi ins Zentrum fahren. Er sagt, ich werde es nicht bereuen. Wir gehen zwischen den Wohnblocks über die Innenhöfe, die zu dieser Zeit leer sind. Um diese Jahreszeit wird es schon kühler. Ich kann mir vorstellen, wie es im Winter ist. Das Kloster, zu dem es wirklich nicht weit ist, besteht aus drei Gebäuden: dem eigentlichen Tempel, einem kleinen viereckigen Bauwerk in chinesischem Stil im Mittelpunkt des Geländes, einer Art Erdgeschoßanbau zur Linken und einem noch nicht fertigen, gemauerten Kasten mit zwei Geschossen zur Rechten. Alles sehr ärmlich und einfach. Über dem Haupteingang hängt ein Schild mit dem Namen des Tempels, Narkhajid Süm, in kyrillischer Schrift, umrahmt von vier Hakenkreuzen, in jeder Ecke eins. Ich achte mehr auf die Hakenkreuze als auf den Namen. Als wir eintreten, hat die Zeremonie schon begonnen. Die Nonnen tragen die traditionelle rote Kleidung. Doch im Gegensatz zu den meisten mongolischen Lamas, die sich an die Lehren und Riten der Gelugpa mit gelber Haube halten, tragen diese Nonnen rote Hauben. Sie gehören zur Sekte der Kargyupa. Sie sind sehr jung. Wir setzen uns auf eine Holzbank an der Seite. Eine alte Frau mit Brille, neben sich ein kleines Mädchen, vermutlich ihre Enkelin, wirft sich mehrmals auf den Boden. Sekundenlang bleibt sie auf einer kleinen Matratze liegen, die die Nonnen ihr zurechtgelegt haben. Dann, die Hände über dem Kopf aneinandergelegt, richtet sie sich auf und wirft sich wieder hin. Erst nach einer Weile wird mir klar, daß sie sich nicht vor dem Buddha verbeugt. Wegen der Säulen kann ich von meinem Platz aus den Altar nicht sehen. Erst als ich im Tempel etwas umhergehe, nachdem die Hauptzeremonie beendet ist und nur noch ein paar Nonnen ihre Sutras sprechen, taucht das Bildnis wie eine Erleuchtung vor meinem Auge auf. Ganbold wartet draußen auf mich. Während der Zeremonie habe ich kein großes Interesse bekundet. Wahrscheinlich hat er gedacht, ich sei ungeduldig und wolle schnell weg, ich sei vom Tempel enttäuscht und habe kein Interesse, die Nonnen zu fotografieren. Einen Moment stehe ich wie gelähmt vor dem Altar. Ich traue meinen Augen nicht. Dann gehe ich ihn holen. Wir können nicht weggehen. Ich muß mit den Nonnen sprechen. Auf dem Altar steht eine einzige Figur. Es ist die rote Göttin, die aus einem Totenschädel wie aus einer Schale Blut trinkt. Es ist dieselbe Göttin, die ich im Kunstmuseum und in Erdene Zuu gesehen habe. Naro Hajodma ist Narkhajidma oder Narkhajid. Und dies ist ihr Tempel.

Der Westler griff noch einmal zum ersten Tagebuch und suchte am Anfang nach der Stelle, wo der Verschollene seinen Besuch im Kunstmuseum gleich nach seiner Ankunft in Ulaanbaatar beschrieben hatte: Am Vormittag geht Ganbold mit mir zum Markt Narantuul. Ein junger Betrunkener liegt auf der Straße – sein Stöhnen ist kaum zu hören –, unter seinem Ohr hat sich eine Blutlache gebildet. Er ist halb bewußtlos. Niemand unternimmt etwas. Wir fahren im Taxi zum Museum Zanabazar. Es ist ein grünes Gebäude mit weißen Säulen im russischen Neoklassizismus. Ganbold hat nicht die geringste Lust, mit mir hineinzugehen. Vermutlich hat er das Museum schon viele hundertmal mit anderen Kunden besuchen müssen. Er besorgt mir an der Rezeption eine Führerin und sagt, er werde draußen auf mich warten. Die Führerin ist eine sehr lebhafte, kleine Person. Das Elend ist nur, daß sie kaum Englisch spricht und ganz wild darauf ist, es zu üben. Was sie sagt, ist kaum zu verstehen. Sie redet und redet. Wir kommen an Steinen aus dem siebten Jahrhundert mit türkischer Inschrift vorbei, an primitiven Gemälden und folkloristischen Masken, an mit religiösen Motiven bemalten Stoffen (*tankas*), Buddhaskulpturen aus dem sechzehnten Jahrhundert und Darstellungen der Göttin Tara, angefertigt von dem Meister Zanabazar, einem vielseitigen Talent, der das Nationalsymbol und ein eigenes Alphabet ersonnen hat und nicht nur als der wichtigste buddhistische Führer (Jebtzun Damba oder Bogd Gegen) des Landes gilt, sondern auch als der größte mongolische Künstler aller Zeiten. Zu meinem Glück spricht sie nur oberflächlich über die Werke und hält sich bei keinem länger auf, als wüßte sie schon, daß ich daran kein Interesse habe. Trotzdem, an der Art, wie sie sich die ganze Zeit für ihr eingerostetes Englisch entschuldigt, merke ich, daß sie entzückt ist, es praktizieren zu können. Und daß sie nicht so bald verstummen wird. Ich verstehe allenfalls ein Drittel von dem, was sie sagt. Als sie im ersten Stock einen Raum mit ausschließlich religiöser Malerei öffnet, steuert sie direkt auf ein Bild im Hintergrund zu, das eine rote Göttin zeigt, deren Namen ich nicht verstehe, und beginnt, eine Sage mit vielerlei Details zu erzählen, für die ihre Englischkenntnisse offenkundig nicht ausreichen, was den Vortrag noch anstrengender und umständlicher macht, wenn sie versucht, in anderen Worten auszudrücken, was zu sagen ihr nicht gelingt, und dabei scheinbar endlos ausschweift. Sie sagt, die Göttin sei eine habsüchtige Frau gewesen, doch eines Tages habe sie in ihrem Entsetzen über die Folgen ihrer Gier die Reue gepackt, sie habe sich aus der Welt zurückgezogen und geläutert usw. Stundenlang hält sie sich bei Einzelheiten auf, wie ein Kind. Es ist wirklich eine Qual. Während sie spricht, lächelt sie mich an. Und sucht meinen Blick. Hin und wieder fragt sie, ob ich verstehe. Ich bejahe jedesmal. Die Gestalt auf dem Bild ist verwirrend, eine Art weiblicher Dämon, der das aus einem Totenschädel vergossene Blut trinkt. Zum Schluß ihres Vortrags, der fast eine halbe Stunde dauert, fragt sie mich, ob ich an etwas glaube. Ich bin erschöpft, mit den Gedanken weit weg. Es dauert einen Moment, bis ich begreife, was sie gefragt hat, doch ehe ich antworten kann, kommt sie mir zuvor und sagt, unverdrossen lächelnd: »Also, ich glaube an alles.« Sie sagt, sie glaube für ihr Leben gern.

Der Westler geriet immer mehr in den Bann der Geschichte, die er aus den beiden Tagebüchern des Verschollenen wie ein Puzzle nach und nach zusammensetzte. Er sprang zwischen den Heften hin und her. Nun kehrte er zum zweiten zurück, zu der Stelle, wo Ganbold und der junge Mann Narkhajid Süm besuchen: Wir bemühen uns um ein Gespräch mit der Oberin. Ganbold wendet sich an die noch im Tempel verbliebenen Nonnen und erklärt ihnen, ich sei ein brasilianischer Fotograf und an Informationen über Narkhajid interessiert. Es klingt wie ein Witz. Ab sofort meiden sie uns wie der Teufel das Weihwasser; behaupten, sie seien beschäftigt, sie hätten keine Zeit, dabei ist offensichtlich, daß sie nichts tun. Sie wollen nicht sprechen. Sie wollen nichts riskieren. Ganbold sagt, sie hätten fürchterliche Angst. Das ist wahrscheinlich das kommunistische Erbe. Wir werden von der einen zur nächsten geschickt, es nimmt gar kein Ende, so als hätten sie die sowjetische Bürokratie übernommen und in den Buddhismus integriert. Ganbold wird auch gereizt. Schließlich schicken sie uns zu einer Nonne, die in einem kleinen Raum im Souterrain des Tempels die Zukunft vorhersagt. Das Wort auf der Tür bedeutet laut Ganbold »Astrologie« oder »Weissagung«. Ein alter Mann und ein Kind mit einer Spielzeugpistole in der Hand warten auf Einlaß. Ganbold übergeht sie, er klopft an die Tür und fragt etwas, doch die Nonne antwortet von drinnen spröde mit der gleichen Leier wie die anderen, sie könne nicht mit uns sprechen, sie sei beschäftigt usw. Niemand will mit irgend etwas zu tun haben. Als reichte es, den Mund aufzumachen, und schon werde man verurteilt. Wütend verlasse ich den Tempel, wütend über den Kult der Unwissenheit, ob aus Angst oder weiß der Himmel welchem Grund, und all die Nonnen, die uns schon vorher mit Ausflüchten und Vorwänden abgewiesen hatten, blicken uns verstohlen hinterher. Damit man sich eine Vorstellung machen kann: Nach den gegen Buddhisten, Dissidenten und Intellektuelle gerichteten Säuberungen der Kommunisten in den dreißiger Jahren gab es in der gesamten Mongolei nur noch fünf Personen, die an Bildung mehr als einen abgeschlossenen Gymnasialbesuch aufzuweisen hatten. Ich beschimpfe Ganbold, er weiß selbst nicht, was er sagen soll. Auch er versteht nicht, warum sich die Nonnen so verhalten haben. Wir befinden uns bereits außerhalb des Tempels, ich kann meine Wut und meine Enttäuschung noch immer nicht bezähmen, da merke ich, daß er gar nicht mehr neben mir geht. Er ist ein paar Schritte vor mir stehengeblieben und hat sich umgedreht. Da erst werde ich gewahr, daß jemand nach uns ruft und daß dies der Grund ist, warum er stehengeblieben ist und sich umgedreht hat. Es ist eine dicke Nonne mit kahlrasiertem Kopf und runden Brillengläsern in einem Metallgestell, eine androgyne Gestalt, die uns da entgegeneilt. Sie erreicht uns und spricht zu Ganbold. Ihre Stimme klingt schrill. Ob sie nur vom Laufen außer Atem ist oder ob sie immer so klingt, ist schwer zu sagen. Ganbold sagt, sie könne uns etwas über Narkhajid erzählen. Noch bevor er mir erklären kann, was, sprudelt es aus der kahlköpfigen Nonne heraus, als hätte sie es eilig oder als hätte sie Angst, in flagranti erwischt zu werden. Ab und zu wirft sie mir einen Blick zu – im Grunde bin ich derjenige, dem sie die Geschichte gern erzählt hätte. Ganbold nutzt die kurzen Pausen und übersetzt, was sie gesagt hat. Es ist die Geschichte einer Flucht im Jahre 1937, während der Großen Säuberung. Es ist die Geschichte eines hohen Lama, der von einer jungen Nonne auf geheimen Wegen über das Altaigebirge nach China geführt wird. Ganbold setzt kaum an, für mich zu dolmetschen, was die kahlköpfige Nonne sagt, da redet sie schon weiter, etwas gehetzt, etwas wirr, was so gar nicht dem typischen Bild der Buddhisten entspricht und überhaupt nicht zu den Nonnen paßt, die wir gerade so beherrscht im Tempel erlebt haben. Unvermittelt hört sie auf zu sprechen, sieht mich wieder an, verabschiedet sich von Ganbold und läuft zum Kloster zurück. Als wäre sie auf der Flucht, verschwindet sie in dem noch unfertigen Gebäude. Ich frage Ganbold, was sie gesagt hat. Im Frühjahr 1937 gelang es einem alten Lama, dem *khamba* (Oberhaupt) eines im Norden, an der Grenze zwischen Khövsgöl und Arkhangai gelegenen Klosters, als Nomade verkleidet zu fliehen und zu Pferd die heutige Provinz Gobi-Altai zu erreichen, eine der ärmsten und ödesten der Mongolei. Ganbold stehen die Tränen in den Augen, seine Miene verrät Verblüffung: »Es ist nicht zu glauben, aber das Kloster, aus dem der alte Lama kam, war das Ariin Khuree im Orookh-Tal, an dem wir vor zwei Monaten vorbeigekommen sind!« Der Fluchtplan des *khamba* war, auf Wegen, die den Kommunisten unbekannt waren, über die Berge und durch die Wüste die Grenze zu überschreiten und nach Tibet zu gelangen. Gezeigt hat ihm den Weg eine junge Nomadin aus der Gegend. Ohne sie hätte er es nicht geschafft. Das Interessante dabei ist, daß die junge Frau als Nonne im Kloster Dari Ekhiin in Ulaanbaatar gewesen war, sich aber von der Religion abgewendet hatte, nachdem sie von einem Lama vergewaltigt worden war, allem Anschein nach dem *khamba* von Ariin Khuree. Kurioserweise war er ausgerechnet sie um Hilfe angegangen, und sie hatte ihn trotz alledem gerettet. Ich frage Ganbold, was die Geschichte mit Narkhajid zu tun hat, und er sagt etwas von einer Vision.

An dieser Stelle brach die Episode unvermittelt und ohne jede Erklärung ab. Der nächste Abschnitt hatte nichts mehr mit der Geschichte der Nonne zu tun. Der Westler sah auf die Uhr. Es war zwanzig vor fünf. Der Himmel war noch immer strahlend klar. Wenn er sich beeilte, schaffte er es noch, bevor das Museum schloß. Er mußte das Bildnis der Göttin sehen. In diesem Teil des Tagebuchs stand nichts weiter über sie. Und selbst wenn da noch etwas gestanden hätte, er hatte keine Zeit mehr, das Gekritzel von *buruu nomton*, dem Unangepaßten, dem Verschollenen, zu entziffern. Dem Stadtplan nach war es nicht weit zum Museum. Ganbold und er waren am Vormittag daran vorbeigekommen, als sie zu Purevbaatar gingen. Er machte sich auf den Weg und hastete durch die menschenleeren Straßen des Zentrums. Er überquerte den großen betonierten Platz vor dem Parlament und dem Grabmal des Nationalhelden Sükhbaatar, wo nun Menschen in kleinen Gruppen ihren Sonntagsspaziergang machten. Es war ein angenehmer, melancholischer Nachmittag. Das grün-weiße neoklassizistische Gebäude des Museums befand sich in miserablem Zustand. Im gelblichen Licht des späten Nachmittags sprang die Verwahrlosung geradezu ins Auge. Von der dunklen Eingangshalle führte eine breite Treppe hinauf. Als er die Halle betrat, war niemand an der Kasse. Ein alter Mann mit Brille kam aus einem Seitenraum. Er wies auf die Wanduhr und gab dem Besucher zu verstehen, daß das Museum in einer knappen Stunde schließen werde. Der Westler kaufte trotzdem eine Eintrittskarte und fragte nach einem Führer. Er dachte, vielleicht hätte er das Glück und bekäme dieselbe Führerin, die dem Verschollenen die Geschichte von der dämonischen Göttin erzählt hatte. Nachdem er mehrmals das Wort *guide* gehört hatte, nahm der alte Mann, nun allerdings um einiges gereizter, erneut seine Gestik zu Hilfe und machte dem Besucher klar, daß keiner mehr da war. An einem Sonntagnachmittag um fünf Uhr waren selbst die Angestellten nicht mehr im Haus. Das Museum war leer. Die kleinen Souvenirstände in der Halle waren geschlossen. Der alte Mann kam aus der Kasse heraus und wies dem Westler den Weg über die Treppe nach oben. Er stieg hinauf in den ersten Stock. Gleichgültig ging er an Ausstellungsstücken vorbei, die seiner Ansicht nach ausschließlich von historischem, folkloristischem oder anthropologischem Interesse waren. Dann schloß sich die Abteilung mit den Buddhaskulpturen von Zanabazar an. Er ging durch immer neue Räume, bis er schließlich zu den Bildern mit religiösen Motiven auf Stoff oder Pergament gelangte. Da gab es Darstellungen von Buddha und Tara, die ihn jedoch nicht interessierten, außerdem eine Reihe von Mandalas. Schließlich hatte er den Eindruck, in einer Ecke hinter einer Säule die roten Formen einer sich verrenkenden Gestalt zu sehen, durch die Spiegelungen in der Schutzverglasung verzerrt. Er ging näher heran. Es war eine nackte rote Frau mit einem dritten Auge auf der Stirn und einer Krone aus kleinen Totenschädeln auf dem Kopf. Ihr Geschlecht war entblößt und halb geöffnet. Sie spreizte die Beine wie eine Ballettänzerin, ihre Füße ruhten auf zwei am Boden liegenden Körpern oder Leichen. Zwischen den Beinen der Göttin tanzten umschlungen zwei Skelette. Sie trug eine lange Kette aus kleinen Totenschädeln, die ihr vom Hals bis zu den Knien reichte. In der rechten Hand hielt sie ein Hackmesser und in der linken eine menschliche Schädeldekke, gefüllt mit Blut, das sie wie Wein aus einer Trinkschale in ihren zähnefletschenden Mund laufen ließ. Es war Narkhajid.

Sowie ich mein Hotelzimmer betreten habe, rufe ich Ganbold an und sage, ich könne nicht ewig versuchen, das Gekritzel in den Tagebüchern zu entziffern: »Es gibt ein Frauenkloster. Es heißt Narkhajid Süm. Es liegt nicht weit weg von Ihrer Wohnung, oder? Ich möchte, daß Sie mich dahin führen. Und ich glaube, ich muß Ihnen nicht erklären, warum. In seinem Tagebuch spricht er auch von einem Museum für die Opfer des Kommunismus. Können Sie mir sagen, wo sich das befindet?«

Am nächsten Vormittag um halb elf stieg der Westler, wie von Ganbold instruiert, vor dem Hotel in ein Taxi. Eine Viertelstunde später setzte ihn das Taxi vor dem Orgoo-Kino ab, einer Art schwarz-goldenem Mausoleum, das sich auf einer offenen Fläche zwischen den Wohnblocks am Nordwestrand der Stadt erhob. Er erkannte das Gebäude, in dem er am Tag zuvor mit Ganbold zu Besuch gewesen war, auf der anderen Seite der Avenue, auf der er um ein Haar überfahren worden wäre, und überquerte die Straße doppelt aufmerksam, beobachtet von dem Führer, der ihn bereits vor dem Gebäude erwartete. Sie gingen zu Fuß zwischen den von den Russen erbauten Wohnblocks weiter zum Narkhajid Süm. Es war ein Weg von zehn Minuten. Als sie sich begrüßten, mußte nichts erklärt werden. Ganbold wußte ja schon, was der Westler von ihm erwartete. Er hatte Mühe zu sprechen. Unterwegs sagte der Westler: »Merkwürdig, daß einer, der in seinen Tagebüchern einen so großen Widerwillen gegenüber Kirchen und der Religion zeigt, sich so sehr für eine Göttin interessiert hat, finden Sie nicht? So sehr, daß er alle seine Pläne über den Haufen geworfen hat. Sie waren es, der ihn zu dem Kloster geführt hat. Sie müssen also wissen, wovon ich spreche.«

»Wir gehen dahin, aber ich glaube nicht, daß sie uns empfangen werden. Die schotten sich alle ab. Wir wohnen der Zeremonie bei, wenn Sie wollen, und versuchen, die Nonne zu finden, die uns die Geschichte erzählt hat. Ich finde es besser, wenn Sie sie direkt von ihr hören«, sagte Ganbold, dann schwieg er wieder, weil sie sich inzwischen dem Kloster näherten.

Sie traten durch eine Seitentür ein. Das eine Gebäude, das sich ein Jahr zuvor noch im Bau befunden haben mußte und vermutlich dasjenige war, in dem die kahlköpfige Nonne verschwunden war, nachdem sie ihnen die Geschichte von der Flucht des Lama im Jahre 1937 erzählt hatte, diente nun als Schule, eine Art Zentrum zur Vorbereitung auf die Ausbildung als Nonne. Sie gingen weiter zum Tempel. Ein bescheidenes Bauwerk. In den Formen eines chinesischen Tempels erbaut, aber mit sehr einfachem Material. Die Zeremonie hatte bereits begonnen. Ein paar Laien saßen seitlich auf Holzbänken und schauten zu. Hin und wieder brachte eine Nonne einem Mann, der krank und traurig aussah, etwas zu essen und zu trinken. Und ein paarmal forderte sie ihn auf, an irgendeinem Ritual teilzunehmen, während die anderen Nonnen weiter ihre Sutras rezitierten. Der Mann war mit einem weißen Anzughemd und einer grauen Hose bekleidet. Ganbold erklärte dem Westler, daß der Mann für seine Teilnahme bezahlt haben mußte, wahrscheinlich wollte er eine bestimmte Bitte vorbringen, und deshalb war die Zeremonie auf ihn persönlich ausgerichtet. Ganbold zufolge waren die Sutras auf tibetisch verfaßt und niemand in der Mongolei konnte sie verstehen, höchstwahrscheinlich nicht einmal die Nonnen, die sie wie eine Litanei vor sich hin murmelten. Von allen, die ins Kloster eintreten wollten, wurde unter anderem verlangt, daß sie die Sutra-Texte in einer ihnen unbekannten Sprache auswendig lernten, obwohl es alte Übersetzungen in klassischem Mongolisch gab, im Uigur-Alphabet geschrieben, die jedoch nie benutzt wurden. Manche Nonnen waren sehr jung und hübsch. Dem Westler fiel es schwer, sich nicht vorzustellen, daß sie hier waren, um etwas zu vergessen. Was er Vergessen nannte, konnte für sie Befreiung bedeuten. Auf dem Altar im Hintergrund erkannte er das Bildnis von Narkhajid, die rote Statue einer Frau, in der linken Hand einen wie eine Trinkschale geschnittenen Totenschädel, aus dem sie sich Blut in den Mund laufen ließ, als wäre es Wein, und um den Hals eine Kette aus fünfzig kleinen Totenschädeln. Die Gestalt erinnerte weniger an eine Göttin als an eine dämonische Gottheit des afro-brasilianischen Candomblé-Kults. Plötzlich erhob sich eine Nonne mit Brille und Pferdeschwanz, warf sich dreimal vor Narkhajid zu Boden und verließ den Tempel, ohne der Statue den Rücken zuzuwenden. Ganbold wandte sich dem Westler zu. »Das ist die Oberin. Die kahlköpfige Nonne ist nicht hier. Es ist besser, wenn wir auch gehen.«

Sie blieben untätig eine Weile draußen stehen. Die Oberin war verschwunden. Ganbold fragte noch mehrere Nonnen, die den Tempel betraten oder aus ihm herauskamen und zwischen den Gebäuden hin und her gingen, ob sie die Nonne kannten, die ihm und dem Verschollenen ein Jahr zuvor die Geschichte von der Flucht eines hohen Lama erzählt hatte, der sich mit Hilfe einer jungen Frau über die Berge und die Wüste in der Provinz Gobi-Altai vor den Säuberungen im Jahre 1937 hatte retten können. Wie die kahlköpfige Nonne hieß, wußte er nicht. Er mußte ihr Aussehen beschreiben, und dabei gestikulierte er, was vom Westler leicht gereizt beobachtet wurde und auf seiten der Nonnen verneinendes Kopfschütteln auslöste, bevor sie ihres Weges gingen. Die Nonnen scheinen mir moralisch seriöser und zurückhaltender zu sein als die buddhistischen Mönche – sie wirken weniger unaufrichtig und weniger vorwitzig, vielleicht sind sie naiver und dümmer, hatte der Verschollene, *buruu nomton*, der Unangepaßte, geschrieben. Ein alter Lama, der mit seiner gelben Haube aus der Mehrheit der Nonnen mit roten Hauben herausstach, kam, als er sie so hilflos dort stehen sah, auf sie zu und fragte, was sie wollten. Ganbold wiederholte seine gestikulierende Beschreibung der kahlköpfigen Nonne. Auch der Lama hatte sie noch nie gesehen. »Ich komme hin und wieder hierher. Weil ich mich hier wohl fühle. Aber die Nonnen kenne ich nicht alle«, sagte er. Der Westler bat Ganbold, den alten Lama zu fragen, ob er etwas über Narkhajid wisse. Er wußte gar nichts, noch nicht einmal, was die Göttin darstellte, und auch nicht, worin der Unterschied zwischen den Gelbmützen (zu denen er gehörte) und den Rotmützen bestand. Er war nämlich, trotz seines hohen Alters, erst seit zehn Jahren Mönch. Wie so viele in der Mongolei hatte er die Religion nach dem Zusammenbruch des Kommunismus entdeckt. Als einziges wußte er über Narkhajid Süm, daß das Originalkloster bei einer Überschwemmung zerstört worden war, noch vor der Revolution von 1921 und nicht von den Kommunisten, wie es allgemein heißt. Im Jahre 1990 war es wiederaufgebaut worden. Klöster für Frauen seien sehr selten, sagte er, und abgesehen von Narkhajid kannte er nur Dari Ekhiin, ebenfalls in Ulaanbaatar, die dortigen Nonnen verehrten Tara.

»Ich sehe nur eine Lösung«, sagte Ganbold schließlich zum Westler. Sie verabschiedeten sich von dem Lama und gingen die Seitentreppe hinunter, die ins Untergeschoß des Tempels führte. Am Ende eines hellgrünen Gangs stand auf einer Tür »Zurkhai«, was der Westler, ausgehend von dem, was er im Tagebuch des Verschollenen gelesen hatte, mit »Prophezeiungen« übersetzte: *Ganbold klopft an, aber niemand antwortet. Dieses Mal versucht er lieber nicht, die Tür zu öffnen, so wie vor neun Monaten, als man sie abgewiesen hat. Wir setzen uns auf eine Holzbank im Gang. »Sie hat wohl einen Kunden, deshalb ist die Tür geschlossen. Wir kommen gleich dran«, sagt Ganbold, um mich zu beruhigen. Und tatsächlich, zehn Minuten später kommt eine alte Frau heraus, klappt ihre Handtasche zu, und von drinnen ruft eine Frauenstimme nach dem nächsten. Das sind wir. Als ich hereinkomme, erkenne ich die Nonne mit Brille und Pferdeschwanz, die hinter dem Tisch sitzt. Es ist die Oberin. Sie heißt Suglegmaa und ist siebenundzwanzig Jahre alt. Sie hat ein rundes, sympathisches Gesicht. Mit kurzsichtigen Augen hinter den dicken Brillengläsern und vollen Lippen, die sich bei Ganbolds Anblick zu einem hübschen Lächeln öffnen. »Sie sind doch derjenige, der im letzten Jahr mit mir sprechen wollte, nicht wahr? Sie wollten etwas über Narkhajid wissen, nicht wahr? Ich habe Sie heute vormittag im Tempel erkannt. Ist es immer noch das, was Sie hierher führt?« fragt sie auf mongolisch, dann übersetzt er es für mich. Sie ist seit acht Jahren Nonne. Als sie Narkhajid Süm zum ersten Mal betrat, wußte sie, daß sie dorthin gehörte. Es war ein tiefes, überwältigendes Gefühl. Sie war achtzehn Jahre alt. Sie hat einen Ruf verspürt, wie sie schließlich erklärt. Sie wohnte mit ihrer Familie in Ulaanbaatar. Bis sie aufgenommen wurde, mußte sie mehrere Prüfungen bestehen, und seitdem lebt sie für das Kloster. Schweigend hört sie sich an, was Ganbold ihr über den verschwundenen brasilianischen Fotografen zu erzählen hat. Er sagt, es sei der-*

selbe, mit dem er im Jahr zuvor das Kloster besucht habe. Ob sie sich an ihn erinnern könne, fragt er. Damals habe sie sie nicht empfangen. Nun, nachdem der junge Mann verschwunden ist, stellt sich alles anscheinend ganz anders dar. Sie sieht mich mit genau dem irritierend friedlichen Gesichtsausdruck an, der typisch ist für die buddhistischen Mönche. Sie vermittelt den Eindruck von Selbstsicherheit und Intelligenz zugleich. Ich wende den Blick ab und bitte Ganbold, auf mongolisch die Geschichte von Narkhajid wiederzugeben, die die Führerin im Zanabazar-Museum dem Verschollenen erzählt hat. »Es gibt verschiedene Auslegungen des Mythos«, sagt Suglegmaa schließlich, nachdem sie sich die Geschichte schweigend angehört hat. Ich erinnere Ganbold an die Stelle im Tagebuch, wo der junge Fotograf schreibt, Narkhajid sei die Hüter-Göttin des Tantra. Ganbold übersetzt der Nonne, was ich auf englisch sage. Sie erklärt uns, jede Gottheit bewohne einen Bereich des Buddhismus und Narkhajids Bereich sei das Tantra. Dann spricht sie über die Sekte der Gelbmützen, die in der Mongolei in der Überzahl sind, und die der Rotmützen, zu denen sie gehört. Sie sagt, die Gelbmützen müßten mehrmals wiedergeboren werden, um zur Erleuchtung zu gelangen. Sie müssen mehrere Leben durchlaufen. »Der Weg ist langsamer, aber in gewisser Weise auch sicherer und weniger riskant.« Die Rotmützen, die sich, wie sie, strengere Entbehrungen auferlegen, versuchen, in einem einzigen Leben zur Erleuchtung – sie spricht von »Gott« – zu gelangen, und deshalb dürfen sie keinen Fehler machen, denn sie haben keine Zeit zu verlieren. Ihr Weg ist direkter und schneller, aber auch gefährlicher. Sie stellt zwar nicht ausdrücklich eine Verbindung her, doch wird mir klar, warum die Rotmützen Narkhajid und dem Tantrismus näherstehen. Sie spricht von

Narkhajid und dem Tantra als Weg, schnell zur Erleuchtung zu gelangen, auch wenn dieser Weg schwieriger und geheimnisvoller ist. Narkhajids Hakenkreuz, das sie gatchil *nennt, bewegt sich gegen den Uhrzeigersinn und deshalb schneller. Um die Bewegung zu erklären, zeichnet sie einen Davidstern, also zwei ineinander verschlungene Dreiecke, und an die obere rechte Zacke hängt sie ein Hakenkreuz. Ich weiß nicht, wie es Asiaten damit geht, aber für mich ist die Kombination dieser beiden Symbole verstörend wie nur was. Ich bin davon überzeugt, daß die Göttin mit dem Bösen zu tun hat. Irgendwo habe ich einmal etwas über Praktiken der Schwarzen Magie im Buddhismus gelesen. Es würde mich nicht wundern, wenn Narkhajid eine Gottheit dieser Richtung wäre. Das Tantra ist ein direkterer Weg zum Nirwana. Ich frage, was das Tantra eigentlich ist. Was ich darüber weiß, habe ich nur irgendwo aufgeschnappt. Ich habe nur spärliche Vorstellungen von Sexualpraktiken bei religiösen Ritualen. Westliche Klischees. Suglegmaa sieht mir in die Augen und sagt, das Tantra habe nichts mit weltlichem Sex zu tun. Es nutze die unterschiedlichsten Energien, auch sexuelle, zu religiösen Zwecken. Der geistige Leiter und Verwalter von Narkhajid Süm hat den Nonnen erklärt, sie seien noch zu jung, um das Tantra kennenzulernen, dafür sei es noch zu früh, sie seien dafür noch nicht bereit. Suglegmaa spricht mit unschuldigem Vertrauen und dem Anflug eines Lächelns auf ihren dicken Lippen. Sie ist eine reizvolle junge Frau. Und wirkt aufrichtig. Um sich verständlich zu machen, vergleicht sie den Weg der Rotmützen mit einer leeren Wodkaflasche. Ich muß über das Bild lachen. Nirgendwo sonst auf der Welt (allenfalls in Rußland) würde man eine leere Wodkaflasche als religiöse Metapher benutzen. Warum Wodka und nicht ein anderes Getränk? Warum nicht einfach nur eine Flasche? »Man stellt sich vor, man befindet sich in der Flasche und versucht, nach oben zu kommen. Es wird immer schwieriger. Beim geringsten Fehler rutscht man wieder nach unten, auf den Nullpunkt. Man darf kein Risiko eingehen«, sagt sie. Wir befinden uns im selben Raum im Untergeschoß des Tempels, in dem sie die Leute empfängt, die zu ihr kommen, um etwas über ihre Zukunft zu erfahren. Suglegmaa sagt, die Lektüre der Sutras erzeuge eine Art Halluzination, und zwar durch das Licht, das durch die Öffnung in der Mitte des Tempeldachs fällt, durch die Luft und die Art der Atmung. »Die Götter treten in uns ein wie das Licht, das von der Tempelspitze kommt«, sagt sie. Über die Luft und das Licht werden die Mönche zu Mittlern der angerufenen Götter – »von der Gottheit geritten«, wie man beim Candomblé in Brasilien sagen würde, denke ich sofort. Ganbold bewahrt sich für den Schluß die Geschichte von der Flucht des hohen Lama aus Ariin Khuree im Jahre 1937 auf, daß er angeblich von einer jungen Frau aus Gobi-Altai zur chinesischen Grenze geführt wurde. Suglegmaa sagt, die Geschichte sei ihr nicht bekannt. Er fragt nach der kahlköpfigen Nonne, und sie versichert, sie hätten nie eine Nonne hier gehabt, auf die diese Beschreibung passe. Vielleicht sei es eine Anwärterin gewesen, die aber nicht aufgenommen worden sei. Als wir gehen, entschuldigt sie sich, daß sie ihn im vergangenen Jahr nicht empfangen habe, und wünscht uns, daß wir den Verschollenen finden. Dann wendet sie sich mir zu und sagt, man brauche viel Kraft und Mut, um in der Flasche nach oben zu gelangen. Ich erwidere, ich möchte lieber unten auf dem Boden bleiben, dann bestehe wenigstens nicht die Gefahr, noch tiefer zu fallen. Sie lacht darüber. Und wünscht mir viel Glück bei meiner Suche.*

Der Westler konnte mit seiner Gereiztheit gegenüber Ganbold nicht mehr hinter dem Berg halten: »Was jetzt? Wenn hier schon keiner den Mund aufmacht, könnten Sie dann vielleicht wenigstens mit der Geschichte von der Vision rausrükken?«

Ganbold fing an zu sprechen, während sie eine Betontreppe neben einer Abflußrinne in Richtung Stadtmitte hinuntergingen: »Wir kamen gerade aus dem Tempel, wir hatten nichts über Narkhajid in Erfahrung bringen können, da kam sie angelaufen und erzählte uns das Drama von einer Nonne, die sich von der Religion abgewandt hatte und dann einem alten Lama, der sie Jahre zuvor vergewaltigt hatte, das Leben rettete. Das ist eine lange Geschichte ...«

»Wohin gehen wir?« unterbrach ihn der Westler, als er merkte, daß sie sich von den Wohnblocks entfernten und einen anderen Weg einschlugen, hin zu einem Viertel mit älteren und niedrigeren Wohnhäusern, den ersten der Stadt, erbaut in den vierziger Jahren.

»Ins Zentrum. Wollten Sie nicht wissen, wo das Museum zur Erinnerung an die Opfer der politischen Verfolgung liegt?« fragte Ganbold zurück.

Was er dann unterwegs erzählte, war ungefähr dies: Wer durch die ärmsten und einsamsten Gegenden der Mongolei reist, vor allem in der Wüste Gobi, wie im Fall des Verschollenen, kann auf ledige Mütter treffen, die für sich leben und arbeiten, umringt von Kindern, jedes von einem anderen Mann. Die Kinder helfen der Mutter beim Hüten ihrer Tiere und bei der Hausarbeit, außerdem auch beim Auf- und Abbau der Jurte, wenn sie das Lager wechseln. Die Mutter und die Kinder erledigen nicht nur die eigenen Aufgaben, sondern auch noch die des nicht vorhandenen Mannes. Der Verschollene hatte auf seinem Weg durch die Wüste eine solche Familie begleitet und fotografiert. Im allgemeinen zeichnet sich das Schicksal dieser Frauen schon in ihrer Jugend ab, wenn sie noch mit ihren Schwestern und Brüdern bei den Eltern leben. Irgendwann werden sie von einem Burschen, der in der Nähe sein Lager aufgeschlagen hat, nachts in der eigenen Jurte und unter den Augen der eigenen Familie, die sich schlafend stellt, vergewaltigt. Der Bursche schleicht sich nachts in die Jurte und zwingt das Mädchen, ihn unter ihre Decke zu lassen. Das Tabu und die sexuelle Repression sind bei diesen einfachen Leuten so stark, daß sowohl das Mädchen als auch die Eltern lieber tun, als geschähe nichts. Sie wagt nicht, die Eltern zu wecken, damit sie ihr helfen und den Burschen verjagen, aus Angst, ihre Ehre zu verlieren. Sie ist dazu erzogen worden, die Wünsche der Männer zu respektieren und ihnen gegenüber zu schweigen. Und die Eltern tun lieber so, als sähen sie nicht, was ihrer Tochter unter ihren Augen angetan wird. Wenn der Bauch zu wachsen beginnt, wird sie ihrem Schicksal überlassen, sie geht davon, um künftig allein zu leben. Im allgemeinen schlägt sie ihre Jurte an den entlegensten, einsamsten Plätzen auf und versucht, mit einem Minimum an Mitteln und unter ärmlichsten Bedingungen zu überleben. Sie gilt als Paria. Häufig geben sich diese alleinstehenden, von der Familie verstoßenen Frauen jedem Mann hin, der vor ihrer Jurte auftaucht, Reisenden, Händlern, Lastwagenfahrern. Und an jeden dieser Männer, von denen sie keinen je wiedersehen wird, erinnert sie ein Kind. Als der Verschollene auf dem Weg zur Wüste Gobi war, begegnete ihm, noch im tiefsten Süden der Region Övörkhangay, eine solche Frau, umringt von Kindern, und er blieb da, um sie zu fotografieren.

Die Dürre ist furchtbar. Wir fahren weiter gen Süden, zum Tsaatin Tsagaan Nuur, einem Brackwassersee an der Grenze zur Wüste. Es ist glühend heiß. Wir sind eingestaubt und durstig. Unterwegs halten wir an, um aus einem Brunnen Wasser zu schöpfen, und ein Bursche auf einem Motorrad warnt uns, der See sei ausgetrocknet. Seit Monaten hat es nicht geregnet.

Tsaatin Tsagaan Nuur ist nur noch ein heller Fleck in der Ebene. Ich gehe über den Grund des ausgetrockneten Sees. Der Boden gibt unter meinen Füßen nach wie Sand, als läge bloß eine dünne Erdkruste über dem hohlen Innenraum. Von einer Familie aus der Gegend hören wir, der See sei nicht nur wegen der Dürre ausgetrocknet. Im Norden wird nach Gold gesucht. Sie haben den Fluß, der normalerweise gerade noch den Tsaatin Tsagaan Nuur erreicht, in Höhe einer Siedlung umgeleitet, wo es ein Kohlebergwerk gibt. Da der See ausgetrocknet ist, hat es keinen Zweck, dort zu bleiben. Wir beschließen, in den Baga-Bogdyn-Bergen zu übernachten. Wir fahren um die Dünen herum und dann bergauf. Der Kühler kocht alle fünfhundert Meter und zwingt uns anzuhalten. Batnasan sagt, wir fahren mit Rükkenwind, deswegen werde der Motor nicht genügend gekühlt. Alle fünfhundert Meter muß er anhalten und den Wagen mit der Schnauze gegen den Wind stellen, um den Motor zu kühlen. Wir brauchen eine Ewigkeit, um durch ein Tal zu kommen, das im Grunde ein Steinfeld ist und auf dem die einzigen Bäume stehen, die uns auf einer Strecke von mehreren hundert Kilometern begegnen. Es sind Pappeln. Hier wirkt jeder Baum unecht. Das Tal ist eine Art Spalte, die sich wie ein Gletscher zwischen den Bergen hinaufzieht, nur besteht sie aus Geröll, in dem hier und da vereinzelt Pappeln stehen. Als wären riesige Steine einem Fluß gleich den Berg hinuntergerollt und hätten die Fläche geschaffen, auf die dann wie Säulen in einer Moschee die Bäume verteilt wurden. Je höher wir steigen, um so enger wird die Spalte, die Zahl der Bäume nimmt zu, und der Abstand zwischen ihnen wird geringer. Der Ort heißt Khuren Khadnii Rashaan. Er zieht sich wie ein seltsamer Garten oder eine Oase in der Wüste den Hang hinauf. Ganbold sagt, hoch oben, wo die Spalte sich zu einem Paß verengt, über den man nur zu Fuß kommt, entspringt den Felsen eine Quelle mit Heilwasser. Wir sehen eine alte Frau und zwei Kinder, ein kleines Mädchen und einen kleinen Jungen, die Holzbündel bergauf schleppen und gerade haltgemacht haben, um sich auszuruhen. Sie haben Feuerholz gesucht und sind auf dem Heimweg. Die Frau hat eine Säge in der Hand. Sie bitten, sie mitzunehmen. Im Auto stelle ich fest, daß die Frau gar nicht alt ist, sich nur so kleidet, als wäre sie es. Sie trägt ein Kopftuch. Der Junge starrt mich unverwandt an. Ich bin in Bermudas, ohne Hemd. Ab und an stößt er seine Schwester an. Die Jurte der Frau steht auf dem Weg zur Quelle, auf halber Höhe des Steinfeldes. Sie sagt, die Familien aus der Umgebung erlauben ihr nicht, ihr Lager näher zur Quelle aufzuschlagen und auch nicht weiter bergab, am Eingang zum Tal, wo es einen Streifen grüne Steppe gibt, dank des Grundwasserspiegels, der tief unter dem Steinfeld liegt, sich dort jedoch der Oberfläche nähert. Sie erlauben ihr auch nicht, die Pappeln rings um ihren Lagerplatz abzuholzen. Sie muß das ganze Tal hinuntergehen, um Brennholz zu suchen. Sie ist nicht von hier. Den Sommer über hält sie sich normalerweise an einem schrecklichen Ort auf, mitten in der Wüste, an der Grenze zwischen den Provinzen Övörkhangay und Bayankhongor, fast im Süden der Wüste Gobi, doch wegen der Dürre war sie gezwungen, auf der Suche nach Wasser in die Berge im Norden zu ziehen. Wären sie da unten geblieben, wären sie schon tot. Sie lebt allein mit ihren sechs Kindern.

Als die kahlköpfige Nonne angelaufen kam, um ihnen die Geschichte von der Flucht des hohen Lama im Jahre 1937 zu erzählen, löste die Koinzidenz der Dramen um ein in den dreißiger Jahren vergewaltigtes Mädchen und um die ledige Mutter, der er vor ein paar Wochen in der Wüste begegnet war, im Kopf des Fotografen, des *buruu nomton,* einen neuerlichen Kurzschluß aus, zumal die Geschichte der Nonne auf Narkhajid verwies.

»Ich mag keine Geheimnisse. Also, ein für allemal, was hat diese Göttin mit der Geschichte und dem Verschwinden des Fotografen zu tun?« unterbrach der Westler Ganbolds Bericht, denn er brachte keine Geduld mehr auf für die umständliche Art des Führers, sich dem Wesentlichen zu nähern, in kleinen Schritten, es immer wieder umkreisend, ohne es wirklich anzusprechen, eine nach seiner bisherigen Erfahrung mit Purevbaatar und Suglegmaa offenbar übliche Eigenart der Mongolen.

Ganbold behielt die Ruhe. Der kahlköpfigen Nonne zufolge hatte die junge Suren, die 1937 den Lama über einen Geheimweg durch das Altaigebirge zur chinesischen Grenze führte und ihm damit half, den Kommunisten zu entkommen, eine ähnliche Geschichte wie die Mädchen in der Region Gobi, die in der eigenen Jurte vergewaltigt wurden. Sie war mit siebzehn geschwängert und dann nach Ulaanbaatar in ein Kloster geschickt worden. Bei der Geburt wurde sie von Mönchen umringt, die auf ihren Tod warteten. Die buddhistische Tradition in Tibet und der Mongolei verlangt, daß die *burees* – von den Lamas bei religiösen Zeremonien verwendete Flöten – aus dem Schienbein einer während der Wehen ihrer ersten Entbindung gestorbenen Achtzehnjährigen gefertigt werden müssen. Die Tradition spricht von der Reinheit des Blutes im Zusammenhang mit der Konsistenz dieses Knochens, und die Mönche halten wie die Aasgeier Ausschau nach schwangeren Achtzehnjährigen, die ihr erstes Kind erwarten und ihnen das Material für ihre Flöten liefern könnten. Zu ihrer Enttäuschung blieb Suren am Leben, doch wurde sie gegen ihren Willen von ihrem neugeborenen Kind getrennt. Seitdem sprach sie nicht mehr, und hätte sie nicht ihre Mantras gebetet, hätte man sie für stumm gehalten. Zwei Jahre lebte sie als *gelemma* oder Novizin im Kloster, meditierte und sprach Mantras in einsamen Exerzitien, was sie so manches Mal in eine Art von Ekstase versetzte. Sie war ein besonderes Mädchen. Das hübscheste im ganzen Kloster. Sie wußte nicht, daß sie auf etwas vorbereitet wurde. Eines Morgens erhielt sie nach dem Aufstehen den Auftrag, die Oberin Khand Khamba auf einem langen Pilgerweg zu einem anderen Kloster zu begleiten, das an der Grenze zwischen den heutigen Regionen Khövsgöl und Arkhangai lag, aber inzwischen nicht mehr existiert. »Nichts ist erhalten außer der Steintreppe den Berg hinauf, hundertundacht Stufen, sie stellen die hundertundacht Schüler Buddhas dar«, sagte Ganbold zum Westler. Zunächst wurde der jungen Suren gesagt, die *khamba* müsse zu einem Tempel in Jargalant gehen, und sie würden sofort aufbrechen. Mehrere Tage und Nächte waren sie zu Pferd unterwegs. Nur die *khamba*, sie und eine weitere *gelemma*, die alle körperliche Arbeit verrichten mußte. Immer wenn Suren ihr helfen wollte, hinderte die Oberin sie daran. Sie verstand nicht, warum man sie mitgenommen hatte. Sie wurde wie eine Kranke behandelt. Sie übernachteten unterwegs in verschiedenen Klöstern, in Erdene Zuu, in Buyandelgeruulekh, und überall wurde sie eigenartig ehrfürchtig behandelt. Sie kam sich vor, als wäre sie mit einer ansteckenden Krankheit infiziert. Es war, als wüßten alle außer ihr, warum sie sich auf dieser Reise befand. Nach einer Woche erreichten sie das Orookh-Tal. Es war eine grandiose Landschaft, die sie von den Hügelkuppen an der Grenze zwischen den heutigen Regionen Khövsgöl und Arkhangai aus erblickten. Es regnete viel. Am Fuß einer Anhöhe in der Talmitte lag ein Kloster. Eine mächtige Treppe aus eingegrabenen Steinblöcken führte von dem Kloster zu einem Tempel auf der Anhöhe. Und noch weiter oben befand sich ein großer *ovoo*, eine Anhäufung von Steinen, die nach den Schamanenregeln besagte, daß sich der Platz dort zur Kommunikation mit den Geistern eignete. Das Kloster hieß Ariin Khuree, die Einzäunung des Nordens. Erschöpft sagte die *khamba*, sie seien endlich angekommen, und da erst begriff Suren, daß sie nicht nach Jargalant unterwegs gewesen waren, wie sie die ganze Zeit geglaubt hatte. Aus irgendeinem Grund hatte man sie getäuscht. Ihr Ziel war geheim. Als sich der Ausblick auf das Tal öffnete, während sie durch den Lärchen- und Birkenwald bergab wanderten, wurde der jungen Nonne schlecht, und die anderen beiden mußten ihr zu Hilfe eilen. Sie waren vom Regen durchweicht. Anhand wiederholter Hinweise, die sie unterwegs in den Klöstern wahrgenommen hatte, wo sie übernachtet hatten und wo man sie wie eine Aussätzige behandelt hatte, wußte sie inzwischen, daß die Reise ihretwegen unternommen wurde, doch verstand sie nicht, was das alles bedeutete. Ihr war klargeworden, daß die ganze Zeit über die *khamba* sie begleitet hatte und nicht umgekehrt, wie sie geglaubt hatte, als sie in Ulaanbaatar aufbrachen. Sie war zu einem bestimmten Zweck nach Ariin Khuree geführt worden, der ihr noch nicht bekannt war, es aber bald werden sollte.

In dem Kloster lebten ungefähr vierzig Lamas. Schon am zweiten Abend wurde Suren zu dem Tempel auf der Anhöhe geführt. Sie stieg die hundertundacht Stufen hinauf, nur begleitet von der alten *khamba*, die ihr, als spräche sie ein Sutra, immer wieder versicherte, sie habe nichts zu fürchten oder zu verlieren, im Gegenteil, sie sei unter allen Nonnen auserwählt worden, als Instrument für die Erleuchtung des Dorj Khamba, des hohen Lama von Ariin Khuree. Khand Khamba brachte sie in einem dunklen Raum unter, in dem sie nichts als ein auf Stoff gemaltes Bildnis der Narkhajid auf einer Wand sehen konnte, wenn durch die Öffnung in der Mitte des Tempeldachs das Mondlicht hereinfiel. Narkhajid war ihre *dakini*, die von ihr verehrte Göttin. Die *khamba* wies sie an, zu meditieren und sich ganz Narkhajid hinzugeben, zu ihrem eigenen Wohl. Und während vieler Tage und Nächte – wie viele es waren, wußte sie selbst nicht – tat sie nichts anderes, saß allein im Dunkeln, den Blick starr auf das Bildnis der roten Frau gerichtet, die Blut trank. Sie starrte das Bildnis an und gab sich ihm hin. Sie sprach ein Mantra und hörte sich das Mantra sprechen. Der Klang ihrer eigenen Stimme hypnotisierte sie. Sie wußte nicht, was sie erwartete, und hielt das alles für eine weitere Probe auf ihrem Weg zur Erleuchtung. Mehrmals glaubte sie, in der Erwartung einer Vision vor Erschöpfung ohnmächtig zu werden. Wenn sie morgens erwachte, fand sie immer eine leere Schüssel und eine zweite mit Wasser gefüllt vor, daneben eine Schale Tee. Ein einziges Mal fand sie auch einen Teller mit gekochtem Murmeltierfleisch vor, sie verschlang es ausgehungert, als brächte sie ein Opfer dar, als wären ihr Leib und der Leib der roten Göttin ein und derselbe, und sie dachte dabei an das Fleisch des Tieres, das, in ihrem Körper verwandelt, auf dem Weg zum Nirwana, den alle Lebewesen gehen, auf einer höheren Stufe wiedergeboren werden würde. Als sie schon nicht mehr wußte, welcher Tag es war, am Ende des zwanzigsten Tages des sechsten Monats im Jahre 1934, wenn die Drukpa, eine Untergruppe der Kargyupa, Narkhajid zu feiern pflegen, sah sie endlich, wie sich das Bildnis des roten Körpers der Göttin bewegte und auf sie zukam. Sie war nicht mehr in der Lage, ihn von ihrem eigenen Körper zu unterscheiden. Sie wußte nicht mehr, wo sie sich befand, und auch nicht, wie oft sie womöglich das Bewußtsein verloren hatte. Sie wußte nicht, ob sie schlief oder wach war. Sie wußte nicht, daß sie die Augen geschlossen hielt. Sie spürte jemanden in sich, und als sie die Augen aufschlug, wurde ihr klar, daß sie schon seit Stunden in den Armen von Dorj lag, des hohen Lama von Ariin Khuree.

Sie verbrachte noch viele Stunden in dem Tempel auf der Anhöhe, vielleicht sogar Tage. Das war nicht festzustellen. Die Erschöpfung gestattete ihr lediglich ein verschwommenes Bewußtsein. Sie hatte keinerlei Willen mehr. Als sie wieder zu sich kam, befand sie sich nicht mehr in dem kleinen dunklen Raum. Neben ihr saß die *khamba* und versuchte, ihr eine Schale Tee einzuflößen. Sie begriff, daß man sie von der Anhöhe die hunderundtacht Stufen hinunter zum Kloster in der Talsohle getragen hatte. Sie konnte sich an fast nichts mehr erinnern. Binnen drei Wochen hatte Suren sich erholt. Eines Nachmittags, als sie vom Bach zurückkehrten, sagte die *khamba*, es sei soweit, und forderte sie auf, sich für die Abreise frühmorgens am nächsten Tag bereitzumachen. Sie kehrten nach Ulaanbaatar zurück, als wäre nichts geschehen.

So hatte es die kahlköpfige Nonne Ganbold und dem Verschollenen erzählt. Während der drei Wochen, in denen Suren sich im Kloster Ariin Khuree erholte, bekam sie Dorj Khamba kein einziges Mal zu Gesicht. Ihre vage Erinnerung an sein Gesicht und seinen Körper verschwamm mit dem Bildnis der Narkhajid. Er war eine Gestalt, die sie im Dämmerlicht des

Tempels erblickt hatte, in einem Schwächezustand, der ihr nicht mehr erlaubte, eine Physiognomie zu erkennen. Mit Sicherheit wußte sie nur, daß sie von einem älteren Mann penetriert worden war. Und selbst diese Gewißheit schwand im Laufe der Rückreise nach Ulaanbaatar, denn die *khamba* redete ihr beharrlich eine andere Erklärung für das ein, was sie erlebt hatte. Khand Khamba sagte, infolge ihrer Meditation und einer Verschmelzung mit Narkhajid sei sie, die junge Nonne, dem Nirwana so nahe gekommen, wie eine Frau ihm jemals nahe kommen könne.

Sie hatte angeblich nicht gewagt, der Oberin zu widersprechen, schon gar nicht in Gegenwart einer anderen *gelemma*. Seit zwei Jahren sprach sie nicht mehr, und sie hatte nicht vor, in dieser Situation zu sagen, was sie dachte. In ihrem Leben hatte sich nichts verändert. Sie hatte nichts von einer nahen Erleuchtung verspürt. Keine zwei Monate nach ihrer Rückkehr nach Ulaanbaatar sagte sie dem Klosterleben ade und ging allein zurück in ihre Heimat Gobi-Altai, wo sie fortan unter schwierigsten Bedingungen von einer kleinen Herde lebte, die ihre Brüder ihr überlassen hatten.

An dieser Stelle muß die Geschichte, die die kahlköpfige Nonne Ganbold erzählt hatte und die dieser dann dem Westler wiedergab, für einen kleinen Einschub unterbrochen werden, denn inzwischen standen sie vor dem Museum zur Erinnerung an die Opfer der politischen Verfolgung. Das Museum wurde 1990 nach dem Zusammenbruch des Kommunismus gegründet, als die Bewegung für die Demokratie einsetzte. Es war ein Holzhaus im russischen Stil vom Anfang des zwanzigsten Jahrhunderts. »Vor der Revolution von 1922 gab es viele solche Häuser in Ulaanbaatar«, sagte Ganbold. Dieses war das Wohnhaus des 1937 – dem Jahr, in dem die Kommunisten offiziell die letzten noch in der Mongolei vorhandenen Klöster schlossen – auf Befehl von Stalin hingerichteten Premierministers Genden gewesen. Ein düsteres Gebäude. Die dunklen Wände im Hauptraum im Erdgeschoß waren vollgeschrieben mit den Namen der Tausenden von Verschwundenen, darunter Mönche, Politiker und Intellektuelle. Die Namen waren nach Regionen geordnet. Es war nur ein Bruchteil der geschätzten hunderttausend Opfer des Terrors in den dreißiger Jahren. Zur Zeit der Säuberungen war die Mongolei in vier Regionen unterteilt: Zasagt Khan im Westen, Saiannoyon Khan in der Mitte, Toushoet Khan im Osten und Setsen Khan im Süden. Erst in den fünfziger Jahren, als die Kommunisten beschlossen, die Kollektivierung der Felder nach sowjetischem Muster einzuführen, gaben sie dem Land seine aktuelle Gestalt, denn es wurde in achtzehn Provinzen oder *aimags* aufgeteilt. Ganbold führte den Westler in eine Ecke des Raums, wo die Namen der Verschwundenen aus der Region Gobi-Altai standen. Dorj Khamba, der Geschichte der kahlköpfigen Nonne aus Narkhajid Süm zufolge ein hoher Lama aus dem Kloster Ariin Khuree, befand sich nicht darunter. Auch unter den Verschwundenen aus Khövsgöl und Arkhangai war er nicht zu finden. Bedeutete dies, daß die ganze Geschichte eine bloße Erfindung war? Vielleicht. Andererseits gab es, da er sich hatte retten können, keinen Grund, ihn unter den Opfern der Säuberungen aufzuführen. Der Verschollene hatte das ganze Museum nach einem Hinweis auf Dorj Khamba aus Ariin Khuree abgesucht, nach irgend etwas, das seine Existenz bewies, doch vergeblich. Aber den Wahrheitsgehalt der Geschichte zu überprüfen konnte nicht der einzige Grund gewesen sein, weshalb er seine Pläne geändert und sich im letzten Moment, als er schon zur Abreise aus der Mongolei bereit war, entschlossen hatte, nach Gobi-Altai zu fahren. »Nein«, antwortete Ganbold. »Sie müssen sich klarmachen, daß es in dem, was die kahlköpfige Nonne uns erzählte, Anhaltspunkte gab, gewisse Übereinstimmungen, die ihn nicht kaltlassen konnten. Sie tauchte wie ein Gespenst auf, wie eine Abgesandte der Hölle, um ihn im letzten Moment zu quälen. Was sie sagte, rührte an etwas in ihm, etwas, das auch er erlebt hatte und das ihn Teile der Geschichte erkennen ließ, als wären sie Teil seines eigenen Lebens. Wir waren wochenlang mit einer alleinstehenden Mutter und ihren Kindern in der Wüste zusammengewesen. Und obendrein hatten wir auf dem Weg von Khövsgöl nach Karakorum das Orookh-Tal durchquert, und er hatte uns zum Anhalten gezwungen, weil er einen kleinen, nicht fertig gebauten, doch verlassenen Tempel auf einer Anhöhe, wo auf derselben Stelle einmal ein anderer Tempel gestanden haben mußte, fotografieren wollte. Die Wände waren aus Holz und das Dach aus grün lackiertem Blech. Rings um den Tempel lagen Hölzer, was darauf hindeutete, daß die Arbeiten unterbrochen worden waren. Die Mongolei ist voll von kleinen Tempeln, die in den letzten zehn Jahren dort gebaut worden sind, wo sich die Klöster befanden, die in der Zeit der Säuberungen zerstört wurden. Die beiden Nomadenfamilien, denen wir in dem Tal begegneten, wußten nichts über das frühere Kloster. Sie können sich nicht vorstellen, wie verblüfft ich war, als die kahlköpfige Nonne von Ariin Khuree sprach, einem ziemlich unbedeutenden Ort, von dem ich selbst erst gehört hatte, als ich fast zwei Monate zuvor auf dem Weg nach Karakorum dort vorbeigekommen war. Das war schon mehr als reiner Zufall. Sie sprach von den hundertundacht Steinstufen, die wir gesehen hatten und die heute eine Verbindung darstellen zwischen dem, was einmal das Klostergebäude im Tal war, und dem kleinen, nicht fertig gebauten Holztempel auf der Anhöhe. Die ganze Geschichte wurde viel lebendiger, weil wir das Szenarium kannten. Wir waren zufällig dort vorbeigekommen. Ich konnte es selbst nicht glauben. Verstehen Sie nun, was in seinem Kopf vorging? Aufgrund eines seltsamen Zufalls rief ihn die Geschichte.«

Buruu nomton.

Wir erblicken einen einsamen Tempel auf einer Anhöhe. Ganbold will nicht anhalten. Wir sind einen Tag im Verzug. Er sagt, wir müssen weiterfahren, wenn wir rechtzeitig zu den Naadam-Feiern in Karakorum sein wollen. Ich gebe nicht nach. Es kann eine phantastische Aufnahme werden. Ich steige allein den Hügel hinauf. Der Himmel ist grau. Am frühen Abend wird es ein Unwetter geben. Erst als ich oben auf dem Hügel ankomme, entdecke ich die Treppe aus Steinblöcken, die auf der anderen Seite zu den Fundamenten eines Bauwerks führt, das einmal ein Kloster gewesen sein muß. Der Tempel ist leer, der Eingang mit Holzbrettern vernagelt. Durch die Ritzen kann man sehen, daß sich im Innenraum nichts befindet. Der Bau ist nicht zu Ende gebracht worden. Weiter oben, auf einem Nebenhügel, liegt ein *ovoo*. Ich steige hinauf. Von da oben kann ich das gesamte Tal überblicken, mit dem Tempel zu meinen Füßen und unten den Jurten der beiden Familien, zwei weiße Punkte in der grünen Landschaft. Die Hügel ringsum sind bewaldet. Ich steige die Steinstufen hinunter und stelle mir vor, wie das Leben der Mönche in diesem Kloster ausgesehen haben mag, so einsam mitten in der Natur, die beste Situation, um sich selbst zu vergessen. Das Tal ist überwältigend. Als ich unten ankomme, ist Ganbold von neugierigen Nomaden umringt, die mich den Hügel hinaufsteigen sehen haben. Sie laden uns zu sich ein und bieten uns Joghurt und Tee an. Ich frage nach dem Kloster. Sie haben keine Ahnung. Sie sagen, die Verwaltung von Jargalant kümmere sich um den Tempel auf der Anhöhe, als entledigten sie sich damit einer Antwort. Keiner weiß etwas über irgendeinen Ort. Sie haben gelernt, sich aus allem rauszuhalten. Die Vergangenheit besteht, sofern sie nicht ganz verlorengegangen ist, nun nur noch aus Sagen und nebulösen Vermutungen. Anders wissen sie ihre Vorstellungskraft nicht einzusetzen. Jahrhundertelang haben die Lamas die Dinge für sie imaginiert. Siebzig Jahre lang hat die Partei es übernommen, sich für sie, an ihrer Stelle, zu erinnern. Nun heißt sich erinnern imaginieren. Manchmal ist es mir lieber, wenn sie sagen, daß sie nichts wissen oder sich an nichts erinnern können.

Die Mongolen, die seit jeher Nomaden waren und es im dreizehnten Jahrhundert zu dem größten und am meisten gefürchteten Reich in der Geschichte der Menschheit brachten, das sich vom Pazifischen Ozean bis nach Osteuropa erstreckte, hatten sich darein fügen müssen, zweihundert Jahre lang, bis zu Beginn des zwanzigsten Jahrhunderts, unter chinesischer Herrschaft zu leben. Auf Anordnung der Chinesen hatte derjenige, der als achte Reinkarnation des Jebtzun Damba, des dritten in der Hierarchie des tibetischen Buddhismus, anerkannt worden war und folglich als Lebender Buddha galt, das Amt der höchsten religiösen Autorität der Mongolei inne, eines Feudalstaates, in dem die buddhistischen Klöster praktisch die einzigen festen Bauten waren, um die herum die Nomaden wie Leibeigene kreisten. Als 1911 in China die Qing-Dynastie gestürzt wurde, sahen die Nordmongolen die Chance, sich von den Chinesen zu befreien, und riefen die Unabhängigkeit ihres Landes aus, was jedoch von Peking nicht anerkannt wurde. Der Achte Jebtzun Damba, 1896 in Tibet geboren, wurde zum Gott-König oder Bogd Khan erklärt und die Mongolei in eine Theokratie umgewandelt. 1914 erhielt die Mongolei durch ein Abkommen zwischen Rußland und China eine relative Autonomie, und das Staatsgebiet wurde offiziell geteilt: Die Innere Mongolei im Süden wurde zu einem Teil der neu gegründeten Republik China, und die Äußere Mongolei im Norden wurde zu russischem Einflußbereich, im Prinzip jedoch ein eigenständiges Land. Als Rußland durch den Bürgerkrieg nach der Oktoberrevolution 1917 geschwächt war, besetzten die Chinesen 1919 abermals die Äußere Mongolei und forderten von den Mongolen den entsprechenden Tribut. 1921 drang die Weiße Armee, die für die zaristische Monarchie kämpfte und an der östlichen Front unter dem immer stärkeren Druck der Bolschewiken zurückweichen mußte, mit Billigung des Gott-Königs in die Mongolei ein, vertrieb die Chinesen und verhängte unter dem Oberbefehl des Barons Roman Fjodorowitsch von Ungern-Sternberg den Ausnahmezustand, der sich zu einer blutrünstigen, wahnwitzigen Diktatur entwickelte. Das Vorrücken der Bolschewiken jedoch bot den mongolischen Nationalisten bald die Gelegenheit zu einer Allianz gegen die Weiße Armee. Innerhalb weniger Monate gelang es ihnen, sie aus der Hauptstadt zu vertreiben, und sie riefen die Volksregierung der Mongolei aus, was dann als die Revolution von 1921 bekannt wurde.

Der Bogd Khan wurde entmachtet, und wenige Monate später kontrollierten die mongolischen Nationalisten mit Hilfe der Bolschewiken das ganze Land. 1924 wurde die Mongolei zum zweiten kommunistischen Land der Welt. Der Bogd Khan starb im selben Jahr, allem Anschein nach an Syphilis, und die kommunistische Regierung verhinderte mit allen Mitteln die Suche nach einem Nachfolger. Die Säuberungen begannen Ende der zwanziger Jahre, zeitgleich mit

Stalins Aufstieg und dem Beginn des Terrorregimes, mit dem er die gesamte Sowjetunion überzog.

1928 gelangte Marschall Tschoibalsan, einer der Helden der Revolution von 1921, an die Macht, nachdem er angeblich Gegner und Feinde eliminiert hatte. Er regierte die Mongolei mit eiserner Hand, bis er 1952 in Moskau an Krebs starb. Er war einer der gnadenlosesten und blutrünstigsten Diktatoren des zwanzigsten Jahrhunderts. Unter seiner Herrschaft wurden mehr als hunderttausend Unschuldige hingerichtet. In innenpolitischen Fragen war Tschoibalsan eine Marionette Stalins. Allerdings weigerte er sich standhaft, die Mongolei zu einer Sowjetrepublik zu machen, wie es Moskau in den vierziger Jahren verlangte, und damit besiegelte er sein eigenes Schicksal. Andererseits sicherte ihm dies auch noch nach dem Zusammenbruch des Kommunismus eine gewisse Beliebtheit. Dank Tschoibalsan bewahrte die Mongolei sich ihre offizielle Selbständigkeit, auch wenn sie auf sowjetische Unterstützung angewiesen war. Ebenfalls unter seiner Herrschaft und mit sowjetischer Hilfe wurden die Japaner vertrieben, als sie in das Land einzudringen versuchten, nachdem sie die Mandschurei besetzt hatten. Manche Mongolen glauben noch heute, Tschoibalsan sei von den Russen ermordet worden, und sprechen voller Stolz von dem Diktator. Seine sterblichen Überreste befinden sich in demselben Mausoleum auf dem Hauptplatz von Ulaanbaatar wie die des Nationalhelden Sükhbaatar. Wie dem auch sei, nachdem Tschoibalsan an die Macht gekommen war, begannen die Massaker unter den Buddhisten. Die Ironie des Schicksals wollte es, daß der Marschall selbst Mönch im Kloster Gandan gewesen war, bevor er in den Revolutionskampf zog. Schon bald zeigte sich, daß eine Koexistenz von Kommunisten und

Lamas nicht möglich war. Die Religion besaß eine enorme Kraft, sie behinderte die Modernisierung und Errichtung einer sozialistischen Gesellschaft. Im Jahre 1921 lebte ein Drittel der männlichen Bevölkerung der Mongolei im Kloster. Jede Familie hatte in ihrer engeren Verwandtschaft mindestens einen Lama. Alle Elternpaare schickten mindestens einen Sohn zur Erziehung ins Kloster. Hatte eine Familie fünf Söhne, mußten bis zu drei von ihnen Mönch werden. Die Bevölkerung schrumpfte. Fünfundzwanzig Prozent der Reichtümer des Landes befanden sich in den Klöstern. Stalin wollte den Buddhismus in der Mongolei ausrotten. Das erste große Massaker an Lamas fand 1928 statt. Die Enteignungen begannen 1929. Im Jahr 1932 fegte eine Welle von Verhaftungen und Hinrichtungen über das Land. Da die Schlinge sich immer enger zuzog und die Mönche sich immer stärker unterdrückt und ihrer Privilegien beraubt sahen, organisierten sie sich und wehrten sich nach Kräften, besonders heftig in den Regionen der heutigen Provinzen Arkhangai, Khövsgöl und Uvs.

Berühmt wurde der Aufstand des Klosters Teriatiin Khuree in Arkhangai, mit dem das wenige Kilometer entfernte Kloster Ariin Khuree in Verbindung stand. Irgendwann schickte die Regierung in Ulaanbaatar das Militär mit einem Panzer, um den Aufstand von Teriatiin Khuree niederzuschlagen. Doch die Lamas schnürten den Panzer mit Lederriemen ein, und seitdem werden die Leute aus Arkhangai abschätzig als »Panzerverpacker« bezeichnet. Angesichts der unerwartet heftigen Gegenwehr der Lamas gaben die Kommunisten ihre Kampagne scheinbar auf, allerdings nicht für lange Zeit. Die Schlinge zog sich weiter zu. Junge Lamas wurden zum Militär versetzt. Der Bau neuer Klöster wurde verboten. 1935 verschärfte sich die Repression. Es gab neue Verhaftungen, neue Hinrichtungen und neue Deportationen nach Sibirien. 1937 richteten die Kommunisten ein Blutbad an. Insgesamt wurden laut Ganbold rund dreißigtausend Lamas von der Geheimpolizei festgenommen, kurzerhand hingerichtet oder in Konzentrationslager nach Sibirien geschickt, wo sie für immer verschwanden. Siebenhundertfünfzig Klöster wurden geplündert, abgebrannt und zerstört. Lediglich die jüngsten und rangniedrigen Lamas blieben verschont. Auf dem Höhepunkt der Repression wurden die ranghohen Lamas von Teriatiin Khuree und der übrigen Region in Tsetserleg – nach Ulaanbaatar die zweitgrößte Stadt in der Landesmitte – zu Hunderten in den Tempel Buyandelgeruulekh gepfercht, wo sie dann erstickten oder einander tottraten. Dieses Schicksal wäre wohl auch Dorj Khamba aus Ariin Khuree beschieden gewesen, wenn es ihm nicht gelungen wäre, im Frühjahr 1937 bis nach Gobi-Altai zu flüchten, wo ihn Suren, die junge Nonne, die er drei Jahre zuvor besessen hatte, durch das Gebirge und die Wüste außer Landes führte.

Die kahlköpfige Nonne nannte keine Einzelheiten über die Wiederbegegnung zwischen dem alten Lama und der *gelemma,* die ihm in Ariin Khuree als Sexualwerkzeug auf seinem Weg zur Erleuchtung gedient hatte. Sie wußte auch nicht, auf welchen Pfaden sie zur chinesischen Grenze gelangt waren, was wohl auch, wie zu vermuten, aus Sicherheitsgründen geheimgehalten worden war. Sie wußte nur, daß Suren aus der Umgebung von Tögrök im Altaigebirge, an der Grenze zur Wüste, stammte, und nahm an, daß Dorj Khamba ihr dort begegnet war. Schließlich hatte sie ihn genaugenommen nie gesehen, obwohl er sie besessen hatte. Doch wie üblich bei den Mongolen, bewahrte die Nonne die Hauptsache für den Schluß auf. Unterwegs, während die ehemalige *gelemma* ihn durch die Berge und die Wüste führte, hatte der alte Lama angeblich eine Vision: Narkhajid erschien ihm und offenbarte ihm, daß es der kommunistischen Repression niemals gelingen werde, den Buddhismus in der Mongolei auszurotten. Die Gewalt werde die Religion nicht bezwingen. Irgendwo zwischen dem Altaigebirge, der Wüste und der chinesischen Grenze offenbarte die rote Göttin, die Blut trinkt, dem Mönch, was als einziges dem Buddhismus den Garaus zu machen imstande wäre, nannte den wahren Feind und wunden Punkt der Religion, der am meisten gefürchtet, gemieden und bekämpft werden müsse, das Antidot des Buddhismus, den Antibuddha. Diese Offenbarung sowie den genauen Ort, an dem sie erfolgt war, hatte der alte Lama angeblich schriftlich festgehalten und seine Aufzeichnungen einer Person seines Vertrauens übergeben, vielleicht einem Mönch aus einem Kloster in der Nähe, und über all diese Jahre war darüber Stillschweigen bewahrt worden.

Das war alles, was die kahlköpfige Nonne von Narkhajid Süm gesagt hatte, ohne zu erklären, woher sie die Geschichte kannte, bevor sie wieder in das noch im Bau befindliche Gebäude hineinlief und so plötzlich verschwand, wie sie aufgetaucht war. Ganbold konnte nicht sagen, wann genau sich der Gedanke in dem jungen Brasilianer festgesetzt hatte. Tatsache ist, daß er, bereits zwei Tage nachdem er die Geschichte von Suren und Dorj Khamba gehört hatte, seine Pläne über den Haufen warf und Ganbold zu überreden versuchte, mit ihm ins Altaigebirge zu fahren. Er war von der Idee besessen, herauszufinden und zu fotografieren, wo genau der alte Lama 1937 auf der Flucht vor den Kommunisten den Antibuddha angeblich gesehen hatte. Er glaubte, er würde daraus ein Buch mit einer Reihe von Landschaftsaufnahmen machen können. Er hatte auch schon einen Titel – *Der Antibuddha*, versteht sich –, aber bis auf das, was die Nonne erzählt hatte, keinen einzigen weiteren Anhaltspunkt. Da hatten sie sich dann zerstritten. Ganbold weigerte sich, den kindischen Wahnwitz des Brasilianers mitzumachen, und zwang ihn, sich an die bisherige Planung zu halten. Er brachte ihn zum Flughafen und verabschiedete sich von ihm vor der Paßkontrolle, nachdem der Brasilianer eingecheckt und sein Gepäck aufgegeben hatte. Erleichtert verließ er den Flughafen. Er konnte nicht ahnen, daß der Brasilianer nicht ins Flugzeug eingestiegen war. Und als er es erfuhr, war es schon zu spät. Da war der Brasilianer schon mit Purevbaatar unterwegs nach Gobi-Altai.

»Wir haben das ganze Museum nach einem Hinweis abgesucht, zum Beispiel einem Foto als Beweis dafür, daß Dorj Khamba tatsächlich gelebt hat und daß die Geschichte, die die Nonne uns erzählt hat, stimmte. Aber wir haben nichts gefunden. Nirgendwo gibt es auch nur die geringste Spur von einem Dorj Khamba«, sagte Ganbold zum Westler, als sie das Museum zur Erinnerung an die Opfer der politischen Verfolgung verließen. Ganbold begleitete ihn zu dem Internetcafé, das nun im Erdgeschoß der ehemaligen Zentrale der Kommunistischen Partei, gleich neben dem Hotel, untergebracht war, und dort verabschiedeten sie sich. Der Westler sagte, er müsse seine E-Mails abrufen, um zu sehen, ob es neue Nachrichten für ihn gab, doch eigentlich ging es ihm um etwas anderes. Noch am selben Nachmittag begann er, Ursprung und Bedeutungen von Narkhajid zu recherchieren. Und am Ende des nächsten Tages hatte er bereits herausgefunden, daß die rote Göttin eine Variante eines weiblichen Mythos des Tantra-Hinduismus war, den seinerseits der tibetische Buddhismus vermutlich seit dem siebten Jahrhundert übernommen und mit Merkmalen des einheimischen Schamanismus und Animismus verknüpft hatte, vor allem, was die dämonischen Aspekte betrifft. Im Grunde war das einzige, was er über Narkhajid selbst fand, ein Foto von dem Kloster in Ulaanbaatar. Erst nach einiger Zeit wurde ihm klar, daß die Göttin mehrere Namen hatte. Die größte Schwierigkeit stellten die vielen unterschiedlichen Variationen und die Ikonographie dar. Er weitete seine Suche auf buddhistische Websites aus, und da stellte er mit Hilfe von Bildvergleichen eine Verwandtschaft zwischen ihr und den zehn Mahavidyas oder weiblichen Gottheiten des Tantra-Hinduismus fest. Narkhajid war eine Variante und Weiterentwicklung der von sich selbst enthaupteten Göttin Chinnamasta oder Chinnamunda. Und im tibetischen Buddhismus der Kargyupa hieß sie Vajrayogini. Welche der Darstellungen den anderen zugrunde gelegen hatte, ließ sich nicht feststellen. Narkhajid war keine richtige Göttin, sondern eine Instanz und ein Medium, um Erleuchtung zu erlangen, ein Hilfsmittel bei Jogaübungen. Sie symbolisierte Selbstbeherrschung und Unterdrükkung des Sexualtriebs, die Umwandlung dieser Energie in ein Mittel, das Nirwana zu erlangen, oder in Konzentration und Selbstverleugnung, wie sie der Krieger am Vorabend der Schlacht braucht. Bei ihr war Sex mit dem Tod verbunden; Schöpfung und Vernichtung waren eins. Der Tod nährte das Leben. Der Narkhajid-Kult galt als gefährlich, und aktive Sexualität gehörte dazu. Sie war weniger eine Göttin als, wie alles im Buddhismus, eine Projektion des menschlichen Geistes.

Auf einer Website zu dem indischen Prinzen Naropa, der im elften Jahrhundert lebte, auf alles verzichtete und zu den Gründungsmeistern der Kargyupa-Linie des Buddhismus, also der Rotmützen, zählt, wurde Vajrayogini erwähnt. Als Naropa noch die Sutras studierte, stand eines Tages eine gräßliche Alte vor seiner Tür und fragte, ob er wisse, was er lese. Der Prinz antwortete auf der Stelle, er verstehe alle Worte Buddhas. Die Alte lachte und tanzte vor Freude darüber, daß es auf der Welt einen so fleißigen Gelehrten gab. Dann aber fragte sie, ob er außer der wortwörtlichen Bedeutung auch den tieferen Sinn der Lehrsätze verstehe. Und als Naropa auch diese Frage bejahte, fiel die Alte in große Betrübnis und beklagte zutiefst, daß ein derartig Gelehrter zu solch einer Lüge imstande sei. Indigniert fragte nun seinerseits der Prinz, ob sie denn jemanden kenne, der den tiefen Sinn von Buddhas Lehren verstehe, und sie erzählte ihm von Tilopa, dem großen Meister und Begründer der Kargyupa-Sekte. Naropa fragte, wo er ihn finden könne, und sie erklärte, Tilopa befinde sich überall. Um ihn zu sehen, komme es jedoch ganz darauf an, wie fromm der Betreffende sei, der ihn sehen wolle. Und dann verschwand sie wie ein Gespenst – in Wirklichkeit war es Vajrayogini gewesen, doch hatte Naropa sie nur als gräßliche Alte sehen können, denn er war noch nicht genügend gereinigt, um ihre wahre Gestalt zu erblicken (und an dieser Stelle mußte der Westler sich beherrschen, um nicht eine Parallele zu der kahlköpfigen Nonne von Narkhajid Süm zu ziehen, die so plötzlich verschwand, wie sie erschienen war). Daraufhin begab sich der Prinz auf die Suche nach Tilopa, auf einen Weg voller Prüfungen, der ihn schließlich zur Erleuchtung und zum Meister führen sollte. Seitdem haben sie sich nie wieder getrennt. In Wirklichkeit waren sie nie getrennt gewesen, doch hatte Naropa zur Erleuchtung gelangen müssen, um die Dinge so zu verstehen, wie sie seit jeher gewesen waren.

Das Prinzip des Buddhismus ist es, das Leid zu überwinden und ins Nirwana einzugehen, das gleichbedeutend ist mit der vollständigen Loslösung von der Welt der Illusionen, allen voran dem Ego, das uns weismacht, es gäbe eine Trennung zwischen Subjekt und Objekt. Das Nirwana ist die Überwindung der Begierden und Aversionen, die eine Individualität ausmachen. Für den Buddhisten ist die Welt eins, und das Subjekt lebt in der Illusion, ein Tropfen im Ozean zu sein, als wäre es möglich, einen Tropfen vom Ozean abzusondern. Alle Dinge sind miteinander verbunden. Und deshalb muß man die Illusion vom Ich und dem Anderen transzendieren. Zu den zwölf Prüfungen, die Naropa auf der Suche nach seinem Meister bestehen mußte, gehörte die Begegnung mit einer alten Leprakranken, deren schon halb verfaulter Körper auf seinem Weg lag. Um vorbeizukommen, sagte sie, habe er drei Möglichkeiten: Er könne sie anheben und aus dem Weg ziehen, er könne kehrtmachen, oder er könne über sie hinwegspringen. Angeekelt entschied sich Naropa für die dritte Möglichkeit. Kaum setzte er zum Sprung an, da war die Alte verschwunden. Es war wieder eine Täuschung gewesen, um ihn auf die Probe zu stellen. Solange er sich als von der Welt und den anderen Individuen um ihn herum getrennt empfand, solange er zwischen Subjekt und Objekt unterschied, solange er Aversionen empfand, war er nicht reif, Tilopa zu begegnen. Wissen wird durch Selbstaufgabe errungen. Dafür gibt es verschiedene Wege. Die Kargyupa, die ihr Leben meditierend in der Einsamkeit verbringen, glauben, daß die Aufteilung in Gut und Böse eine Täuschung wie alle anderen ist.

Im Tantra ist sowohl das Gute als auch das Böse ein Mittel, den Zustand der Erleuchtung zu erlangen. Man muß wissen, wie man Hindernisse für sich nutzt, sie instrumentalisiert. Man muß Kontakt zum Bösen aufnehmen, um es zu beseitigen und zu vernichten. Man muß Abscheu und Entsetzen überwinden, denn sie verstärken die Täuschung des Subjekts. Daraus erklärt sich der Kontakt mit Leichen, die Meditation in Krematorien usw. Und damit erhält das Bildnis der Narkhajid, die aus einem Totenschädel Blut trinkt, seine ganze Symbolkraft.

Narkhajid oder Vajrayogoni ist eine *dakini*, eine weibliche Gottheit von dämonischem Aussehen, und steht für die innere Kraft, die notwendig ist, um die Begierden, Leidenschaften und Illusionen zu beherrschen. Die *dakinis* sind die Mittler für die Kommunikation zwischen dem Individuum und der göttlichen Weisheit. Außerdem sind sie Medien für die Sublimierung menschlicher Leidenschaft. Der Initiierte überträgt seine Begierde, seinen Haß und seine Liebe auf die Darstellung seiner *dakini*, die ihm von einem Meister zugeteilt wurde, und bringt ihr seinen Körper als Opfer dar, indem er mit Hilfe von Meditation und bildlicher Vorstellung aus sich selbst heraustritt. Gut und Böse sind lediglich Schöpfungen des menschlichen Geistes. Schöpfungen, die der menschliche Geist auf dem Weg zur Erleuchtung überwinden muß. Gutes in Form von Barmherzigkeit und Menschenfreundlichkeit zu tun dient auch nur dazu, das Ego aufzublasen. So wie der Kult des Wissens, was zum Teil die mangelhafte Bildung der mongolischen Mönche erklärt, von der der Verschollene wie auch der Westler gesprochen hatten. Nur wenige wurden zu Gelehrten (die große Mehrheit beschäftigte sich mit manueller Arbeit), und von diesen kultivierten noch weniger das Wissen um des Wissens willen. Daß die Mönche selbst die Geschichte des Buddhismus nicht kannten und nichts über Narkhajid wußten, war einfach darauf zurückzuführen, daß man sie angeleitet hatte, ihre Kenntnis über ihren Glauben auf die Praktiken zur Erlangung der Erleuchtung zu beschränken. Um die Macht des Bildnisses einer Gottheit zu nutzen, braucht man nicht zu wissen, was die Gottheit bedeutet. Metaphysische Spekulation und die westliche Auffassung von Kunst als Schöpfung und des Künstlers als Schöpfer sind ebenfalls nur hinderlich. Der Intellekt ist eine Täuschung. Nicht auf das kreative Schaffen kommt es an, sondern auf die Transzendenz, denn nur Bewegung ist wahrhaftig. Die Tantra-Methoden wollen den Energiefluß im Körper in einen Weg zur Erleuchtung umwandeln. Die äußere Welt ist ein Ausdruck des Geistes. Es gibt keinen Gott und keine Götter. Die buddhistische »Kunst« ist somit eher Mittel und Instrument als Selbstzweck. Sie ist keine Schöpfung, sondern die Reproduktion von bekannten Formen, deren Verwendbarkeit in der Glaubenspraxis bereits überprüft worden ist. Darstellungen wie die von Narkhajid oder wie die Mandalas dienen als Hilfsmittel bei der Meditation und bildlichen Vorstellung, die im Mittelpunkt der tantrischen Übungen stehen. Um die Illusionen zu transzendieren, muß man alles nutzen, was einem zur Verfügung steht – und im Tantra zählen dazu auch die menschlichen Leidenschaften und deren Überwindung. Von daher erklärt sich auch, daß um die Tantra-Methoden solch ein Geheimnis gemacht wird. Wenn die Mönche in der Mongolei nichts sagten, so hatte das drei Gründe, die wiederum zusammenhingen: aus Angst, sich zu kompromittieren, ein Erbe aus kommunistischer Zeit; aus schlichter Unwissenheit, denn das verlangt die Religion von ihnen auf dem Weg zur Transzendenz des Ich; oder aus Geheimhaltung und Mystifizierung der Tantra-Praktiken (darunter auch Sex und Telepathie), die den ranghöheren Priestern vorbehalten sind, jenen, die bereits mehrere Etappen der Methode beherrschen. Texte mit diesen Lehren existieren nicht. Alles muß mündlich an auserwählte Schüler weitergegeben werden.

Auf einer anderen Website mit buddhistischen Maximen stieß der Westler auf die folgende Parabel: »Ein ranghoher Kargyupa-Lama liegt auf dem Totenbett, nachdem er sein ganzes Leben dem Streben nach Erleuchtung gewidmet hat (die Kargyupa, Anhänger des schnellen Weges zum Nirwana, greifen zu äußerst strengen Praktiken und Prüfungen, mitunter wahren Quälereien, um am Ende eines einzigen Lebens den Zustand der Erleuchtung zu erlangen, während die Gelugpa, in Tibet und der Mongolei in der Mehrzahl, den langsameren Weg vorziehen, denn sie glauben, daß sie die Erleuchtung erst nach mehreren Reinkarnationen erreichen können, und deshalb quälen sie sich wenigstens nicht so sehr). Als er nun mit dem Tod ringt, hat der ranghohe Lama nur noch eine Frage, doch es gibt niemanden, der mehr wüßte als er und sie ihm beantworten könnte. Er will wissen, wo nun, nach einem ganzen, dem Buddhismus gewidmeten Leben, eigentlich die verheißene Erleuchtung bleibt. Und da, als er keine Antwort bekommt, begreift er endlich, daß er sie erreicht hat.«

Kopfschüttelnd beschloß der Westler, seine Recherchen zu beenden, nachdem er eine Website aufgesucht hatte, auf der die These vertreten wurde, daß die Tantra-Weisheit wortlos durch Telepathie vom Meister an den Schüler weitergegeben werde: »Im Tantra kann keine Tat als gut oder böse gelten, vorausgesetzt, sie fügt einem anderen Lebewesen kein Leid zu.« Diese Vorstellung von einer Religion jenseits von Gut und Böse widersprach sämtlichen Darstellungen von Hölle und Paradies, die der Verschollene im Kloster Choijin Lama in Ulaanbaatar gesehen hatte und die der christlichen Heuchelei so sehr ähnelten, wie er in seinem Tagebuch festgehalten hatte.

Als der Westler das Internetcafé verließ, nahm er zum ersten Mal ein in einer Seitenstraße hängendes Spruchband wahr, auf dem die Öffnungszeiten der Galerie der Modernen Kunst in den halb verwahrlosten Räumen des Kulturministeriums standen. Er konnte seine Neugier nicht zügeln und ging hin: *Dies bestätigt mir endgültig, daß die moderne Kunst eine Erfindung des Westens ist, die schwerlich zu diesem Teil der Welt paßt. Sie hat mit der hiesigen Kultur überhaupt nichts gemein. Hier gilt die Kunst als Tradition. Wenn man hier versucht, die moderne Kunst nachzumachen, kommt dabei nur Groteskes heraus. Allein der Begriff Ästhetik, Kunst als Reflexion, ist eine geniale Erfindung des Westens, all denen zum Trotz, die sie heute verunglimpfen wollen. Es ist eine der Grundfesten eines Konzepts von aufklärerischem Wohlbefinden. Diese Gesellschaften haben davon überhaupt keine Vorstellung – und deshalb hat der Buddhismus als ein Weg zur Erleuchtung mehr Gewicht. In einer buddhistischen Welt, die die Loslösung vom Ego und von den Leidenschaften predigt, welche den Menschen an das Leid in einer illusorischen, oberflächlichen Realität binden, kann es keine Kunst im westlichen Sinn geben. Kunst kann hier nur Folklore oder religiöses Instrument sein, um eine andere Wahrnehmungsebene zu erreichen. Sie ist Mittel, nicht Selbstzweck. Es gibt nicht die Vorstellung von Tradition als Reihung von Brüchen. Der Begriff »künstlerische Freiheit« ist unbekannt. Nutzlosigkeit hat kei-*

nerlei Wert. Und das macht diese Welt so bedrückend. Außerhalb der Religion mag es ein prekäres Überleben geben, doch gewiß keine Imagination. Die Phantasie ist eingeschlafen oder von der Religion bezwungen. Es ist eine beschnittene Phantasie, unterwürfig und gehorsam, wie es vermutlich die jungen Lamas gegenüber ihren Meistern sind. Nie zuvor habe ich der modernen Kunst so einen Wert beigemessen, nie zuvor habe ich so gut verstanden, warum man den ästhetischen Bruch zu einem Teil des kreativen Lebenszyklus machen will. Die westliche Kunst will den Menschen eine Reflexions- und Ästhetikdimension bieten, die in der Mongolei unterdrückt worden ist, von der Polizei und der Religion, vom Kommunismus und vom Buddhismus. Nach dem wenigen, was ich gesehen habe, kann ich keinen Gefallen am Buddhismus finden, so wie er in den Klöstern in der Mongolei praktiziert wird, denn er verhindert jeden Bruch, auf eine scheinbar liebenswürdige, gütige und friedliche Weise, und gerade deshalb so hinterlistig. Die buddhistische Kirche ist genauso heuchlerisch wie jede andere. Sie nimmt in der Mongolei den Platz ein, den im Westen, in der Welt der Ratio, die Kunst erobert hat. Die Kirche läßt nicht zu, daß Kunst außerhalb ihrer Mauern auftritt. Sie beschränkt den Laien auf das reine Überleben und unterwirft ihn dem Glauben als einziger geistiger Übung.

In der Mongolei verehren die Laien die Gottheiten so, als wären es Götter. Sie streben nicht nach einem bestimmten Zustand, nach einer Verschmelzung mit ihnen, wie es die buddhistische Lehre will, sondern sie beten zu ihnen und richten ihre Bitten an sie, wie sie es mit jedem Gott einer anderen Religion halten würden. Dafür bezahlen sie. Und die Mönche stimulieren dies. Kirche und Religion sind zweierlei. Und da der Mensch unvollkommen ist, entspricht die Praxis der Institutionen nicht immer dem, was die Theorie vorgibt.

Das Entsetzen über die Religion, das der Verschollene in seinem Tagebuch zum Ausdruck brachte, entstand aus seiner Enttäuschung über die Exzesse, die der beobachtet hatte, und der Westler konnte dem, wie üblich ohne nähere Sachkenntnis, bereits nach nur drei Tagen zustimmen.

2.

Das Altaigebirge

Der Westler war zum Aufbruch in den Westen bereit. Zurück im Hotel, rief er Purevbaatar an. Er brauchte jemanden, der ihn auf der Route führte, die der Verschollene zurückgelegt hatte. Sie mußten verhandeln. Anfangs sagte der Führer, er könne ihn nicht begleiten. Er habe keine Zeit. Angeblich hatte er am Ende des Monats eine Reise mit englischen Touristen geplant. Die konnte er nicht absagen. Er beteuerte nochmals, man könne sich auf sein Wort verlassen. Der Westler mußte viel Geld dafür bezahlen, daß er sich überreden ließ, seine Ehre zu vergessen und für die Engländer einen Ersatzführer zu besorgen. Purevbaatar wußte, welche Strecke der Verschollene in umgekehrter Richtung noch einmal zurücklegen wollte, als er verschwand. Bei den Preisverhandlungen nutzte er das aus. Als der Westler auf der Bank, ohne ein Wort Mongolisch zu sprechen, schließlich Dutzende von Reiseschecks zugunsten von Purevbaatar unterschrieb (der Führer hatte sein gesamtes Honorar bar auf die Hand verlangt und sah ihm schweigend zu), dachten die Bankangestellten ihrem konsternierten Gesichtsausdruck zufolge vermutlich, der arme Ausländer werde schändlich ausgenommen. Und er selbst hatte auch so seine Zweifel. Doch ihm blieb keine andere Wahl. In drei Tagen ging ein Flugzeug nach Altai. Sie mußten die ganze Expedition unter Hochdruck am nächsten Tag organisieren, damit sie den größten Teil des Proviants rechtzeitig per Lastwagen losschicken konnten, denn das wenige, was es in Altai gab, war viel teurer. Purevbaatar engagierte außerdem einen Fahrer aus Gobi-Altai, der mit ihnen dieselbe Strecke abfahren sollte, die er sechs Monate zuvor mit dem Brasilianer gefahren war. Der Chauffeur sollte sie am Flughafen abholen. Doch so oder so würden sie auf den aus Ulaanbaatar vorausgeschickten Proviant warten müssen. Der Lastwagen sollte einen Tag nach ihrer Ankunft eintreffen. Sie würden also eine Nacht in Altai verbringen müssen. Bauaa, der Fahrer, hatte vor kurzem seine Frau verloren und sorgte nun allein für seine sieben Kinder. Hin und wieder erledigte er kleine Aufträge für Purevbaatars Eltern, die zwar aus der Gegend um Tseel weiter im Süden stammten, wo sie unter der kommunistischen Regierung als Lehrer gearbeitet hatten, doch seit ihrer Pensionierung in Altai wohnten.

Kurz vor dem Abflug nach Altai traf der Westler auf dem Flughafen auf einen Australier, der in der Inneren Mongolei, auf chinesischem Staatsgebiet, arbeitete. Er bohrte in der Wüste nach Wasser. Die mongolische Regierung hatte ihn engagiert, um die Brunnen zu überprüfen, die im Westen des Landes, einer der dürrsten Gegenden der Welt, nicht mehr funktionierten. Es war das erste Mal, daß er mongolischen Boden betrat. Er wirkte ziemlich hilflos. Mongolisch sprach er kein einziges Wort, und das wenige Chinesisch, das er in den letzten Jahren gelernt hatte, nützte ihm nun überhaupt nichts. Als er im Warteraum des Flughafens von Ulaanbaatar den Westler erblickte, ging er sofort auf ihn zu und hörte nicht mehr auf zu reden. Es war nicht zu erkennen, ob er Flugangst hatte und sich auf diese Weise abzulenken versuchte, oder ob er einfach nur froh war, einem Ausländer zu begegnen. Als sie an Bord der Antonov gingen, einer vierzigsitzigen Turbopropellermaschine der mongolischen

Fluggesellschaft Miat, und feststellten, daß sich die Erster-Klasse-Sitze hinten befanden, entwischte es dem Australier: »Kein Wunder. Es ist ja ein russisches Flugzeug!« Er war nicht sehr kultiviert, aber nett und witzig und trug ein Firmenhemd, auf dem wie auf einer Grundschuluniform sein Name in Brusthöhe eingestickt war, als hätte er seine Funktion als Firmenmitarbeiter verinnerlicht und befände sich rund um die Uhr im Dienst. Er setzte sich neben den Westler, so daß Purevbaatar in der Reihe vor ihnen Platz nehmen mußte. Kurz bevor sie in den Minibus eingestiegen waren, der sie zum Flugzeug fahren sollte, hatte Purevbaatar dem Westler und dem Australier mit seinen Witzen über die Miat, die wegen ihrer Unfälle berüchtigt war, das Blut in den Adern gefrieren lassen. Eine Zeitlang hatte die Fluggesellschaft mit dem Slogan geworben: »Morgens hier, abends da.« Die Mongolen hatten ihn schnell umgedichtet: »Morgens auf dem Flughafen, abends auf dem Friedhof.« Da viele Mongolen für andere Länder kein Einreisevisum erhielten und von Seoul aus, wo sie hofften, illegal arbeiten zu können, wieder zurückgeschickt wurden, machte bald ein Witz die Runde: »Weißt du, weshalb ich in Korea war?« Antwort: »Um für die Miat Reklame zu machen: Morgens da, abends hier.« Kaum daß Purevbaatar über seine eigenen Witze zu lachen anfing, mußte der Westler an eine Stelle im Tagebuch des Verschollenen denken. Als der junge Brasilianer, einen Tag bevor sie die Ruinen des Klosters Ariin Khuree erreichten, mit Ganbold nach Mörön kam, der Hauptstadt der Provinz Khövsgöl, traf er in der Schlange auf der Post auf einen dicken, sympathischen Mongolen: Er sagt, er wohne in London und sei zum Urlaub in der Mongolei. Dann fragt er, woher ich komme. Sogleich fängt er an, über Fußball zu reden, sagt, die Nationalmannschaft der Mongolei sei ein einziger Misthaufen gewesen, dann lacht er: »Wenigstens gibt es sie nicht mehr.« Sie hatten es fertiggebracht, gegen Korea mit fünfzehn zu null zu verlieren. Und dann sind sie alle bei einem Flugzeugabsturz der Miat ums Leben gekommen. Er sagt, er würde gern Brasilien kennenlernen. Ich sage, da gebe es viel Gewalt. Worauf er fragt: »Mehr als in der Mongolei?« Ich bleibe eine Antwort schuldig. Er stammt aus der Gegend um Tsagaannuur. Ich sage, da sei ich durchgefahren. Sarkastisch lächelnd fragt er, was ich von den Betrunkenen gehalten habe, denn das sind die einzigen, die es dort noch gibt. Er ist der erste, der mir gegenüber offen von der Gewalt spricht, die überall in der Luft liegt, aber tabu ist. Ich habe den Eindruck, daß sich in dieser friedlich wirkenden, entvölkerten Landschaft bei Reibereien zwischen erbosten Individuen eine entsetzlich blutige Gewalt entladen kann.

Der Flug nach Altai dauerte zwei Stunden. Sie flogen über das Khangaigebirge, dessen Gipfel auch mitten im Sommer noch schneebedeckt waren. Der Australier hatte etwas Zwanghaftes, fast eine Stunde lang redete er ohne Pause, dann schlief er unvermittelt ein. Er mußte erschöpft sein. Der Westler nutzte die Ruhe, um den *Mongol Messenger* zu lesen, ein englischsprachiges Käseblatt, das jemand in der Tasche an der Rücklehne des Vordersitzes hatte stecken lassen. In der wichtigsten Schlagzeile ging es um die Privatisierung des Bodens, in einem Land von Nomaden nicht gerade verständlich. Das war gerade das große Thema in Ulaanbaatar. Es gab Demonstrationen vor der Zentrale der ehemaligen Kommunistischen Partei, die seit den letzten Wahlen wieder an der Macht war. Wirklich sehr eigenartig, in einem seit Jahrtausenden von Nomaden bewohnten Land an Privatisierung des Bodens zu denken. In der Zeitung stand, es werde ein

Proportionalsystem geben, die Menschen würden pro Nase Anspruch auf einen bestimmten Bruchteil eines Hektars haben, trotzdem blieb völlig unklar, was mit den Nomaden geschehen sollte. Es gab nur zwei Möglichkeiten: Entweder gaben sie ihr Nomadenleben auf, oder die Privatisierung war keine faktische Privatisierung. Auf den Gedanken, daß die Regierung ebendies vorhatte, nämlich das Nomadentum in der Mongolei auszumerzen, kam der Westler nicht. Kompliziert wurde die Sache noch dadurch, daß alles hinter verschlossenen Türen entschieden wurde. Und draußen konnte niemand, auch nicht die Zeitung, genau wissen, wovon man sprach und ob man dafür war oder dagegen.

Die Hauptstadt der Provinz oder des *aimag* Gobi-Altai liegt auf einer wüstenähnlichen Hochebene. Als das Flugzeug landete, wachte der Australier auf. Der Flughafen bestand aus einer einzigen Piste und einem kleinen Gebäude, um das herum sich ein Haufen Menschen am Maschendrahtzaun drängte und die Ankunft des Flugzeugs erwartete. Die einen waren Passagiere, die mit derselben Maschine zurück nach Ulaanbaatar fliegen wollten, die anderen wollten Verwandte und Freunde abholen, die hier ausstiegen. Einer davon war Purevbaatars Vater. Es war sehr windig. Regen war vorhergesagt. Der Australier wurde von einem Vertreter der Provinzregierung abgeholt und verschwand gleich darauf. Bauaa stand neben dem Jeep. Wann immer er konnte, nutzte er die Gelegenheit und polierte den Wagen mit einem Tuch. Purevbaatars Vater hatte dunkle, narbige Haut. Er trug eine schwarze Hose und ein graues Anzughemd. Sein schütteres Haar war pechschwarz. Er trug eine Brille und sprach nicht viel. Vater und Sohn begrüßten sich förmlich. Und dann sprach der Vater leise mit ihm. Er wirkte bedrückt. Doch noch besorgter machten den Westler Ausdruck und Tonfall von Purevbaatars Antwort.

»Was ist los?« fragte er den Führer.

»Nichts Besonderes. Ihr Hotel. Sie haben die Reservierung storniert.«

Mit der Maschine, die kurz vor ihnen gelandet und ebenfalls aus Ulaanbaatar gekommen war – eine große Ausnahme, denn eigentlich gab es nur dreimal pro Woche eine Flugverbindung zur Hauptstadt –, war der Premierminister mit seinem Troß gelandet, und sie hatten sämtliche Zimmer der beiden Hotels im Zentrum mit Beschlag belegt, darunter auch das für den Westler reservierte Zimmer. Die Straßen (insgesamt vier) waren für den Verkehr gesperrt. Altai war eine heruntergekommene, staubige Stadt inmitten einer Art Buschsteppe, gut zweitausendeinhundert Meter über dem Meeresspiegel. Das kleine Zentrum erschöpfte sich in ein paar wenigen Straßenblocks mit niedriger Bebauung. Wie eine Stadt im Wilden Westen. In dem Museum, das der Westler am Nachmittag besuchte, weil er nichts anderes zu tun hatte, wurde die artenreiche Fauna der Region hervorgehoben, besonders der heißbegehrte Schneeleopard, der vom Aussterben bedroht war und nur ganz selten in den Bergen gesichtet wurde. Immer wieder hüllte eine Staubwolke, von einer Windbö aufgewirbelt, die ganze Stadt ein. Am Ortsrand gab es auch ein Jurtenviertel, das natürlich viel kleiner war als in Ulaanbaatar. Im Winter lag alles bis zum Horizont unter einer Schneedecke. Die Geschäftsführerin des Hotels sagte, sie könne nichts machen. Leider. Sie habe Anweisung von oben erhalten. Das Hotel sei ausgebucht. Der Westler hatte kein Bett für die Nacht. Irgendwie erkannte er wieder, was er in dem Tagebuch des Verschollenen über die Behörden in Tsagaannuur gelesen hatte, und er kam sich vor wie eine leichtsinnige Figur in einem Gogol-Stück. Purevbaatar, der seine Verärgerung nicht mehr verbarg, schlug vor, zuerst zu seinen Eltern zu fahren. Nach dem Mittagessen wollte er sich bemühen, das Problem seines Kunden zu lösen.

Purevbaatars Eltern wohnten in einem ehemaligen Schulgebäude. Die Wohnung lag am Ende eines der drei langgestreckten Bungalows, aus denen die Schule früher bestanden hatte. Es war eine kleine Zweizimmerwohnung. In einer Ecke des Wohnzimmers hatten sie sich provisorisch eine Küche eingerichtet, dort stand auch das Bett, auf dem Purevbaatar in dieser Nacht schlafen sollte. Das Badezimmer lag draußen, und die Toilette war in Wirklichkeit eine von Fliegen wimmelnde Grube hinter einem Holzverschlag. An den grüngestrichenen Wohnzimmerwänden hingen Poster mit Aufnahmen von Kindern und Landschaften, eine Dekoration, wie man sie in den Jurten und mongolischen Wohnungen immer wieder findet. Alles war sehr bunt, allerdings dominierte ein schattiges Grün. Als sie ankamen, hatte Purevbaatars Mutter, eine kleine Frau mit Brille, die ihr tiefschwarzes dünnes Haar zu einem Knoten zusammengefaßt hatte, zwischen zwei für Purevbaatar und seinen ausländischen Kunden bestimmten Sesseln eine Schale mit fritierten Küchlein, eine kleine Schüssel mit Sahne und eine Thermosflasche zurechtgestellt. Das Mittagessen bestand aus Tee mit salziger Milch und den traditionellen *buuz*, mit Hammelfleisch gefüllten, in Dampf gegarten Teigtaschen. Purevbaatars Mutter war Handarbeitslehrerin gewesen, sein Vater hatte Tischlern unterrichtet. Die meisten Möbel im Haus hatte er selbst angefertigt. Unter dem Kommunismus waren sie für ihre Verdienste um das Land mehrmals ausgezeichnet worden, die Medaillen waren alle im Wohnzimmer ausgestellt. Während sie aßen, jeder für sich in einer Ecke sitzend, unterhielten sie sich mit dem Sohn und mit Bauaa über den *zud* (den extrem strengen vergangenen Winter), der dazu geführt hatte, daß im Land der Notstand ausgerufen werden mußte. Unerhörtes war geschehen: Elf Oberhäupter von Nomadenfamilien aus der Region hatten sich umgebracht, weil ihr Vieh starb. Überall in der Mongolei lagen Gerippe. Allein in Gobi-Altai waren es rund sechshunderttausend. Da ihnen das Vieh wegstarb, zogen die Nomaden in die Städte. Das war ein neues Phänomen, und noch wußte man nicht, wie es sich auswirken, welche Folgen dies haben würde. Die Situation war äußerst ernst. Da sie einen großen Teil ihrer Herden verloren hatten, konnten die Nomaden die verbliebenen Tiere nicht schlachten und hatten also nichts zu essen. Während sich einer mit bedächtiger Miene äußerte, nickten die anderen drei im Raum zustimmend. Hin und wieder übersetzte Purevbaatar, was sie sagten. Sie sprachen wenig, als befänden sie sich bei einer Totenwache. Von dem verschollenen Brasilianer war offenbar mit keinem Wort die Rede. Denkbar, daß Purevbaatar den Eltern nichts davon gesagt hatte. Bauaa war ein ältlicher Mann, das Gesicht von Falten zerknittert, das Haar grau meliert. Er schien ein freundlicher und schüchterner Mensch zu sein und hatte, wie der Westler feststellen sollte, eine Marotte: Immer wenn er sich ans Steuer setzte, zog er speckige gehäkelte Handschuhe an, selbst bei einer Hitze von dreißig Grad, vermutlich, um die Hände vor der Sonne zu schützen. Dem Westler verschlug es die Sprache, als er herausfand, daß Bauaa erst neunundvierzig Jahre alt war. Das Leben in Gobi-Altai war hart. Wegen der Knappheit und der schlechten Qualität des Wassers gab es eine hohe Rate an Magen-Darm-Erkrankungen und

Hepatitis. Die Kindersterblichkeit war die höchste im ganzen Land. Und um das Maß voll zu machen, litten die Menschen wegen der Höhenlage an Bluthochdruck.

Nach dem Essen ging Purevbaatar mit Bauaa los, um für den Westler ein Quartier zu besorgen, und er blieb allein bei den Eltern, die zwar sehr freundlich waren, aber außer Mongolisch und ein bißchen Russisch, das aber der Westler seinerseits nicht beherrschte, kein einziges Wort in einer anderen Sprache konnten. Sie saßen schweigend da, den Blick auf den Fußboden gerichtet. Hin und wieder, wenn ihre Blicke sich kreuzten, lächelten sie sich zu, dann schauten sie wieder nach unten. Irgendwann schaltete Purevbaatars Vater den Fernseher ein. Im staatlichen Sender lief ein Programm mit mongolischen Volksliedern. Genaugenommen war es ein Videoclip zu dem neuesten Erfolgstitel. Ein Mann und eine Frau in Trachtenkleidung standen auf einem Berg und sangen verzückt ein Liebeslied. Die Frau hielt einen Blumenstrauß in den Händen. Wenn sie es gar nicht mehr ertrug, schlug sie sich (fast reflexartig) mit dem Strauß ins Gesicht, um die Fliegen zu verscheuchen, ohne jedoch ihren Gesang zu unterbrechen.

Einen Platz zu finden, wo der Westler die Nacht verbringen konnte, erwies sich als ziemlich mühselig. Schließlich fand Purevbaatar ein Zimmer in einer von Chinesen frequentierten Spelunke am Stadtrand, was aber nicht bedeutete, daß es weit weg war, da die ganze Stadt ja aus nur vier Straßen bestand. Komfortabel war es jedoch nicht. Zum Zimmer gehörte weder ein Badezimmer, noch gab es ein Waschbecken, außerdem blickte man auf ein Industriegelände, auf dem verrostete Türen und Blechrohre im Wind klapperten. Nun, sie waren schließlich nicht auf einer Vergnügungsreise, und früher oder später würde der Westler sich daran gewöhnen müssen. Purevbaatar setzte ihn beim Hotel ab und empfahl ihm, den freien Nachmittag zu nutzen und die Stadt zu genießen. Genießen war ein Euphemismus. Es war unmöglich auszumachen, ob der Führer naiv oder ironisch war oder ob er Ironie überhaupt kannte. Das Heikelste daran war, daß jede spitze Reaktion auf vermeintlichen Sarkasmus ihn kränken konnte, falls er tatsächlich völlig arglos war und aufrichtige Motive hatte. Da der Westler die kulturellen Unterschiede nicht richtig einzuschätzen vermochte, fühlte er sich hilflos: Im allgemeinen vermied er, Gleiches mit Gleichem zu vergelten, doch dank seiner paternalistischen Einstellung wußte er nie genau, ob er gerade den Trottel spielte oder nicht.

Am nächsten Morgen holte ihn Bauaa punkt sieben Uhr vom Chinesen-Hotel ab und brachte ihn zu Purevbaatars Eltern. Während der Fahrt machte er kein einziges Mal den Mund auf. Das Material für ihre Reise war inzwischen angekommen. Während Bauaa den Proviant im Jeep verstaute, trank der Westler zusammen mit seinem Führer und dessen Eltern salzigen Tee und aß fritierte Küchlein und Ziegenjoghurt. Ein Cousin von Purevbaatar war ebenfalls zum Frühstück erschienen, zusammen mit einem japanischen Spezialisten für die wilden Przewalskipferde (*takhi* auf mongolisch), den inzwischen selten gewordenen Ahnen unserer heutigen Pferde. Der Cousin kümmerte sich um ein Naturschutzgebiet im äußersten Südwesten von Gobi-Altai an der Grenze zu China, um die von dort stammenden Pferde zurückzuholen, die 1969 aus der Mongolei verschwunden, aber nur deshalb nicht vollständig ausgestorben waren, weil es einige wenige Exemplare in zoologischen Gärten in Europa gab und in Australien, der Schweiz, Deutschland und Holland

Zuchtprogramme entwickelt wurden. Mittlerweile gab es weltweit rund eintausend *takhis*. Von den zweiundfünfzig Tieren, die in den neunziger Jahren wiedereingeführt und in dem Naturschutzgebiet frei gehalten worden waren, hatten nur dreißig den letzten Winter überstanden. In einem anderen Naturschutzgebiet in der Nähe von Ulaanbaatar wurden achtzig Exemplare schweizerischer Herkunft gehalten. Der Cousin und der Japaner befanden sich in der Stadt, weil sie eine Ladung *takhis* erwarteten, die per Flugzeug aus Ulaanbaatar kommen und die Pferde ersetzen sollten, die in Gobi-Altai im Schnee umgekommen waren. Fürs erste sollten sie in einem großen Gehege untergebracht und dort beobachtet werden, bevor man sie in der freien Natur auswilderte. Der Cousin arbeitete mit Deutschen vom Stuttgarter Zoo zusammen. Purevbaatars Mutter hatte ihn am selben Morgen angerufen. Da er gerade aus dem Naturschutzgebiet im äußersten Südwesten von Gobi-Altai zurückgekehrt war, mußte er durch die Gegend bei Tseel gekommen sein und wußte höchstwahrscheinlich, wo ihre Verwandten, die Nomaden waren, ihr derzeitiges Lager aufgeschlagen hatten. Der Cousin unterhielt sich mit Purevbaatar und zeigte ihm auf der Landkarte, wo er sie auf dem Rückweg gesehen hatte. Anfangs verstand der Westler nicht, was das eine mit dem anderen zu tun hatte, warum sie in der Region um Tseel nach Purevbaatars Verwandten suchen sollten, und reagierte gereizt. Er dachte, sein Führer wolle die Reise zu einem Besuch bei seinen Verwandten nutzen oder um etwas für seine Mutter zu erledigen. Er glaubte, der eigentliche Zweck ihrer Reise würde von privaten Interessen von Purevbaatar und seiner Familie, mit denen er nichts zu tun hatte, in den Hintergrund gedrängt. Es konnte es gar nicht abwarten, ihn unter vier Augen zur Rede zu stellen. Vor Purevbaatars Eltern war ihm das peinlich. Da konnte er sich nicht mit ihm auseinandersetzen. Und als sie sich endlich von dem Cousin und dem Japaner verabschiedeten, mußte der Westler widerstrebend, doch wortlos akzeptieren, daß die Eltern offenbar großen Wert darauf legten, sie im Auto aus der Stadt hinauszubegleiten. Warum, begriff er wieder nicht, und das ärgerte ihn noch mehr. Bauaa am Steuer, fuhren sie hinter dem Auto von Purevbaatars Eltern her auf der Piste, die nach Süden führte, bis Altai ein gutes Stück hinter ihnen lag. Plötzlich hielten beide Autos an, und alle stiegen aus. Da begann der Westler zu begreifen. Die Eltern wollten sich von ihrem Sohn außerhalb der Stadt verabschieden, wo sie ungestört waren und sich intimer und zwangloser verhalten konnten. Sie wollten bis zum letzten Moment bei ihrem Sohn sein, ein Ritual zelebrieren. Wortlos und scheu gingen sie aufeinander zu, als wollten sie sich voreinander verbeugen. Sie blieben am Rand der Erdpiste stehen, ringsum eine wüstenähnliche Hochebene, am Horizont die Ausläufer einer Gebirgskette. Mongolische Mütter küssen ihre Kinder nicht, sondern beschnuppern ihr Gesicht. Purevbaatar beugte sich herunter, und seine Mutter beschnupperte ihn auf beiden Seiten in Höhe der Ohren. Der Vater berührte ihn nur an den Ellbogen, als wollte er ihn stützen. Es war die gleiche Begrüßung, wie sie zwischen Verwandten üblich ist, die sich nach dem – wie in China im Februar gefeierten – Beginn des neuen Mondjahres zum ersten Mal begegnen. Ihre Blicke waren voller Gefühl, die Gesten sparsam. Bauaa faßte keiner an. Und zum Westler sagte Purevbaatars Mutter lediglich: »Ab jetzt ist nur noch Wüste«, und der Sohn übersetzte es. Dann stiegen alle drei in den Jeep und fuhren los, während die Mutter und der Vater des

Führers in einer Staubwolke am Straßenrand zurückblieben.

Gleich darauf ging es in die Berge, einen Ausläufer des Altaigebirges. Die Landschaft war großartig, ein wenig außerirdisch, und sie blieb auch so bis zum Einbruch der Dunkelheit, als sie endlich das Tal Ekhen Belchir erreichten, wo nach Auskunft des Cousins Purevbaatars Verwandte ihr Lager aufgeschlagen hatten. Der Westler ließ seine Verärgerung nicht erkennen, wartete aber auf die erste Gelegenheit, um dem Führer zu verstehen zu geben, wie ungehalten er über die Situation war, in die er sich gegen seinen Willen involviert sah. Von der ersten Bergkuppe aus überraschte sie der Anblick des Gletschers Burkhan Buundai Uul am Horizont, hinter einer Reihe von Hügeln und Senken, Wüstenflächen, die aus der Ferne lediglich nebelverhangene Flecken im Wechsel mit den blauen Bergen waren. Kein Mensch weit und breit, nirgendwo. Kein einziger Baum. Der Weg bestand aus einer Abfolge von Tälern und Bergen, Schluchten durchschnitten die Berge bis zum nächsten Tal. Gegen Mittag, bevor es zu dem ersten Wüstenstreifen hinunterging, sagte Purevbaatar etwas zu Bauaa, und der Fahrer bog von der Piste ab. »Wir essen hier«, erklärte Purevbaatar. Während Bauaa und er das Essen zubereiteten, ging der Westler umher und schrieb: *Die Landschaft ist unglaublich. Was er in seinem Tagebuch über die Wolken geschrieben hat, stimmt. Wenn Purevbaatar ihn erwähnen will, spricht er immer wieder von* buruu nomton, *dem Unangepaßten, anstatt ihn bei seinem Namen zu nennen. Das macht er garantiert nur, um mich zu ärgern. Die Wolken ziehen über die Steppe. Nirgends Bäume. Doch anders als in Peking bekommt man hier Lust, loszulaufen und nie mehr stehenzubleiben, es gibt keine Hindernisse, und weil die weiten Fluren wie ein immenser Rasen anmuten, laden sie zur Bewegung ein, zu endlosen Wanderungen und Ausritten.*

Sie aßen auf dem Gras. Der Westler nutzte die Gelegenheit und äußerte endlich seine Unzufriedenheit. Gereizt erinnerte er Purevbaatar daran, daß er einen Auftrag hatte – den verschwundenen jungen Mann zu finden – und daß der Umweg, um die Verwandten des Führers zu besuchen, in seinem Plan nicht vorgesehen war. Purevbaatar reagierte auf seine Verärgerung prompt. Zwar wurde er von ihm bezahlt, doch er hatte auch seinen Stolz und ließ sich nicht beleidigen. »Als Sie mich engagiert haben, war Ihnen vielleicht nicht ganz klar, wie ich arbeite. Ich nehme meine Arbeit sehr ernst. Sie haben mich beauftragt, dieselbe Route zu fahren, die ich vor sechs Monaten mit ihm zurückgelegt habe. Welche Route das ist, hängt davon ab, wem wir unterwegs begegnen. In einem Land von Nomaden bleiben die Menschen logischerweise nie am selben Ort. Entsprechend der Jahreszeit wandern sie weiter. Die Menschen sind die Orte. Sie suchen keinen Ort; Sie suchen einen Menschen. Und nach ebendiesem Menschen bin auch ich auf der Suche.«

Damit war das Gespräch beendet. Der Westler versuchte sich zu beherrschen und das Mißtrauen zu verdrängen, das inzwischen die Beziehung zu Purevbaatar zu vergiften drohte. Sie saßen auf dem Gras und aßen. Das Geräusch, mit dem Bauaa seine Suppe schlürfte, klang durch das Schweigen der beiden anderen noch aufreizender. Nach dem Essen half der Westler ihnen, die Sachen zusammenzupacken und im Jeep zu verstauen, als Ausdruck seines guten Willens, die von ihm verursachte Mißstimmung zu besänftigen. Sie fuhren weiter. Bergab ging es auf einer Piste längs der Strommasten bis ins erste Tal. Unter der hoch am Himmel stehenden Sonne waren die Hitze und der Staub in der Wüstenebene unerträglich. Am Ende der Ebene gelangten sie in den Tsagaan Gol, einen Canyon, der sich in das Gebirge hineinschlängelte und dessen zu dieser Jahreszeit trockener Boden mit Steinen bedeckt war. Das, was ihnen als Piste diente, mußte früher das Bett eines reißenden Flusses gewesen sein. Im Winter war es nicht passierbar. Das erklärte, warum Ganbold sich geweigert hatte, den Verschollenen kurz vor Wintereinbruch in eine Gegend zu begleiten, die er kaum kannte. Schon bald nachdem sie in den Tsagaan Gol hineingefahren waren, bat der Westler anzuhalten, weil er austreten mußte. Er stieg aus und ging zu einer Einbuchtung in der Felswand, da entdeckte er die Zeichnungen. In den Fels waren stilisierte Darstellungen von Tieren – eine Bergziege, ein Argali oder Altai-Wildschaf, mehrere Hirsche – sowie verschiedene Symbole geritzt. Bei der Rückkehr zum Jeep erwähnte er die Zeichnungen, worauf Purevbaatar antwortete: »Das sind Felsenzeichnungen aus der Bronzezeit. Kann sein, daß sie ein Grabmal kennzeichnen. Wahrscheinlich haben Sie auf ein Grab gepinkelt. Davon gibt es hier jede Menge. Solche Zeichnungen finden Sie hier überall.«

Innerhalb weniger Minuten befanden sie sich wieder im Gebirge. Sie hatten die Piste und die Strommastenreihe, die nach Süden, nach Tseel führten, verlassen und fuhren nun nordwestwärts: *Die schönste Landschaft, die ich je gesehen habe. Keine Menschenseele weit und breit. Zwar bietet die Vegetation keine große Abwechslung, doch werden wir alle Augenblicke durch Veränderungen des Bodenprofils überrascht. Man braucht nur um eine Kurve zu fahren, und schon ändert alles seine Gestalt; was ein Tal war, wird zum Berg, und was Wüste war, wird zur Steppe. Endlich erblicken wir in der hügeligen, grasbewachsenen Landschaft eine Jurte. Ein weißer Punkt in der Ferne. Neben einem weißen Mast mit einem Propeller an der Spitze, der die Windenergie nutzt, ist eine Parabolantenne montiert. Purevbaatar sagt verächtlich: »Das sind reiche Nomaden. Die haben nichts damit gemein, was uns später begegnen wird.« Wir halten an, um Auskunft einzuholen. Bevor er aus dem Jeep aussteigt, ruft Purevbaatar, sie sollen die Hunde anbinden, die wie wahnsinnig bellen. Ein enorm dicker Mann tritt aus der Jurte. Er sieht nach einem Ringer aus. Er ergreift die beiden Hunde am Halsband und bindet sie an einem Pfahl fest. Hinter ihm erscheint eine Frau mit einem Säugling auf dem Arm. Purevbaatar fragt nach dem Tal Ekhen Belchir. Der Mann blickt in die Ferne und weist mit sehr vagen Handbewegungen nach Westen. Dann dreht er sich zu uns um und sagt etwas. Purevbaatar will meine Meinung hören: »Er lädt uns zum Eintreten ein.« Ich habe keine Wahl. Ich kann nicht sagen, daß ich es eilig habe. Daran werde ich mich gewöhnen müssen. Hier geht alles langsam voran. Wir betreten die Jurte, niemand sagt etwas. Sie bieten uns Tee an. Wir sitzen da, trinken Tee, und niemand spricht. Es ist noch ein junger Mann im Raum, offenbar der Bruder des Hausherrn. Die beiden starren mich ganz unverhohlen an. Die Jurte ist komfortabel eingerichtet, laut Purevbaatar ganz ungewöhnlich komfortabel für die lokalen Verhältnisse. Es gibt zwei Betten, einen Fernsehapparat auf einer Kommode, an den Wänden hängen Teppiche. Dies sind keine für die Region typischen Nomaden. Purevbaatar bemüht sich, eine Unterhaltung in Gang zu bringen. Zwischen den Gesprächspartnern gibt es so etwas wie eine Ungleichzeitigkeit. Als kämen die Antworten mit Verzögerung. Diese Art von Small talk zieht sich ungefähr zehn Minuten hin. Ab und zu spüre ich, daß sich ein Blick auf mich richtet, doch sobald ich ihm begegnen will, weicht er mir aus. Es ist die Frau. Purevbaatar fragt mich, ob wir gehen können. Er bedankt sich. Wir stehen auf und gehen hinaus. Erst als wir uns wieder auf der Piste befinden, sagt er, daß der Beleibtere, der Hausherr, mit ihm in Tseel zur Schule gegangen ist: »Er wollte als Ringer Karriere machen, aber offensichtlich hat er es nicht sehr weit gebracht.«*

Wir fahren weiter auf Pisten, die in Wirklichkeit ausgetrocknete Flußbetten sind, Geröllfelder in den Talsohlen. Unversehens verschwindet die Piste, wir verlieren die Orientierung. Beim Abstieg in ein Tal taucht zu unserer Rettung wieder eine einsame Jurte auf. Wir begeben uns dorthin und fragen nach dem Weg. Der Nomade lädt uns auch zum Eintreten ein, doch dieses Mal lehne ich es ab. Bis zu dem Tal, in dem Purevbaatar glaubt, seine Verwandten mütterlicherseits anzutreffen, ist es nicht mehr weit. Wir setzen unsere Fahrt fort, und die Piste taucht wieder auf. Nach einer Weile kommt uns ein Lastwagen entgegen. Die Ladefläche ist vollgestopft mit Menschen. Ich sehe, daß der Fahrer mich mit Luchsaugen auf dem Rücksitz des Jeeps ausgemacht hat. Er hält mit seinem Laster mitten auf der Piste, stellt ihn quer und blockiert die Fahrbahn. Dann steigt er aus und kommt auf uns zu. Trotz seiner dunklen Sonnenbrille kann ich schwören, daß er mich fest im Blick behält. Es ist ein merkwürdiger Typ. Dann steigen noch drei finster aussehende Burschen aus. Die anderen Passagiere beobachten die Szene äußerst neugierig von der Ladefläche aus. Der Fahrer kommt zu Bauaa ans Fenster und sagt etwas zu ihm. Er ist betrunken, genauso wie die anderen drei, sie drücken sich die Nase an der Rückscheibe platt und verschlingen mich und das Innere des Jeeps mit ihren Blicken.

Keine Ahnung, was der Typ mit der Sonnenbrille und dem Aussehen eines Gangsters sagt. Bauaa antwortet ihm zögernd. Auch hier stellt sich wieder so etwas wie eine Ungleichzeitigkeit oder merkwürdige Langsamkeit im Dialog ein. Der Fahrer geht mit seinen Kumpanen zurück zum Lastwagen. Sie steigen ein und fahren weiter. Für einen kurzen Moment hatte ich es mit der Angst bekommen. Ich sage zu Purevbaatar, wenn wir in Brasilien wären, dann hätte das ein Überfall sein können. »Wir sind in der Mongolei«, antwortet er. Ich frage, was sie wollten. »Nichts«, sagt Purevbaatar. »Die waren neugierig. Wahrscheinlich haben sie noch nie einen Westler gesehen.« Und dann sagt er nichts mehr. Auch nicht, als ich frage, ob der Verschollene ebenfalls hier vorbeigekommen ist. Mag sein, daß er die Frage wegen des Motorlärms nicht gehört hat. Alles schürt mein Mißtrauen gegen ihn.

Der Westler erhielt sehr bald seine Antwort. Immer wieder begegnete er dem Staunen und der Scheu der Nomaden, die ihn mieden oder wie ein exotisches Tier anstarrten. Vielleicht war der Verschollene hier vorbeigekommen, vielleicht auch nicht, doch ganz fraglos war er nicht denselben Menschen begegnet. Und bis zum Ende der Reise bekam er genügend Gelegenheiten, sich an die Betrunkenen und Neugierigen zu gewöhnen, die noch nie in ihrem Leben einen Ausländer gesehen hatten und ihn nun, da sie zum ersten Mal einen sahen, mit den Blicken verschlangen.

Eklien Belchir (*belchir* bedeutet »Knotenpunkt«) ist ein überwältigendes Szenarium, ein Zusammentreffen von Tälern, Gebirgen und Schluchten, so als wäre alles dorthin ausgerichtet und endete – oder begänne – an dieser Stelle. »In der Gegend sind immer Nomaden«, sagte Purevbaatar. Seine Verwandten lagerten gleich am Eingang zum Tal. Am späten

Nachmittag erblickten sie die drei Jurten. Es wurde schon kühler. »Sie haben mich seit fünf Jahren nicht gesehen«, sagte Purevbaatar. Ihre Ankunft geriet tatsächlich bewegend. Die Hunde stürzten sich wütend auf den Jeep und wurden sogleich angebunden. Die Verwandten trauten ihren Augen nicht. Sie hatten nicht mit ihm gerechnet. Und obendrein war noch ein Ausländer dabei: *Sie hatten noch nie einen Westler gesehen. Sie fragen Purevbaatar, ob ich Russe bin. Das ist für sie, wenn es um einen Westler geht, die nächstliegende Möglichkeit. Was Brasilien ist, wissen sie nicht, geschweige denn, wo es liegt. Wir werden die Nacht hier verbringen. Sie sind ausnehmend freundlich, aber ich habe noch nicht begriffen, wie sie uns helfen können. Purevbaatar hat mich in der Hand. Ich bin in allem auf ihn angewiesen, traue aber dem nicht, was er sagt oder übersetzt. Gleich nach unserer Ankunft holt er ein großes Paket aus dem Jeep und überreicht es einer alten Frau – sie ist seine Tante, die Schwester seiner Mutter, wie ich dann erfahre. Seine Mutter hat das Paket mitgeschickt. Ich beschließe, die Dinge ihren Lauf nehmen zu lassen, ohne mich einzumischen. Mir bleibt gar keine andere Wahl. Ich muß mich an den Rhythmus der Dinge gewöhnen – es hat keinen Sinn, direkt zur Sache kommen zu wollen oder eine Auseinandersetzung mit Purevbaatar zu suchen. Bei den wenigen Malen, die ich ihn zur Rede gestellt habe, hat er beleidigt reagiert. Es ist mir unmöglich herauszufinden, ob ich recht habe oder nicht. Und als reichte das nicht schon, muß ich mich auch noch daran gewöhnen, daß ich nicht duschen kann. Es ist erst unser erster Reisetag, aber ich bin bereits schmutzig, völlig eingestaubt, und offenbar besteht keinerlei Aussicht, daß ich mich waschen kann. Purevbaatar hat eine Polaroidkamera mitgebracht und schlägt vor, ich solle die Familie fotografie-*

ren. Als höfliche Geste, eine Art von Gegenleistung. Er gibt mir zu verstehen, daß sie uns mehr zu bieten haben als die Unterkunft. Kaum ist das Wort fotografieren ausgesprochen, sind alle verschwunden. Und fünf Minuten später sind sie wieder da, die Erwachsenen in dels *und die Kinder in Sonntagskleidern, die sie nur zu besonderem Anlaß anziehen. Sie stellen sich vor der einen Jurte auf. In der hinteren Reihe Purevbaatars Cousin mit Mütze, neben ihm seine Frau, die beiden Schwestern und die Mutter, die sich ein buntes Kopftuch umgebunden hat. In der vorderen Reihe seine vier Kinder. Die Frauen haben eine dicke Schicht Puder aufgelegt, um die sonnengebräunte Haut abzudecken. Sie schämen sich der dunklen Haut. Nach dem Fotografieren ziehen sich alle wieder um und wenden sich dem zu, womit sie vorher beschäftigt waren. Als ich Rumoren im Bauch spüre, gerate ich zum ersten Mal in Verlegenheit. Die Toilette ist hier die freie Natur. Ich klettere auf einen Hügel und versuche, mich auf der anderen Seite zu erleichtern. Der Ausblick ist überwältigend, als läge über der gesamten Landschaft ein grünlicher Teppich, doch der Wind macht die Angelegenheit schwieriger, als ich gedacht habe. Purevbaatar hat mich angewiesen, das Toilettenpapier zu verbrennen, dafür habe ich ein Feuerzeug in der Tasche. Nach einer halben Stunde gehe ich zurück, tief beschämt über meine Unfähigkeit, da es mir nicht gelungen ist, das Papier anzustecken, und ich male mir aus, wie die Kinder sich über den Fremden lustig machen, wenn sie am nächsten Tag die Spuren meines Versagens vorfinden werden. Wenn man sich einem Mongolenlager nähert, muß man sich vor den bissigen Hunden in acht nehmen. Ich drücke mir auf dem Rückweg selbst die Daumen. Zum Glück sind die Hunde noch immer angebunden. Es ist zehn Uhr abends, und jetzt erst wird es allmählich dunkel. Purevbaatar und ich sollen in der Jurte des Cousins schlafen. Bauaa wird in der Jurte der alten Frau übernachten, der Schwester von Purevbaatars Mutter, ihre Jurte steht ein paar Meter weiter hügelaufwärts. Der Cousin ist ein großer, ungeschlachter und sehr schüchterner Mann. Ich höre ihn kaum sprechen. Als wir uns vor dem Abendessen rings um die Feuerstelle in der Jurte versammeln, bringt er es vor lauter Schüchternheit nicht fertig, Purevbaatar in die Augen zu sehen. Wenn er etwas zu uns sagt, versinkt er fast im Boden. Er ist von unglaublicher Höflichkeit und Zuvorkommenheit. Das eine Bett tritt er an mich ab, das andere an Purevbaatar. Er selbst wird mit seiner Frau und den Kindern auf dem Fußboden schlafen. Die Kinder vergöttern ihn. Purevbaatar sagt, sie machen sich meinetwegen Sorgen. Sie wissen nicht, wie sie sich mir gegenüber verhalten und was sie einem Westler zu essen geben sollen. Das Abendessen besteht aus der traditionellen Suppe mit Weizennudeln und Trockenfleischstückchen mit Schmalz. Und es bietet Purevbaatar endlich die Gelegenheit, seinem Cousin die Frage zu stellen, den mir nicht bekannten Hauptgrund zu nennen, warum wir den Umweg hierher gemacht haben. Er fragt, wo er Shagdarsouren finden könnte. Der Cousin hält im Suppeschlürfen inne, setzt die Schale auf dem Fußboden ab, faßt sich an den Kopf, verschränkt die Arme und schraubt sich wieder in sich zusammen, während er zu antworten versucht. Ich habe keine Ahnung, wer Shagdarsouren ist. Ich verstehe nicht, wovon sie sprechen.*

Erst am nächsten Tag gab Purevbaatar dem Westler wieder, worüber sie gesprochen hatten. Der Cousin hatte ihm gesagt, Shagdarsouren müsse irgendwo zwischen Tögrök und dem Bus-Khairkhan-Gebirge in der Gegend von Dariu unterwegs sein. Er hatte im Winter einen großen Teil seiner Herde verloren und beschlossen, seinen Bruder zu Hilfe zu holen. Aber wer war denn nun Shagdarsouren? Purevbaatar und der Verschollene waren ihm sechs Monate zuvor zufällig begegnet, als sie in der Gegend von Tögrök nach einer Spur von Dorj Khamba und Suren suchten, und er war derjenige, der ihnen von einem Lama erzählt hatte, der angeblich die Bücher und heiligen Schriften des Klosters von Tonkhil gerettet hatte, das wie viele andere 1937 zerstört worden war. Shagdarsourens Frau stammte aus der Gegend von Tseel. Purevbaatar wußte, daß sein Cousin ihm würde sagen können, wo sie zu finden waren. Und nur deshalb hatte er beschlossen, über Ekhen Belchir zu fahren.

Es ist ganz früh am Morgen, die Sonne ist noch nicht aufgegangen, da merke ich plötzlich, daß sich in der Jurte etwas bewegt. Die Frau des Cousins geht hinaus, um die Schafe zu melken. Ich stelle mich schlafend. Eine halbe Stunde später kommt sie mit der Milch zurück. Die beiden kleineren Kinder und Purevbaatar schlafen weiter, doch nun wachen der Cousin, der ältere Junge und das Mädchen auf. Jeder widmet sich einer Aufgabe. Der Cousin hilft seiner Frau. Sie serviert ihm Tee mit Milch. Sie flüstern. Er geht hinaus, auf die Weiden, die Herde suchen. Als schließlich Purevbaatar und ich aufstehen, ist der Cousin nicht mehr da. Wir sehen ihn nicht wieder. Wir haben uns gar nicht verabschieden können. Die Frau serviert uns Tee und eine Art Kroketten. Wir sind zur Abfahrt bereit. Der Abschied ist ein Ritual, von dem sie mich ausschließen. Die alte Frau überreicht Purevbaatar ein Geschenk und Bauaa ein blaues Band, mit dem sie ihm eine gute Fahrt wünscht. Zufällig sehe ich es, als sie ihm das Band überreicht. Unsere Blicke begegnen sich für den Bruchteil einer

Sekunde, und sie wird verlegen, als möchte sie nicht, daß ich sehe, wie sie die beiden beschenkt. Mir schenken sie natürlich nichts. Wir fahren durch die Berge und dann hinunter Richtung Tögrök, einer Siedlung wie eine Geisterstadt irgendwo in der Wildnis in ungefähr eintausendsechshundert Meter Höhe am Rande der Wüste Sharga, wo einige der größten Kamelzüchter der Mongolei leben. Tögrök ist für seine furchtbaren Sandstürme im Frühjahr berühmt. Es gibt keinerlei Vegetation. Und keinen Menschen in den Straßen. An klaren Tagen kann man in der Ferne den Gletscher am Berg Sutai sehen, dem höchsten Gipfel in der Region. Unterwegs zwischen Ekhen Belchir und Tögrök laufen überall Murmeltiere und kleine Erdhörnchen umher, von den Mongolen zouram *genannt, und verschwinden in ihren Höhlen, wenn wir vorbeifahren. Außerdem liegen die Gerippe von Schafen, Kühen und Yaks herum, womöglich gehören sie zu den Tieren, die Shagdarsouren verloren hat. Purevbaatar berichtet mir im Jeep von seiner Unterhaltung mit dem Cousin während des Abendessens. Shagdarsouren soll sich irgendwo zwischen Tögrök und Dariu befinden. Wir müssen die Wüste Sharga durchqueren. Es ist ganz egal, was er sagt. Kaum sind wir wieder unterwegs, glaube ich ihm kein Wort mehr. Sobald wir in Tögrök aussteigen, kommen vier Kinder angelaufen, den Ausländer bestaunen. Es sind die Kinder von Mönö, dem für die Poststelle Verantwortlichen. Auch er hat noch nie einen Westler gesehen. Sie starren mich an, als wäre ich ein Naturwunder. Kichern und verstecken sich. In Tögrök gibt es keine Elektrizität, nur einen Generator in der Poststelle. Kein Mensch auf der Straße. Mönö begegnen wir durch reinen Zufall. Er kommt gerade aus der Poststelle und will zum Mittagessen nach Hause gehen, als wir anhalten, um zu fragen, wo wir den Jeep auftanken können. Er ist ein großer, kräftiger Mann. Er erkundigt sich, woher ich komme, stellt Fragen nach dem brasilianischen Fußballteam und lädt uns zum Mittagessen ein. Während Bauaa zum Tanken fährt, nimmt Mönö uns zu Fuß mit zu sich nach Hause, er wohnt in der Jurtensiedlung am Rand der Ortschaft. Wie in allen mongolischen Städten besteht das Viertel aus einer Ansammlung von Jurten, dazwischen Holzzäune, wie in einer großen Favela. Mönös Frau, auf dem Arm ein neugeborenes Mädchen und von den anderen Kindern umringt, serviert uns eine Suppe mit Stücken von getrocknetem Yakfleisch. Sie zeigt großes Interesse an mir und befragt Purevbaatar und Bauaa, der inzwischen zu uns gestoßen ist. Sie will wissen, ob ich verheiratet und wie alt ich bin. Man könnte meinen, sie sei auf etwas Bestimmtes aus. Bei dieser Gelegenheit erfahre ich, wie alt Bauaa ist, worüber nicht nur ich, sondern wir alle staunen. Sie möchte, daß ich ein brasilianisches Lied singe. Das sei so üblich, wenn ein Fremder in einer Jurte zu Besuch sei. Ich sage, ich könne nicht singen. Da lacht sie und sagt, wenn es mir lieber sei, könne ich auch tanzen. Allmählich verliere ich die Geduld. Ich frage Purevbaatar, ob es nicht an der Zeit ist aufzubrechen. Sie will wissen, wie man »auf Wiedersehen« auf englisch sagt. Bauaa nutzt die Gelegenheit und erkundigt sich nach anderen Wörtern, damit er sich mit mir unterhalten kann. Wir lassen eine Flasche Wodka als Geschenk für Mönö da und fahren weiter zur* gobi *Sharga. Das ist die Gegend mit den Kamelzüchtern. Die Mongolen bezeichnen alle ebenen und steinigen Wüsten als* gobi. *Dünen sind in der Mongolei die Ausnahme. Obwohl ein starker Wind geht, ist es unerträglich heiß. Nach weiteren zwei Stunden erblicken wir in der Ferne vier Jurten. Bei unserer Ankunft scheint alles auf der Kippe zu stehen. Die Kamelzüchter haben im Laufe des Winters ein Fünftel ihrer Tiere verloren. Sie haben nichts mehr zu tun. Sie schlafen und trinken. Es ist eine unwirtliche Gegend, ein hartes Leben. Hier herrscht entweder Sommerhitze oder unerträgliche Winterkälte. Wir werden in der Jurte des Klanchefs empfangen. Dashbatjav ist ein schlanker Mann mit graumeliertem Haar im Bürstenschnitt, und im Nu hat sich die gesamte Familie in der Jurte versammelt und bestaunt die Fremden. Die Kamelzüchter wissen zur Abwechslung nicht, wo Brasilien liegt. Nur einer hat schon mal gehört, daß es Brasilien gibt, und versichert den anderen, daß ich ihnen keine Lügenmärchen erzähle. Die Familie ist die zweitreichste Kamelzüchterfamilie des ganzen Landes. Das bedeutet, daß sie die zweitgrößte Karawane der Mongolei besitzen. Bis zum letzten Winter besaßen sie zweihundertfünfzig Kamele. Die ganze Sippe sitzt rund um die Feuerstelle auf dem Fußboden. Dashbatjav greift nach einer offenen Tabakdose aus Bernstein mit Silberverzierungen, einem Statussymbol, schnupft eine Portion und reicht uns die Dose. Purevbaatar tut nur so, als schnupfte er, und reicht sie weiter. Ich mache es ihm nach. Die Tabakdose geht im Kreis der in der Jurte anwesenden Männer von Hand zu Hand. Alle tragen Lycra-Trainigshosen, auch der Klanchef. Dashbatjav sagt, einer seiner Söhne stehe kurz vor der Abreise nach Ulaanbaatar, weil sie fast die gesamte Schafherde im Schnee verloren hätten und seine Arbeitskraft nicht mehr brauchten. Er werde sein Glück in der Hauptstadt versuchen. Er sagt, ein Enkel sei in UB ermordet worden. Er war ein Meister im Ringkampf. Niemand weiß, warum er umgebracht wurde. Seine Leiche wurde auf Eisenbahnschienen gelegt und dort zerfetzt. Wir trinken gesäuerte Kamelmilch und essen Yakfleisch. In jeder neuen Jurte sind wir gezwungen zu akzeptieren, was man uns anbietet, auch wenn wir gerade gegessen haben. Zwei Burschen starren mich an. Sie wollen fotografiert werden. Sie fragen, ob ich eine Kamera habe. Ich soll zusammen mit ihnen posieren. Es dauert, bis ich begreife, daß sie betrunken sind. Schließlich wird mir klar, daß alle Männer bis auf den Klanchef betrunken sind. Seit sie im Winter ihre Herde verloren haben, bleibt ihnen nicht mehr viel anderes zu tun, als zu trinken und zu schlafen, um die Hitze der schläfrigen Nachmittage in den windgepeitschten Jurten zu ertragen. Purevbaatar holt seine Polaroidkamera heraus, und wir gehen alle zum Fotografieren nach draußen. Während die Frauen die Kamelstuten melken, unterstützt von zwei Burschen, denn die Kamele müssen festgehalten werden, damit sie nicht ausschlagen und beißen, führen die anderen Männer uns zu einem Wasserlauf in der Nähe, an dem sich mitten in der Wüste ein kleines Stück sumpfiges Grasland gebildet hat. Sie breiten einen Teppich auf dem spärlichen Gras aus und knien sich wie eine Fußballmannschaft darauf. Zusammen mit Dashbatjav sind sie zu sechst. Vier von ihnen haben ihr Hemd ausgezogen. Ich soll mich zwischen sie knien. Als das Foto fertig ist, geht es von Hand zu Hand, und alle schütten sich aus vor Lachen. Einer legt mir den Arm um die Schultern, wedelt mir mit dem Foto vor dem Gesicht herum und sagt ziemlich unverständlich immerzu: »Hooligans! Hooligans!« Als er merkt, daß ich nicht verstehe, nimmt er den Arm von meinen Schultern, ballt die Fäuste, sagt immer wieder dasselbe und boxt begeistert in die Luft, um mir zu verstehen zu geben, wir seien ein Haufen Hooligans. Er ist von dem Foto entzückt. Die Frauen und die beiden Burschen, die beim Kamelmelken geholfen haben, gesellen sich mit zwei Säuglingen auf dem Arm zu uns. Drei weitere Kinder kommen auf eigenen Beinen angelaufen. Sie wollen ein Foto von der ganzen Familie. Es sind vierzehn Erwachsene und fünf Kinder. Dashbatjavs jüngste Tochter studiert an der Universität von Ulaanbaatar und ist für die Ferien zu den Eltern gekommen. Auf dem Foto trägt sie wie ein Filmstar eine Sonnenbrille. Es weht ein heftiger Wind. Wenn es so weitergeht, werden wir unsere Zelte nicht aufbauen können und müssen in einer der Jurten schlafen. Purevbaatar hat sich vorgenommen, hier zu übernachten. Es ist wie bei einem Unwetter, dabei ist der Himmel strahlend blau. Geröll fliegt durch die Luft, die Menschen suchen Zuflucht in den Jurten. Ich will nicht hier übernachten, aber ich wage nicht, meine Meinung zu äußern. Ich würde lieber weiterfahren, um Shagdarsouren zu suchen, und in den Bergen zelten. Möglich, daß es dort genauso stürmt, aber wir wären besser geschützt und weit weg von diesem Inferno. Es herrscht eine höllische Hitze, bläst wie bei einem Sandsturm, die Männer sind betrunken und kurz davor, handgreiflich zu werden. Ich habe das Gefühl, sie könnten im nächsten Augenblick aufeinander losgehen. Ab und zu gibt es Unstimmigkeiten, dann rennen sie schreiend aus ihrer Jurte. Ich verstehe nicht, was sie sagen. Vielleicht ist es nur Spaß. Vielleicht aber auch nicht. Einzig die Frauen und der Alte scheinen noch einigermaßen bei klarem Verstand zu sein. Da sie nichts zu tun haben, kann der Klanchef die Jüngeren nicht zur Ordnung rufen. Er bemüht sich, sein Unbehagen zu kaschieren, so zu tun, als wäre alles in Ordnung. Seine Frau drängt ihn, er solle mit ihnen reden. Es ist ihr vor dem Besuch peinlich. Spöttisch sagt sie, wie ich sehen könne, arbeiten in der Mongolei nur die Frauen. Tatsächlich schuften sie, während die Männer trinken. Ich sage, sie könne ja in mein Land kommen. Das findet der Alte nicht witzig. Als hätte er meine Gedanken gelesen, springt Purevbaatar auf und verkündet, daß wir abfahren. Er sagt, wir wollen versuchen, noch vor Einbruch der Dunkelheit das Gebirge zu erreichen. Wir haben ungefähr zwei Stunden Fahrt vor uns, und es ist schon sieben Uhr. Um neun gelangen wir schließlich in ein steiniges Tal. Ein ausgerissenes Kamel erschrickt über uns, als wir eintreffen. Hier wollen wir übernachten. Zumindest sind wir vor dem Wind geschützt. Wir bauen die beiden Zelte auf, es sind Einmannzelte. Bauaa schläft im Jeep. Wir essen Suppe und Kartoffelsalat. Ein köstliches Abendessen. Dazu trinken wir Wodka. Der Sonnenuntergang taucht alles in Orangegelb. Die Landschaft ist gespenstisch. Wie üblich ist weit und breit kein Mensch zu sehen. Was tue ich hier eigentlich? Ich habe nicht die geringste Vorstellung, wie ich den Verschollenen finden könnte. Es kommt mir so vor, als suchte ich auf dem falschen Planeten.*

Am nächsten Tag fuhren sie gleich nach dem Frühstück nach Tonkhil, wo im Zuge der Großen Säuberung im Sommer 1937 ein bedeutendes Kloster aus dem neunzehnten Jahrhundert zerstört worden war. Der Flecken liegt in einem Tal, wo es einen See mit brackigem Wasser gibt, der dafür berühmt ist, daß im Sommer viele Vögel herkommen, sogar Schwäne. *Die roten Hügel im Hintergrund spiegeln sich im See wie eine zweite Welt. Kein einziger Vogel ist da.* Das Gebiet rund um den See ist grün und von Mücken verseucht. Der Ort wurde in einiger Entfernung an einer dürren Stelle ohne jede Vegetation errichtet. Dank der größeren Nähe ist der Sutai-Gletscher jetzt deutlicher zu erkennen. Der Zuil kommt vom Gletscher herunter und fließt am Dorf vorbei. Es ist eher ein Bach als ein Fluß. Das Kloster Zuil, nach dem Fluß benannt, bestand aus mehreren Tempeln. Die Ruinen sind überall verstreut, vor allem am Dorfeingang, und mischen sich mit der Erde und der dürren Landschaft. Alles ist gelb und grau. Es war eines der großen Klöster der Mongolei mit ungefähr hundert Lamas. Die meisten sind bei den Säuberungen ums Leben gekommen. Die Kultgegenstände, Statuen und heiligen Schriften wurden von den Mönchen versteckt, vergraben oder den Angehörigen von Mönchen übergeben. Während der Kollektivierung Ende der fünfziger Jahre, als die Kommunisten beschlossen, den Ort zu einem regionalen Verwaltungszentrum zu machen, konnte man Kinder mit diesen Gegenständen spielen sehen, die sie zwischen den Habseligkeiten ihrer Familien gefunden oder in den Ruinen ausgegraben hatten. Das Baumaterial des Klosters wurde für die mehrgeschossigen Gebäude im Ortszentrum verwendet. Im Laufe der Bauarbeiten fanden die Dorfbewohner viele von den Mönchen vergrabene Dinge, darunter Halsketten, Armbänder, Bücher und andere heilige Gegenstände.

Wir halten an einer Tankstelle, die eher wie ein Lehmwürfel mit einer alten Zapfsäule davor aussieht. Die Leute kommen mit Plastikkanistern, um sie zu füllen. Vor uns ist eine Schlange. Als ich ein Stück weiter weggehe, um mit Purevbaatars Polaroidkamera eine Aufnahme zu machen, verstekken sich alle, und ein Mann schreit mich an und bedeutet mir, daß er nicht fotografiert werden möchte; ich verstehe zwar nicht, was er ruft, kann es mir aber zusammenreimen. Bauaa fragt den Mann von der Tankstelle, ob er etwas über Shagdarsouren weiß. Der Mann wiegt den Kopf und weist auf den Berg Sutai. Wir folgen dem Fluß, der sich durch ein grünes, morastiges Tal einen Gebirgspaß entlangschlängelt, bis zum Fuß des Gletschers. Plötzlich geht die Piste in ein Geröllfeld über. Am Fuß des Gletschers lebt eine armselige Familie mit zwei Jurten. Sonst niemand. Sie kennen keinen Shagdarsouren. Der Fluß ist hier breiter. Und es liegen noch dicke schmutzige Eisbrocken darin. Wir essen zu Mittag, bevor wir über einen anderen Paß zwischen Sutai und Dariu weiterfahren. Er heißt Khaichiin Am (»Scherenöffnung«). Als wir, schon fast auf der anderen Seite, bereits bergab fahren und am Horizont wieder die Wüste zu sehen ist, weist Bauaa auf eine Schaf- und Ziegenherde auf der Anhöhe. Es müssen also Nomaden in der Nähe sein. Gleich darauf tauchen zwei Jurten am Pistenrand auf. Bauaa hält an, um sich zu informieren. Ein Mann in Bermudas und mit einem weißen Hut (der Hut hat einen steifen Kopf und eine schmale Krempe, ähnlich wie ein Strohhut, nur aus synthetischem Material, mit einer Binde, auf der xueshimao *steht – »Examenshut« auf chinesisch) kommt aus der einen Jurte. Es ist Shagdarsouren.*

Shagdarsouren hatte Ende der fünfziger Jahre die Grundschule in Tonkhil besucht, als man in den Ruinen des Klosters Zuil die ersten Gegenstände fand, die 1937 von den Lamas versteckt worden waren. 1992 wurde er zum Meister-Schafzüchter der Mongolei ernannt. Während der Kollektivierungsphase hatte die kommunistische Regierung jährliche Prämien ausgesetzt, als Anreiz für die Nomaden, weiterzuarbeiten, obwohl die Herden ihnen nicht mehr gehörten, und dabei war es auch nach dem Sturz des Kommunismus und der Reprivatisierung der Tiere geblieben. Shagdarsouren und seine Frau waren unterwegs über den Paß Khaichiin Am. Sie wollten über Tonkhil zurück nach Tögrök, wo sie ein Sommerlager unterhielten und wo sein Bruder in den Bergen von Bus Khairkhan in der Nähe von Dariu lebte.

Neben der einen Jurte steht ein altes Motorrad. Shagdarsouren fordert uns zum Eintreten auf. Seinem Aussehen nach ist er um die Sechzig, doch in der Mongolei kann man so etwas nie sagen. Seine Haut ist sehr dunkel und runzlig. Er sieht Purevbaatars Vater ähnlich, und anscheinend kennt er meinen Führer. Als wir hereinkommen, lächelt die Frau, die neben der Feuerstelle kniet, unbeholfen. Sie entschuldigt sich für die Unordnung. Das entnehme ich ihrer Gestik. Sie hat nicht mit Besuch gerechnet. Ihr Gesicht ist rund und pausbackig. Um den Kopf trägt sie ein buntes Tuch. Sie bietet uns eine Schale Tee und eine Schale Suppe an. Shagdarsouren setzt sich auf den Boden, greift nach einem Tabakbeutel, stopft sich eine Pfeife, und während er pafft, erzählt er, die Nomaden, die im Winter in der Region um Dariu geblieben sind, hätten fast ihre gesamte Herde verloren. Er sagt, er habe in der Umgebung von Tögrök weniger verloren als sein Bruder in Dariu, das genaue Gegenteil von dem, was Purevbaatars Cousin gesagt hat. Als ich auf einer orangegelb angemalten Kiste mit grünen und blauen Verzierungen, die als Kommode dient, einen Altar mit Statuetten und buddhistischen Symbolen sowie ein Brett mit Familienfotos erblicke, bekomme ich einen Schock. Zwischen den Fotos ist auf dem Brett eine kleine Anstecknadel mit der brasilianischen Flagge befestigt. Ich habe das Gefühl, auf einem Foto den jungen Mann neben Shagdarsouren zu erkennen. Er lächelt in die Kamera. Bekleidet ist er mit Stiefeln, einer Khakihose und einem Blouson. Vermutlich war es kalt. Ich kann den Blick nicht von dem Foto lösen und meine Verwunderung nicht verbergen. Shagdarsouren blickt zum Altar und zeigt uns einen Rahmen, den ich vorher gar nicht wahrgenommen habe, er enthält schwarzweiße Porträts von fünf Verwandten. Es sind seine Onkel.

Zwei von ihnen waren Mönche und wurden von den Kommunisten verfolgt. Zuerst wurden sie in Uliastai, der Hauptstadt der Provinz Zaukhan, eingesperrt, später wurden sie in das Gefängnis des Innenministeriums in UB verlegt. Seitdem gibt es von ihnen keine Spur mehr. In den neunziger Jahren beschloß die demokratische Regierung, die Angehörigen der von dem kommunistischen Regime Verfolgten mit tausend Dollar zu entschädigen. In dem Rahmen mit den fünf Porträts steckt auch noch eine Gobi-Altai-Landschaft. Die Fotos sind grob retouchiert. Sie könnten auch aus dem brasilianischen Nordosten stammen und Aufnahmen von einer Familie von Landflüchtigen sein. Vor drei der fünf Porträts sind drei Geldscheine geklemmt, so wie es auf buddhistischen Altären üblich ist. Shagdarsouren stellt das Bild weg und wechselt unvermittelt das Thema. Er sagt, er habe in den Bergen der Umgebung schon mehrmals Schneeleoparden gesehen. »Der Schneeleopard ist äußerst selten. Nur wenige Menschen haben das Glück, einen zu Gesicht zu bekommen.« Wahrscheinlich hält er mich für einen Jäger oder Öko-Touristen. Er sagt, am gefährlichsten sei er für die kleinen Lämmer und Zicklein. Dann fragt er, woher ich komme, und als Purevbaatar von dem Verschollenen spricht, hört er schweigend zu. Er zieht mit gesenktem Blick an seiner Pfeife, als dächte er dabei nach. Die Frau beobachtet mich mit neugieriger Miene. Anscheinend tue ich ihr leid. Als Purevbaatar zu Ende gesprochen hat, nimmt Shagdarsouren das Polaroidfoto vom Altar, das ich bereits bemerkt hatte, auf dem er neben dem jungen Mann zu sehen ist. Damals lagerten sie bei Tögrök. Er sagt, er könne sich an ihn erinnern. Die Frau weiß noch, daß er von der anderen Seite der Welt stammte und daß er zu ihnen gesagt hatte, wenn es in der Mongolei Mittag sei, dann sei es dort, wo er lebe, fast Mitternacht – aber das übersteigt beider Begriffsvermögen. Purevbaatar fragt, ob sie den jungen Mann letzten Winter gesehen haben. Er sagt, er sei im Schnee verschwunden, als er auf demselben Weg wieder zurück wollte, weil er nach einer bestimmten Stelle suchte. Wenn er es tatsächlich bis hierher geschafft haben sollte, so hatten sie ihn jedenfalls nicht gesehen.

Purevbaatar erwähnte einen Mönch, Ayush, von dem Shagdarsouren gesprochen hatte, als sie sich vor Monaten zum ersten Mal in der Gegend von Tögrök begegnet waren. Shagdarsouren und Ayush waren Ende der fünfziger Jahre zusammen in Tonkhil zur Schule gegangen. Nach dem Ende des Kommunismus in den neunziger Jahren wurde Ayush Mönch und fühlte sich zu einer Aufgabe berufen: die gleiche Anzahl von Tempeln zu errichten, wie in den *aimags* von Gobi-Altai und Khovd zerstört worden waren. In einer stürmischen Sommernacht, unterwegs durch das Bus-Khairkhan-Gebirge nach Bayan-uul, suchte Ayush, wie es der Zufall wollte, bei einer Nomadenfamilie Zuflucht, und als er in die Jurte trat, erkannte er seinen alten Schulkameraden Shagdarsouren. Sie hatten sich fast zwanzig Jahre nicht gesehen. Ayush befand sich auf dem Rückweg von Tonkhil und erzählte Shagdarsouren unter anderem die Geschichte einer Handschrift. Er hatte die letzten Jahre damit verbracht, die heiligen Schriften der Region zusammenzutragen, die während des Kommunismus versteckt gewesen waren, und sie auf die Tempel zu verteilen, die er aufbaute. Alles hatte mit einem Manuskript begonnen, das er als persönliche Reliquie hatte behalten wollen. Ein paar Wochen bevor das Kloster Zuil im Jahre 1937 zerstört wurde, war ein alter Lama in Begleitung einer jungen Frau auf der Flucht vor den Kommunisten dort vorbeigekommen. Der Alte war sehr niedergeschlagen, sein Gesundheitszustand kritisch. Er vertraute sein Reisetagebuch Basar Gavj an, dem Arzt des Klosters. Er fürchtete, sein Manuskript könnte den Kommunisten in die Hände fallen, er glaubte nicht, daß er es mit seiner angeschlagenen Gesundheit noch bis zur Grenze schaffen würde. Basar wurde 1939 ermordet, doch vorher hatte er das Tagebuch in Tonkhil vergraben, wie er für den Finder auf mongolisch auf das Frontispiz geschrieben hatte. Während der Bauarbeiten am Ortszentrum Ende der fünfziger Jahre fand es Ayush, der damals noch ein Kind war und keinen Gedanken daran verschwendete, Mönch zu werden, beim Spielen in den Ruinen und zeigte es seinem Vater, worauf dieser es versteckte.

Nach dem Tod des Vaters beschloß Ayush, inzwischen ein erwachsener Mann, das Tagebuch wie ein Amulett heimlich aufzubewahren. Wenn die Kommunisten von seiner Existenz erführen, fürchtete er, würde das seine Familie ins Unglück stürzen. Nach dem Ende des Kommunismus wurde er Lama und lernte Tibetisch, um lesen zu können, was darin stand. Er trug es immer bei sich. Es war sein persönlicher Schatz. Er hatte es noch nicht entziffert, als er auf dem Rückweg von einer Reise nach Bayan-Ölgiy, wo er zur Hochzeit eines Cousins eingeladen war, einen schweren Motorradunfall erlitt. Er wäre am Unfallort gestorben, wäre nicht ein Kasache vorbeigekommen. Zum Dank für seine Hilfe und weil er nichts anderes bei sich hatte, das symbolisch so wertvoll wie sein Leben war, schenkte er dem Mann das Tagebuch. Diese Geschichte hatte Ayush Shagdarsouren erzählt, und Shagdarsouren hatte sie Purevbaatar und dem verschollenen Brasilianer erzählt.

Schwer zu sagen, was der Auslöser war. Ob Purevbaatar, womöglich ganz arglos und ohne jede Absicht, Shagdarsouren zu seinem Bericht veranlaßt hat oder nicht. Am wahrscheinlichsten war, daß er Shagdarsouren erklärte, warum sein Klient, der Verschollene, durch die Westmongolei reiste, bevor Shagdarsouren die Geschichte von Ayush erzählte. Der Nomade könnte sich, gestützt auf das, was Purevbaatar ihm erzählt hat, auch alles ausgedacht haben. Wann und wo die Geschichte beginnt, läßt sich nicht festmachen. Das eine führt zum anderen, und der Zusammenhang scheint nur rückwirkend von Bedeutung zu sein. Im Tagebuch des Verschollenen steht: Keiner weiß etwas über irgendeinen Ort. Sie haben gelernt, sich aus allem rauszuhalten. Die Vergangenheit besteht, sofern sie nicht ganz verlorengegangen ist, nur noch aus Sagen und nebulösen Vermutungen. Anders wissen sie ihre Vorstellungskraft nicht einzusetzen. Jahrhundertelang haben die Lamas die Dinge für sie imaginiert. Siebzig Jahre lang hat die Partei es übernommen, sich für sie, an ihrer Stelle, zu erinnern. Nun heißt sich erinnern imaginieren. Manchmal ist es mir lieber, wenn sie sagen, daß sie nichts wissen oder sich an nichts erinnern können. *Shagdarsouren sagt, Ayush könne sich in Bayan-uul oder in der Umgebung des Sees Sangiin Dalai aufhalten. Er baut Tempel. Und zieht von einem Tempel zum nächsten.*

Bevor wir aufbrechen, bittet Shagdarsouren um ein Foto. Er möchte mit mir fotografiert werden. Binnen fünf Minuten haben seine Frau und er ihre dels *und ihre Stiefel angezogen. Sie stellen sich draußen in Positur, mit dem Motorrad und der Jurte als Hintergrund. Nach Beendigung des Fototermins schenkt Purevbaatar ihnen eine Flasche Wodka, dann fahren wir ab. Wir fahren hinunter in die Ebene, vorbei an dem See und durch den Ort Dariu, wo wir die Gelegenheit nutzen und Wasser sowie etwas Proviant kaufen (Dariu ist eine Geisterstadt), dann geht es weiter in die Berge auf der Suche nach einem Platz zum Übernachten. Als ich auf der Karte feststelle, daß wir uns im Kreis bewegen und uns im Grunde wieder Altai nähern, werde ich wütend, beherrsche mich zwar, doch erneut überkommt mich Mißtrauen gegen Purevbaatar. Wir schlagen unser Lager in Dariuiyn Nuruu auf. Purevbaatar bietet mir ein Kraut an, das er gerade gepflückt hat, mit den Worten, es heiße* houmoul *und sei eßbar. Es sei das gleiche wie Schnittlauch, sagt er. Ich bedanke mich, nehme es aber nicht in den Mund. Ich muß mich zusammenreißen, um nicht zu sagen, was ich denke. Ich bin auf ihn angewiesen. Mein Gefühl sagt mir, daß ich getäuscht werde. Dafür habe ich genug Anhaltspunkte. Ich versuche, an nichts zu denken. Die Aussicht ist wie immer märchenhaft. Morgen fahren wir weiter nach Bayan-uul, auf der Suche nach einem Mönch namens Ayush.*

Der Tempel stand am Ortsausgang von Bayan-uul, ganz für sich allein in der Wüstenebene, über die sie schon fuhren, seit sie die Hügel von Dariuiyn Nuruu hinter sich gelassen hatten. Es war ein viereckiger Bau aus ockerfarben angestrichenem Mauerwerk mit einem Holzturm in der Mitte, auf dem Dach grüne Blechplatten. Er erinnerte an Narkhajid Süm, nur mitten im Nichts. Ein Lattenzaun begrenzte das Grundstück auf der Rückseite. An der Seitenwand standen zwei gekalkte Stupas, pyramidenförmige Reliquienschreine, die sich immer außerhalb der Klostergebäude befinden. Wie der einsame Tempel, den wir oben auf dem Hügel sahen, als wir das Orookh-Tal durchquerten, und wo sich früher das Kloster Ariin Khuree erhob, scheint der kleine, am Ortsausgang von Bayan-uul frei in der Ebene stehende Bau aufgegeben worden zu sein, noch bevor er fertiggestellt war, hatte der Verschollene in seinem Tagebuch notiert. Eine Bestätigung also dafür, daß er hier gewesen war. Die Tür war verschlossen. Purevbaatar und der Westler gingen um das Gebäude herum und drückten die Gesichter an die blinden Fensterscheiben. Das Innere war vollkommen leer. Man konnte sehen, daß ein Teil des Dachs eingestürzt war. Der Bau war nicht beendet worden. Sie hofften noch, Ayush in Bayan-uul anzutreffen, doch dann erfuhren sie im Ort, daß er vor Monaten in die Gegend um den See Sangiin Dalai (was »Reicher Ozean« bedeutet, obwohl er nur wenige hundert Quadratmeter mißt) aufgebrochen war, um auch dort einen Tempel zu errichten. Bis zum See war es nicht weit, er lag zwischen der Wüstenebene und den Dünen von Mongol Els in einer kleinen Oase. In einer guten Stunde hatten sie ihn erreicht. *Wir haben unterwegs Karawanen von mageren, schlecht gepflegten Kamelen gesehen. Die Landschaft besteht aus verschiedenfarbigen Schichten. Als wir uns nähern, erkenne ich besser, was ich sehe. Die graue, ebene Wüste endet in einem blauen See, der seinerseits in einem Streifen grüner Vegetation endet, hinter dem sich eine Reihe riesiger gelber Dünen erhebt. In dieser Gegend gibt es nicht nur eine fürchterliche Fliegenplage, sondern auch ein Insekt, das beängstigender nicht sein könnte, auch wenn man mir versichert, daß es harmlos ist. Es sieht wie eine Comic-Kreation aus. Und ist eine Art Wespe. Es ähnelt ein wenig einem Minikolibri mit einem Stachel anstelle des langen Schnabels. Der Stachel ist so lang wie der ganze Körper. Das Insekt summt um einen herum und hat dabei den Stachel auf das Gesicht seines Opfers gerichtet. Wenn es so harmlos ist, wozu dann der Stachel? Der kleine Tempel, der einsam in der Ebene vor dem See steht, rührt mich seltsam an. Er sieht fast genauso aus wie der andere. Als wären diese Bauwerke auch Nomaden und zögen durch die Ebenen – und dazu heißen in der Mongolei auch noch unterschiedliche Orte gleich, so als wanderte das jeweilige Gelände selbst weiter. Die Wände des Tempels sind okkerfarben, der Bau ist viereckig und besitzt gleichfalls einen kleinen Turm in der Mitte, der ein Zwischengeschoß bildet. Auf der Außenseite gibt es einen einzigen Stupa, neben einem* ovoo, *beide mit einem Drahtzaun geschützt. Bauaa parkt den Jeep fünfzig Meter vom Tempel entfernt. Purevbaatar und ich gehen uns umsehen. Der Tempel ist leer, so wie die anderen auch, doch durch das Fenster ist zu erkennen, daß es wenigstens einen Altar mit Kultgegenständen und ein paar Möbel gibt. Der Tempel ist also eingerichtet, aber es ist kein Mensch da. Tür und Fenster sind verschlossen.*

Sangiin Dalai war ein kleiner Brackwassersee. Auf dem Streifen Vegetation vor den Dünen stand eine Jurte. Falls nicht der Mönch selbst darin wohnte, würde man dort vielleicht wenigstens erfahren, wo man ihn finden konnte. Sangiin Dalai war eher ein Überschwemmungsgebiet als eine richtige Oase. *Hier finden viele Vögel Zuflucht. Es gibt weiße Reiher und Schwäne. Als wir uns der Jurte nähern, kommt ein Mann heraus und schreit und winkt. Es ist kein Lama. Bauaa begreift erst nach einer Weile, daß der Mann uns warnen will: Wir befinden uns auf morastigem Boden und wären um ein Haar im Schlamm versunken. Mit Handbewegungen weist uns der Mann den Weg, wie wir zu ihm gelangen. Wir müssen einen weiten Bogen fahren. Es ist noch nicht vier Uhr nachmittags, aber der Mann hat schon eine starke Alkoholfahne. Er sagt, Ayush sei vor Wochen nach Chandmani im* aimag *Khovd ge-*

fahren, wo er einen Cousin habe, Davaajav, der ein bekannter khoomi-*Sänger sei, eine der ältesten Künste der Mongolei. Anscheinend wolle Ayush dort einen Tempel bauen. Für mich klingt das nach einem schlechten Scherz*, schrieb der Westler. Als sei Ayush durchdrungen von der Mission, die Mongolei mit Tempeln zu überziehen, aber nicht von der notwendigen Geduld, dafür zu sorgen, daß sie in Betrieb genommen werden. Bevor der Tempel fertig war oder gleich danach, zog er weiter. Das Tagebuch des Verschollenen und die Tempel, auf die sie unterwegs stießen, legten den Schluß nahe, daß es noch mehr Lamas gab, die wie er durchs Land zogen. Das innige Bedürfnis, die Religion zu verbreiten, gestattete ihnen nicht, sich irgendwo niederzulassen. In erster Linie waren sie Nomaden, dann erst Mönche. Mitunter wurden die Tempel schon aufgegeben, bevor sie überhaupt eingeweiht worden waren.

Nachdem sie die Siedlung Khohmorit, vermutlich einer der trostlosesten Orte auf dem ganzen Planeten, hinter sich gelassen hatten und gerade die unwirtliche Gegend der *gobi* Khüysyin durchquerten, eine graue, düstere Wüste, wie der trockene Grund eines flachen Ozeans – was die Mongolei vor Urzeiten gewesen war –, machte der Motor ein eigenartiges Geräusch, und Bauaa teilte ihnen mit, daß sie nicht weiterfahren könnten. Der Westler fragte sich inzwischen unentwegt im stillen, wieso er sich überhaupt auf diesen Unsinn eingelassen hatte. Er war außer sich, durfte es sich aber nicht anmerken lassen. Der Führer und der Fahrer hatten ihn in der Hand. *Es ist ein Teil am Vergaser. Wir stehen mitten in der Wüste, Bauaa über den Motor gebeugt. Plötzlich schlägt er die Motorhaube zu und sagt etwas zu Purevbaatar. Ich frage, ob er den Fehler behoben hat. Purevbaatar sagt, nein, noch nicht. Doch »zum Glück« hat Bauaa unterwegs ein paar Jurten gesehen, weshalb wir zurückfahren und um Hilfe bitten werden. Wir steigen ein. Er fährt an, als wäre nichts geschehen, als gäbe es keinerlei Probleme mit dem Motor. Wir kommen zu den Jurten. Für mich, der ich kein Wort verstehe, stellt sich das alles wie verabredet dar. Der Hausherr kennt Bauaa. Ist das nicht ein sehr großer Zufall? Die Männer machen sich daran, aus einem Plastikfeuerzeug einen Ersatz für das kaputte Teil des Vergasers zu fabrizieren. Es ist ein winziges Teil, das sie aus dem Feuerzeug herausholen, nachdem sie es zerbrochen haben. Alle versammeln sich rings um den Motor des Jeeps. Während der eine das Feuerzeug zerbricht, sehen die anderen zu und geben dann und wann Ratschläge. Und wie durch ein Wunder bringen sie den Motor zum Laufen (dabei ist er vorher auch schon gelaufen, denn schließlich sind wir zu ihnen gekommen). Das muß gefeiert werden. Sie laden uns zum Essen ein. Da sie als Züchter von Rennpferden relativ reich sind, schlachten sie noch immer, trotz der Katastrophen des vergangenen Winters, und essen frisches Fleisch, was zu meinem Pech bedeutet, daß sie sich an gekochtem fettem Hammelfleisch laben. Sie sind freundlich und nett. Eine Schale mit Fleischstücken und Fett wird herumgereicht, damit wir uns bedienen. Bauaa sagt, so ein Fleisch gebe es nirgends mehr, und verschlingt genüßlich die fetten Stücke. Unglaublich. Es ist noch keine zwei Stunden her, daß wir zu Mittag gegessen haben. Sie merken bald, wieviel Mühe es mich kostet, das Fett zu essen, und sagen, sie würden mich nicht gehen lassen, bevor ich nicht drei Teller blank geputzt hätte. Dann lachen sie über meinen Gesichtsausdruck. Nach dem Essen geht es zur unvermeidlichen Fotostunde. Sie lassen mich auf einem*

Pferd aufsitzen, damit ich neben ihnen, ebenfalls zu Pferde, fotografiert werden kann. Wir sehen wie ein armes Team von Polospielern aus. Purevbaatar schenkt ihnen Wodka und Gläser mit eingemachtem Pflaumenkompott zum Dank für den herzlichen Empfang. Dann geht es weiter. Wir sind noch keine fünfhundert Meter gefahren, da geht der Motor wieder kaputt. In der Ferne sind noch die Jurten der Pferdezüchter zu sehen. Dieses Mal gelingt es Bauaa allein, den Motor zu reparieren. Ich habe den starken Verdacht, daß er die Jurte seines Bekannten nur aufgesucht hat, um frisches Fleisch zu essen, und das keine zwei Stunden, nachdem er bereits unser Essen verschlungen hat, womit er aber nie zufrieden ist. Hier ist alles Wiederholung. Bauaa hört die ganze Fahrt über immer dieselbe Kassette, ein Potpourri aus Volks- und Militärliedern, darunter auch das Liebeslied, zu dem ich den Clip bei Purevbaatars Eltern in Altai im Fernsehen gesehen habe, in dem sich das Liebespaar in Trachtenkleidern auf einem Berggipfel befindet und die Frau sich mit einem Blumenstrauß Fliegen aus dem Gesicht scheucht. Er hört sich mehrmals nacheinander dieselben Lieder an und freut sich über die Wiederholung, offenbar steigert sie seinen Genuß. Die Jurten sehen auch alle gleich aus. Nachdem ich ein paar Jurten von innen gesehen habe, lockt es mich überhaupt nicht, noch mehr zu besichtigen. Bauaa hingegen ist immer bereit, anzuhalten und eine Schale Milch und salzigen Tee zu trinken. Wenn wir alle zehn Minuten bei einer Jurte anhielten (Gott sei Dank sehen wir manchmal stundenlang keine einzige), würden wir auch alle zehn Minuten essen. Es gibt keine festen Essenszeiten, und Bauaa hat offenbar einen löchrigen Magen, so wie übrigens die meisten Mongolen, denen ich bislang begegnet bin. Bauaa ist hager. Vermutlich hat er das Syndrom derer, die schon einmal gehungert haben. Trotzdem würgt er Hülsenfrüchte und Gemüse (aus Purevbaatars Konserven) nur sehr widerwillig herunter.

Die mongolischen Landstraßen sind in Wirklichkeit Spuren, die der Fahrer zwischen Dutzenden anderer Spuren erkennen muß, Reifenspuren auf Geröllfeldern, Wüstensand und Steppen. Der Abdruck von Reifen, der so oft in derselben Richtung verläuft, daß schließlich daraus eine Piste wird. So manches Mal gibt es zum Beispiel in der Wüste keinen anderen Anhaltspunkt als die Rillen, die die Reifen anderer Autos hinterlassen haben. Und die Fahrer halten sich immer strikt daran, so als entschieden sie sich für den sicheren, traditionellen Weg. Ein guter Fahrer ist der, der in der Wüste seine Spur findet. Die richtige. Die Wiederholung ist die Voraussetzung fürs Überleben. Das ist auch die Kultur der Nomaden. Auch wenn es den Anschein hat, als wären sie ständig unterwegs und führten ein unstetes Leben, bewegen sie sich doch immer auf denselben Wegen, kehren immer an dieselben Orte zurück, pflegen immer dieselben Gewohnheiten. Das Festhalten an der Tradition kann nur als Form des Überlebens unter extremen Bedingungen erklärt werden. Der Gedanke, damit zu brechen, kommt niemandem in den Sinn. Landstraßen werden nur kraft der Gewohnheit zu Landstraßen. Der Weg existiert nur dank der Tradition. Genau dies macht im Grunde das mongolische Nomadentum aus, eine Kultur, die keine Kreation von Neuem kennt, nur Wiederholung. Sich für einen neuen Weg oder einen Umweg entscheiden heißt auf Abwege geraten. Und in der Wüste oder im Schnee ist das lebensgefährlich. Daraus erklärt sich, daß die Sitten und Bräuche so starr sind. Die beiden Motive (ineinander geschlungene Rauten oder Kreise), die sich überall in der Mongolei in der Ver-

zierung von Türen, Toren, Möbeln, Teppichen usw. finden, stehen stellvertretend für das Unendliche und die Ehe, was nur bestätigt, wie sehr eine Gesellschaft, die allem Anschein nach vollkommen beweglich ist, auf Stabilität und Tradition fixiert ist; im Grunde bleibt kein Raum für irgendeine andere Bewegung.

Wenn er zu diesem Zeitpunkt schon eine spätere Passage im Tagebuch des Verschollenen gelesen hätte, dann hätte er, beeinflußt durch die Lektüre, die Dinge vielleicht in einem anderen Licht gesehen: Das Interessante an den Nomaden sind nicht das System an sich und die Bräuche, denn die sind überall dieselben, sondern die einzelnen Menschen. Der Reiz des Besuchs einer Jurte liegt darin, sich davon überraschen zu lassen, was man in ihrem Innern vorfindet, die Verschiedenartigkeit der Menschen, die dort die gleichen Dinge verrichten. Das Nomadentum an sich ist überhaupt nicht reizvoll. Es ist nur eine scheinbare Mobilität, sie gehorcht unveränderlichen Regeln und einem festen System mit einer starren Struktur. Es sind die Menschen. Vielleicht ist das harte, einsame Leben ohne Überraschungen und Abwechslung der Grund, warum Besuch im allgemeinen so willkommen ist. Das Nomadentum ist ein in seinen Grundfesten durch Notwendigkeit und Überlebenswillen geregeltes System. Es gibt keine Freiheit, denn man kann sich diesen Regeln nicht entziehen (letztlich könnte man das auch von jeder anderen Kultur sagen). Es ist ein durch die Grundbedürfnisse der Natur geregeltes Leben. Ein schlichtes, auf das für das Überleben Wesentliche reduziertes Leben. Wenn nichts anderes mehr bleibt, kommt es auf die Menschen an.

Aber der Westler war nicht an den Menschen interessiert. Er hatte keine Zeit zu verlieren. Er war auf der Suche nach einem bestimmten Menschen. Da für das Reparieren des Jeeps Stunden draufgingen, würden sie es vor Einbruch der Dunkelheit nicht mehr bis Chandmani schaffen. Also beschlossen sie, auf halbem Weg zu übernachten, am Ufer des Dörgön Nuur, einem großen Salzwassersee voller Möwen, die umherflogen und nach Fischen tauchten, umgeben von Kieselstränden und Sanddünen inmitten der Steppe. Unterwegs hatten sie viele Gerippe von Tieren gesehen, die im vergangenen Winter verendet waren. Dörgön Nuur war im Sommer ein beliebtes Ziel für Ausflügler. Da es Ende Juni noch kalt war, befand sich kein Mensch am Ufer des Sees. Sie kamen spät an, bei Sonnenuntergang. Rosa Federwolken zogen sich über den Himmel. Sie wählten einen Platz etwas abseits, um ihr Lager aufzuschlagen, nachdem sie an einem riesigen *ovoo* voller Möwenexkremente vorbeigefahren waren, der eher wie ein Mausoleum anmutete und bei den größten Ringkämpfern der Mongolei sehr beliebt war. Im allgemeinen kamen die großen Ringer vor einem wichtigen Kampf nach Dörgön Nuur und brachten hier ihre Opfer dar.

Bauaa läßt uns unsere Zelte allein aufbauen und macht sich unter dem Vorwand, den Jeep endgültig reparieren zu wollen, auf die Suche nach einer Nomadenfamilie. Er sagt, vielleicht komme er erst am nächsten Tag frühmorgens wieder. Für mich steht außer Frage, daß er in Wirklichkeit losfährt, um ein ordentliches Abendessen zu bekommen. Er kann Purevbaatars Kartoffelsalat und Gemüsesuppen aus der Dose nicht mehr ertragen. Kein Hunger der Welt bringt ihn mehr dazu, Gemüse und Hülsenfrüchte zu verzehren. Wir bleiben allein. Nachdem wir gegessen haben und endlich entspannen können, taucht in der Ferne am Ostufer ein Auto auf und kommt auf uns zu. Zwanzig Meter vor unseren Zelten hält es an. Es sind vier Männer aus Altai. Sie kommen zu uns. Erzählen eine fadenscheinige Geschichte. Angeblich suchen sie ein anderes

Auto. Sie fragen Purevbaatar, ob wir ihre Freunde gesehen haben. Dann behaupten sie, sie wollten dem ovoo *der Ringer die Ehre erweisen. Und schließlich, kaum zu glauben, gehen sie direkt vor unseren Zelten im See baden. Das Wasser ist eiskalt. Merkwürdige Typen. Purevbaatar sagt, er kenne den einen. Der sei ein Ringkämpfer (oder ein ehemaliger) aus Altai. Kein besonders guter. Wenn sie einander kennen, warum haben sie sich dann nicht begrüßt? Da ich den hiesigen Verhaltenskode nicht kenne, wird es mir ungemütlich. Sie hüpfen, toben, grölen und rülpsen im Wasser, und das alles direkt vor unserer Nase. Als wollten sie uns provozieren. Bibbernd kommen sie aus dem Wasser, wickeln sich in Handtücher, stellen das Autoradio auf volle Lautstärke und fangen an zu singen und zu trinken. Und ich werde immer gereizter. Sie sind betrunken. Warum mußten sie unbedingt hierherkommen, wo sie sich doch an jeder anderen Stelle des Sees hätten niederlassen können? In der Hochsaison wird Dörgön Nuur von Touristen besucht, und offenbar haben sich die Nomaden aus der Umgebung in den letzten Jahren angewöhnt, Fremde ohne Umstände anzubetteln. Seit die Mongolei geöffnet ist, läßt sich nicht vermeiden, daß die Nomadenkultur von den negativsten Aspekten der seßhaften Zivilisation des Westens infiziert wird. Doch nun ist niemand zu sehen, keine Touristen und keine Nomaden, die uns mit ihren Betteleien belästigen könnten. Wir sind mit den Ringern allein. Purevbaatar sagt, ich solle unbesorgt sein, doch es liegt Spannung in der Luft. Vielleicht wollen sie nur eine Art von Kontakt herstellen, aber sie sind sehr aufdringlich. Wie immer errege ich ihre Neugier. In der Mongolei gibt es nicht nur gastfreundliche und harmlose Menschen. Das hatte ich schon bei den Kamelzüchtern gemerkt. Inzwischen kommen die Typen näher und spucken aus. Als wollten sie uns einschüchtern. Und das tun sie tatsächlich. Wir sagen nichts. Ich stelle fest, daß Purevbaatar seine Stiefel angezogen hat. Bei der Ankunft hatten wir die Stiefel ausgezogen. Ich frage ihn, warum er sie wieder angezogen hat. Er sagt, ihm sei kalt. Da ich ihm nicht traue, wird alles nur noch schlimmer. Ich glaube, er macht sich bereit, um weglaufen zu können. Für alle Fälle ziehe ich meine Stiefel ebenfalls an. Um meine Unruhe zu überspielen, beginne ich, mir Notizen zu machen. Als er mich schreiben sieht, kommt einer der Kerle näher und legt die Hand auf meinen Notizblock. Er fragt mich etwas auf mongolisch. Ich kann nicht behaupten, daß er mir sympathisch wäre. Er lächelt nicht eine Sekunde. Purevbaatar sitzt vor seinem Zelt und sagt, der Kerl wolle wissen, was ich da aufschreibe. Dann versinkt er wieder in sein Schweigen und rührt sich nicht. Ich weiß nicht, was er denkt. Er sagt, es sei alles in Ordnung, aber ich spüre, daß ihm die Situation auch nicht gefällt. Ich versuche mir einzureden, daß der Eindringling freundlich ist, doch der kulturelle Unterschied schafft ständige Spannung. Weil ich die Lage nicht verstehe, bleibt mir nur die Wahl zwischen Paternalismus und Angst. Allmählich gerate ich in Panik. Ich schreibe weiter, um sie abzulenken. Ich schreibe irgend etwas, nur damit ich zu tun habe und zeige, daß ich beschäftigt bin. Selbst wenn Purevbaatar nicht weglaufen sollte, werden wir es kaum mit den vier Ringkämpfern aufnehmen können. Es ist elf Uhr abends, und sie verziehen sich nicht. Ich bin hundemüde, aber solange sie noch hier sind, gehe ich nicht ins Zelt. Allmählich halte ich das Ganze für einen Überfall. Um Mitternacht steigen sie in ihr Auto, knallen die Türen zu und verschwinden. Genauso wie sie erschienen sind. In der Nacht wache ich jedesmal auf, wenn ich von weitem das Brummen eines Motors höre. Es sind die aufdringlichen Kerle und ihre Freunde. Immer wieder leuchten in der Ferne bei den Dünen auf der Nordostseite des Sees die Scheinwerfer auf und verschwinden. Wahrscheinlich veranstalten sie ein Wettrennen. Es ist eine Nacht voller Anspannung. Ich bin auf der Hut und bereit wegzulaufen, falls die Scheinwerfer wieder näher kommen sollten. Aber wohin? Bauaa kehrt erst am Morgen zurück. Bei Sonnenaufgang mutet der See, der am Tag zuvor spiegelglatt dalag, wie ein aufgewühltes Meer mit windgepeitschter Dünung an. Es ist, als wäre ich an einem Meeresstrand aufgewacht. Hätte man mir ein Foto davon gezeigt, wäre ich nie auf die Idee gekommen, daß ich ein Plateau in Zentralasien sehe, Tausende von Kilometern vom Ozean entfernt. Der Himmel ist grau geworden. Das andere Ufer ist nicht mehr zu sehen, auch nicht die Dünen, wo die aufdringlichen Kerle in der vergangenen Nacht ein Wettrennen veranstaltet haben.*

Chandmani war die erste Ortschaft, die der Westler im *aimag* Khovd besuchte. Es ist die Gegend des Untertongesangs oder *khoomi*, einer Kunst, die seit Jahrhunderten vor allem von den Nomaden der westlichen Gebirgszüge und den Tuva, einem an der Grenze zu Rußland lebenden mongolischen Volksstamm, gepflegt wird. Sie besteht darin, mit dem Brustkorb (für einen offeneren Klang, der bei den Tuva vorrangig verwendet wird), dem Kehlkopf und der Nase gleichzeitig zwei Töne oder Melodien zu erzeugen. Chandmani ist ein typischer mongolischer Flecken. Es gibt nur wenige Hauptgebäude (das Rathaus, die Post, die Apotheke, die Schule usw.). Sie wurden unter dem kommunistischen Regime innerhalb des Programms zur Einrichtung regionaler Verwaltungszentren gebaut. Im allgemeinen gehorchten sie der sowjetischen Ästhetik: zweigeschossige Kastenbauten und dazwischen staubige Straßen. Ein Großteil der Bevölkerung lebte weiterhin an der Peripherie in Jurten. Purevbaatar wußte inzwischen, daß der Mönch Ayush ein Cousin des aus der Region stammenden berühmten *khoomi*-Sängers Davaajav war, was die Suche erleichterte. Sie mußten nur Davaajav finden. Falls sich Ayush nicht bei seinem Cousin aufhielt, würde dieser ihnen wenigstens sagen können, wo sie nach ihm suchen sollten. Sowie sie den Ort erreicht hatten, begaben sie sich zum Kulturzentrum, um nach jemandem zu fragen, der sie zu dem Sänger führen könnte. Am Eingang zum Gebäude herrschte reger Betrieb. Ein ständiges Kommen und Gehen von Männern in Stiefeln und *dels.* Zwei finster dreinblickende Kerle überwachten den Haupteingang von einer kleinen Treppe aus. Als der Westler auftauchte, wußten sie nicht, wie sie reagieren sollten. Der eine fragte Purevbaatar noch, was er wollte, allerdings erst, nachdem der Westler den roten Satinvorhang, der Innen und Außen trennte, schon hinter sich gelassen hatte und sich in dem Gebäude befand. Die Wände im Vorraum waren in leuchtenden Farben und Pastelltönen mit Darstellungen von Himmelskörpern und stilisierten Folklore- oder Revolutionsmotiven bemalt. In der Mitte des Saals waren zwei Billardtische aufgestellt, und die Männer spielten und wetteten. Es gab keine Fenster. Was für eine Szene! Das Kulturzentrum war zu einer Art Kasino umfunktioniert worden. Purevbaatar fragte nach dem Kultursekretär oder Bürgermeister. Der eine finster Dreinblickende gab dem anderen ein Zeichen, worauf dieser sich eiligst auf den Weg machte, den Sekretär zu holen. Das Zentrum war ein sowjetisches Überbleibsel. Während sie warteten, zückte der

Westler Purevbaatars Polaroidkamera, was aber sofort große Aufregung auslöste. Keiner wollte fotografiert werden. Entweder drehten sie ihm den Rücken zu, oder sie verließen murrend den Raum. Der Sekretär kam angeeilt und konnte gerade noch verhindern, daß der Westler ein Foto machte. Es war ein großer, kräftiger Mann, die Stimme der Autorität, der typische Provinzpolitiker. Er zeigte sich entzückt über den Besuch eines Ausländers. Er forderte Purevbaatar auf, den Westler zu bitten, den Fotoapparat einzustecken, und führte sie nach hinten in sein Büro, durch einen nicht mehr genutzten Theaterraum, von dessen Funktion nur noch die leere, dunkle Bühne im Hintergrund zeugte. Die Stuhlreihen waren auseinandergenommen, die Stühle an den bis Augenhöhe blau und bis zur Decke weiß gestrichenen Wänden gestapelt. Der Fußboden bestand aus verzogenen staubigen Holzdielen. Als sie sich in dem engen, schummrigen Büro befanden, erklärte der Sekretär, warum sie dort nicht fotografieren durften: Die Billardtische hätten nicht in einem öffentlichen Gebäude aufgestellt werden dürfen, doch hatte er, der Sekretär, keine Wahl gehabt, schließlich sollte er auf die Bedürfnisse der Bevölkerung eingehen, und die Leute brauchten Geld und gingen deshalb spielen. Es war, als hätte der Westler endlich die Barriere des äußeren Scheins überwunden und mitten in der kargen, unwirtlichen Landschaft einen geheimen – und zugleich traumverhafteten – Ort entdeckt. Die offizielle Kultur war zu etwas Verbotenem umfunktioniert worden.

Der Sekretär bestand darauf, sie persönlich zur Jurte des Sängers zu begleiten, angeblich, weil er ihnen den Weg zeigen wollte. Er fuhr in seinem Auto vor Bauaas Jeep her. Sie kannten sich noch nicht einmal eine Stunde, aber der Westler konnte ihn schon nicht mehr ertragen. Er wollte nicht, daß der Sekretär sich einmischte. Purevbaatars Passivität ärgerte ihn. Die mongolischen Behörden sollten nicht von dem Grund für seine Reise erfahren, sie sollten nicht erfahren, daß in ihrem Land ein Brasilianer verschwunden war. Purevbaatar erklärte ihm, er habe dem Sekretär erzählt, er, der Ausländer, sei an dem Untertongesang interessiert, und nur deshalb habe der Sekretär darauf bestanden, sie persönlich zu geleiten. Er werde gleich wieder zu seinem Kasino zurückkehren. Und tatsächlich, nachdem er sich eine Viertelstunde mit dem Sänger unterhalten hatte, erhob er sich und fuhr nach Chandmani zurück. Davaajavs Jurte stand in der Nähe der Stelle, wo die Leute aus dem Ort ihren Müll abluden. Oft verbrachte er auch längere Zeit in den Bergen, in Jargalant Khairkhan. Von außen, vielleicht wegen der kargen Landschaft ringsum und der von der Müllhalde angelockten Aasgeier, wirkte seine Jurte besonders ärmlich, was jedoch die Inneneinrichtung – Teppiche an den Wänden, sehr bunte Tagesdekken auf den Betten und auf dem Fußboden bedrucktes Plastik – nicht bestätigte. Als sie eintraten, lag in dem einen Bett ein junger Mann und schlief. Davaajav erklärte, das sei ein japanischer Gast, ein Landwirt, und er sei krank. Er habe etwas Verdorbenes gegessen. Er war einzig mit dem Ziel aus Japan gekommen, den Untertongesang zu erlernen. Er sprach kein Wort Mongolisch und nur ein paar Brocken Englisch. Mit dem Sänger verständigte er sich mit Hilfe von Zeichensprache. Als der Japaner merkte, daß Besuch gekommen war, schlug er die Augen auf und versuchte sich aufsetzen, schaffte es aber kaum. Er wechselte mit dem Westler zwei Sätze auf englisch, dann legte er sich wieder hin. Er wollte zwei Monate bei Davaajav bleiben. Dem Sänger zufolge hatte er jedoch kein Talent. Davaajav hatte 1969 zum ersten Mal in der Öffentlichkeit gesungen. Bevor er zum Militärdienst ging, hatte sein älterer Bruder ihn die Grundlagen des Untertongesangs gelehrt. Den Rest hatte er sich selbst beigebracht. Um Sänger zu werden, muß man mindestens sechzehn Jahre lang üben. *Khoomi* ist ein traditioneller Gesang, der seit Jahrhunderten in den Bergen gepflegt wird, doch erst in den fünfziger Jahren wurde die Region um Khovd für ihre Sänger bekannt. Der erste öffentliche Auftritt eines Untertonsängers fand 1945 statt. Davaajav sagte, es sei ein kunstvoller Gesang, der aus Urzeiten stamme und von Generation zu Generation erhalten werden müsse. Er war stolz darauf, daß er 1975 in der damaligen DDR aufgetreten war. Für ihn gab es drei k*hoomi*-Varianten (im Brustkorb erzeugt: *kharkhiraa*, mit dem Kehlkopf: *khooloinii* und mit der Nase: *tseejnii*), andere Sänger vertraten die Ansicht, es gebe noch mehr. Das beste Alter zum Erlernen des Untertongesangs liegt zwischen achtzehn und zwanzig, wenn die Stimmbänder voll ausgebildet sind. Der Gesang hat einen direkten Bezug zu den Klängen der Natur: dem Wind, dem Rauschen des Wassers im Fluß usw. Es ist eine Art Nachbildung, der Versuch, die Natur zu imitieren oder zu reproduzieren. Die mongolische Kunst kann gar nicht anders, als sich der Natur zu unterwerfen, so grandios ist die Landschaft, hatte der Verschollene, *buruu nomton*, in seinem Tagebuch geschrieben. Irgendwann stimmte Davaajav ein paar *khoomi*-Gesänge für seine Gäste an, der Westler wurde ungeduldig. Er dachte nur daran, daß Ayush nicht da war. Nach Beendigung des Gesangs bat er Purevbaatar, Davaajav nach seinem Cousin zu fragen. Und sekundenlang hatte er den Eindruck, Davaajav sei völlig überrascht und wisse nicht, von wem sie sprachen. Schließlich sagte er, Ayush sei in die Berge gefahren, um sich den Ort anzusehen, wo er einen Tempel bauen wollte, müsse aber bald zurück sein. Er werde gegen Abend erwartet. Unterdessen stand der Japaner auf und versuchte mit dem Westler ins Gespräch zu kommen. Er radebrechte ein paar Sätze in rudimentärem Spanisch, vermischt mit englischen Brocken. Der Westler fragte ihn, ob er den Mönch gesehen habe. »Welchen Mönch?« fragte der Japaner auf spanisch zurück. Und diese Antwort bestärkte den Westler in seinem Verdacht, daß es überhaupt keinen Mönch gab. Er übersetzte für Purevbaatar, was der Japaner gesagt hatte. Und Purevbaatar seinerseits gab an Davaajav weiter, was der Westler gesagt hatte, worauf der Sänger, den Blick auf den Japaner gerichtet, etwas in verächtlichem Ton sagte und dann schallend loslachte, womit er zu verstehen gab, daß sein Schüler ein Nichtsnutz sei. Oder zumindest schloß dies der Westler, der ständig das Gefühl hatte, getäuscht zu werden, weil er nicht verstand, was um ihn herum vorging.

Ayush traf am frühen Abend ein. Er konnte genausogut ein Hochstapler sein. Oder es konnte auch mal wieder ein Mißverständnis sein. Ayush war ein gewöhnlicher Name. Sein Äußeres paßte nicht zu der Person aus Shagdarsourens Geschichte. Es entsprach nicht den Erwartungen des Westlers. Ayush war mittelgroß. Trotz seines Alters – er mußte mindestens fünfzig sein, wenn er denn tatsächlich mit Shagdarsouren zusammen zur Schule gegangen war – hatte er die Figur eines jungen Mannes. Er war nicht gerade muskulös. Sein Körper war sehr geschmeidig und gleichzeitig fest, wie der Körper eines Schlangenmenschen, dazu ein wenig aufgedunsen, als wäre er aufgeblasen worden und könnte jeden Augenblick erschlaffen. Anders als die meisten mongolischen Nomaden, die zu vorzeitigem Altern neigen, sah Ayush zwanzig Jahre jünger aus, als er war. Er hatte keine einzige Falte. Mehr noch: Er wirkte irgendwie unreif, hatte etwas von einem Säugling oder einem Wurm. Abgesehen von dem kurzgeschorenen Kopfhaar und den schmalen Augenbrauen hatte er keinerlei Körperbehaarung. Seine Haut war ganz glatt, straff und durchsichtig, so daß man die Adern sehen konnte. An den Beinen hatte er blaurote Flecken. Zwar war er nicht weiß, aber doch sehr viel heller als die meisten Mongolen, gelblichblaß. Das Gesicht war rund und flach, mit geschwollenen Lidern und Tränensäcken unter den Schlitzaugen. Seine Lippen waren schmal und bläulich. Den vom Westler hinterlassenen Aufzeichnungen war zu entnehmen, daß er von der physischen Erscheinung des Mönchs und den Assoziationen, die er bei ihm auslöste, verwirrt war. Ayush wurde von Purevbaatar empfangen, der hinausgegangen war, um sich etwas umzusehen. Bauaa schlief im Jeep. Dem Westler, der sich in der Jurte neben dem Japaner hingelegt hatte, wurde erst klar, daß es der Mönch war, nachdem er fünf Minuten lang gehört hatte, wie sie sich draußen unterhielten. Als er hinausging, um nachzusehen, hatte er den Eindruck, Purevbaatar gebe dem Neuankömmling Anweisungen. Ayushs Oberkörper war bloß, doch sobald er den Fremden erblickte, bedeckte er sich mit dem roten Überwurf, den er zusammengerollt über der Schulter trug, und begrüßte ihn. Unter der Aufsicht von Purevbaatar, der für den Westler übersetzte, erzählte der Mönch dieselbe Geschichte wie Shagdarsouren.

Er sagt, er könne sich an den Brasilianer erinnern, der vor mehreren Monaten mit Purevbaatar hier durchgekommen sei. Seitdem habe er ihn nicht mehr gesehen. Er bedauert, daß er verschollen ist. Er könne sich nicht im geringsten vorstellen, wo er sich aufhalten könnte. Er sagt, im vergangenen Winter seien mehrere Nomaden umgekommen. Er verspricht, für den Erfolg unserer Reise mehrere Sutras zu beten. Zu dem Manuskript von 1937, dessen Inhalt er nicht mehr geschafft habe, selbst zu entziffern, weshalb er auch nicht die Geschichte der kahlköpfigen Nonne von Narkhajid Süm bestätigen könne, sagt er, er habe es einem kasachischen Falkner geschenkt, der ihm nach einem Motorradunfall auf der Rückfahrt von Bayan-Ölgiy das Leben gerettet habe. Den Namen seines Wohltäters nennt er, wohlgemerkt, nicht. Auch vor sechs Monaten hat er ihn Purevbaatar gegenüber nicht genannt. Die Geschichte ist nebulös. Er weiß nicht, wie der Falkner heißt. Purevbaatar sagt etwas von einem Mann namens Baitolda, doch er schüttelt den Kopf. Mehr hat er uns nicht zu sagen. Er windet sich beim Reden so, als wollte er schon mit seinem Körper, auch für jemanden, der kein Wort Mongolisch versteht, ausdrücken, daß seine Worte nicht eindeutig sind. Er ist auf unangenehme Weise anzüglich, wie ein Eunuch. Ich habe ihn mehrmals dabei ertappt, wie er mich mit einem Seitenblick beobachtet.

Ich habe den Eindruck, mich in einem Lügengespinst zu bewegen, das sich selbst reproduziert. Und das Gefühl, mich bei jedem Schritt immer weiter zu verirren. Ich versuche zurückzugehen, die Route des Verschollenen zu rekapitulieren: 1. Nachdem er in Ulaanbaatar eine Geschichte gehört hat, die sich so zugetragen haben kann, aber nicht muß, beschließt er, ohne irgendeinen Beweis oder eine Spur zu haben, nach dem Ort zu suchen, wo ein alter Lama im Jahre 1937 angeblich den Antibuddha in der Gestalt von Narkhajid gesehen hat, als er vor den Kommunisten floh, und zwar geleitet von einer jungen Frau, die er Jahre zuvor vergewaltigt hatte. Fest entschlossen, diese Landschaft zu fotografieren, den Schau-

platz der Erscheinung des Lama, doch ohne jede präzise Angabe, begibt sich der Verschollene mit Purevbaatar auf eine Reise ins Blaue in das Altaigebirge: Die Landschaft verweigert sich. Was man sieht, läßt sich nicht fotografieren. *2. In Tögrök begegnet er einem Nomaden, der ihm von dem Manuskript aus den dreißiger Jahren erzählt, das ein Mönch in den Ruinen eines Klosters gefunden haben soll, woraus er schließt, es könne sich nur um das Tagebuch des alten Lama handeln. 3. In der Hoffnung, das Manuskript enthülle etwas über den Ort der Erscheinung, sucht der Verschollene weiter nach dem Mönch, bis er erfahren muß, daß die geheimnisvolle Schrift einem kasachischen Falkner übergeben worden ist, dessen Name der Mönch nicht kennt.*

Alles ist so irreal. Es gibt keine Garantie dafür, daß Ayushs Manuskript tatsächlich das Tagebuch des Lama von 1937 ist. Keine Garantie dafür, daß es überhaupt existiert. Keine Garantie für nichts, und trotzdem suchen wir weiter. Der Verschollene nach dem Manuskript und nun ich nach ihm. Es ist, als erzählte jeder Lügen, und die Lügen ergänzten einander.

Purevbaatar und der Verschollene hatten schließlich vor sechs Monaten einen kasachischen Falkner gefunden. Sie hatten sich an Ayushs Angaben gehalten. Äußere Merkmale des Mannes, der ihn gerettet hatte, sowie die geographische Lage des Unfallortes. Die Falknerei ist eine aus dem Mittelalter herrührende Tradition, die von den Moslems in Zentralasien und Arabien gepflegt wird. Doch im Gegensatz zu den Arabern, die kleine Falken zur Jagd einsetzen, jagen die mongolischen Kasachen mit Hilfe von gezähmten Adlern, Vögeln, die so groß und so schwer sind, daß die Jäger mitunter eine Armschlinge benötigen, um sie auf dem Unterarm tragen zu können. Nachdem Ayush zu Ende gesprochen hat, sagt Purev-

baatar, als einzige Spur bleibe uns noch der Falkner, das sei unsere letzte Chance. Wir werden im aimag *Bayan-Ölgiy nach ihm suchen. Auf einmal kommt es mir vor, als hätten wir die ganze bisherige Strecke sinnlos zurückgelegt. Das Gefühl, über den Tisch gezogen zu werden, wird so überstark, daß ich mich nicht mehr beherrschen kann. Nichts ist eindeutig oder konkret greifbar. So als hätte Purevbaatar diese gewundene Route eigens geplant, um den Preis zu rechtfertigen, den er vor unserer Abreise aus Ulaanbaatar verlangt hat. Und zum zweiten Mal, seit wir Altai verlassen haben, kann ich meine Unzufriedenheit nicht zügeln, obwohl ich genau weiß, daß ich auf ihn angewiesen bin und alles kaputtmachen kann. Ich frage ihn, was eigentlich seine Strategie sei. Und jählings wird mir meine eigene Dummheit bewußt. Ich frage, warum wir die Route nicht in umgekehrter Richtung, von Ölgiy bis nach Altai, gefahren sind. Worauf er antwortet, als wäre er verblüfft über meinen Ausbruch, jetzt, nachdem wir einen großen Teil der Strecke hinter uns hätten, sei es leicht, so zu denken. Er sagt, wenn der Verschollene wirklich die Strecke in umgekehrter Richtung absuchen wollte, wie er es vor seinem Verschwinden angekündigt hatte, dann konnte er sich an irgendeinem Punkt der Strecke befinden, die wir beide von Altai aus gefahren waren. Ich frage, warum wir unbedingt mit Ayush sprechen mußten, wenn wir schon von Shagdarsouren die Geschichte kannten, die er uns erzählen würde. Da reagiert Purevbaatar gereizt: »Ich habe nie etwas dazu gesagt, aus Höflichkeit und weil ich meinen Verdacht lieber durch Fakten bestätigt sehen wollte. Wenn Sie es wirklich wissen wollen, bin ich schon die ganze Zeit, seit dem Moment, als er verschwunden ist, davon überzeugt, daß er nur deshalb so unvernünftig war und unbedingt dieselbe Strecke zurückfahren wollte, weil er Ayush wiedersehen wollte. Die Geschichte, daß wir, ohne es zu merken, an der Stelle vorbeigekommen seien, wo der alte Lama 1937 angeblich seine Erscheinung erlebt hat, war nur ein fadenscheiniger Vorwand. Mag sein, daß ich dafür büßen muß, aber ich bin dieser Ansicht. Und Sie können das auslegen, wie Sie wollen.«* Buruu nomton, *der Unangepaßte. Purevbaatar geht beleidigt weg und läßt mich mit dem Mönch allein, der die Augen verdreht und mich mit honigsüßer Stimme und weichen Handbewegungen auffordert, in die Jurte hineinzugehen.*

Sechs Monate zuvor waren Purevbaatar und der Verschollene am Fuß des Gletschers Tsambagarav an der Grenze zwischen den *aimags* Khovd und Bayan-Ölgiy auf einen kasachischen Falkner gestoßen. Er nannte sich Baitolda. Zwar waren sie sich anfangs nicht sicher, ob sie tatsächlich den vor sich hatten, den sie suchten, doch der Falkner bestätigte ihnen sogleich Ayushs Geschichte, oder zumindest entnahm Purevbaatar dies seinen Worten, denn der Falkner sprach nicht viel Mongolisch, und Purevbaatar sprach kein Kasachisch. Sie trafen Baitolda nicht zu Hause, sondern draußen an (deshalb verlangten sie keinerlei Beweis für das, was er sagte, und ließen sich nicht das Manuskript von Dorj Khamba zeigen) und noch dazu im Winter, der Jahreszeit, in der Falkner mit ihren Adlern auf die Jagd gehen. Im Sommer jagen sie nicht. Wie dem auch sei, da Tsambagarav auf dem Weg lag, gab es keinen Grund, warum Purevbaatar und der Westler, obwohl es nun Sommer war, nicht dort vorbeischauen sollten. Sie konnten nicht ganz ausschließen, daß der Falkner in den Bergen unterwegs war, und selbst wenn er sich nicht dort befand, konnten andere Nomaden ihnen einen Hinweis geben, wo sie ihn würden finden können. Sie würden mindestens zwei Tage bis

Tsambagarav brauchen, mit einem Stopp in der Wüstengegend westlich des Sees Khar-Us und einem zweiten in Khovd, der Hauptstadt der gleichnamigen Provinz. Wären sie am nächsten Morgen aufgebrochen, hätten sie bis Khovd durchfahren können, doch der Westler weigerte sich, in Chandmani zu übernachten (er wollte dem Kultursekretär nicht noch einmal begegnen), und es war schon sehr spät, als sie Davaajavs Jurte verließen. Bei Sonnenuntergang erreichten sie die Ebene, durch die die Piste zwischen den Städten Altai und Khovd verläuft. Sie mußten vor Einbruch der Dunkelheit einen windgeschützten Platz finden, und zwar weit genug entfernt von dem für seine Mückenplage berüchtigten See Khar-Us. Über die Insekten könnte man sowieso ein Extrakapitel schreiben. Als sie bei den Felsen nach einem geschützten Platz suchten, trafen sie auf ein regelrechtes Festival von Mücken, Fliegen und Wespen. Ganz zu schweigen, versteht sich, von Ameisen jeder Größe und Art. Die Mücken stachen sogar durch die Kleidung. Bauaa ging trockenen Mist von Kamelen und Yaks sammeln, um ihn zu verbrennen und mit dem Rauch die Mücken zu verscheuchen. In einem baumlosen Land wie der Mongolei nutzen die Nomaden im Winter im allgemeinen den trockenen Mist von Tieren anstelle von Brennholz. Wer durch die Steppe reist, trifft immer wieder auf Frauen und Kinder, die mit Holzschaufeln in der Hand und großen Körben auf dem Rücken die Grasflächen nach Mistfladen absuchen und sie mit der Schaufel im hohen Bogen über den Kopf in den Korb werfen. Purevbaatar zufolge ging es in einem der großen mongolischen Gedichte um die Sehnsucht nach genau diesem Geruch von verbrannten Mistfladen. Bauaa entfachte das Feuer, und so konnten sie, durch den Rauchvorhang wenigstens für eine Weile geschützt, in

Ruhe essen. Unter den kriechenden Insekten gab es eins, das wie eine große wilde Kakerlake aussah, rundbäuchig und flügellos, mit einem grünlichgrauen Panzer und einem angelhakenförmigen Schwanz, der an einen mächtigen Stachel erinnerte. Dieses Insekt kroch unbeholfen über die Steine, wie ein schlecht gesteuertes batteriebetriebenes Spielzeug. Es kletterte an den Zelten hoch und kratzte mit seinen Krallen am Nylon, was in der Dunkelheit irritierend klang. Es sah ungemein abstoßend aus, doch Purevbaatar versicherte, es sei harmlos. Wie es hieß, wußte er nicht. Die Kinder nannten es »Helikopter«. »Die Chinesen saugen den Saft aus ihm aus. Die essen alles, was lebendig ist. Notgedrungen haben sie sich im Laufe der Jahrtausende genaue Kenntnisse der Natur angeeignet und gelernt, was sie essen dürfen und was nicht«, sagte er beim Abendessen, während er Makkaroni mit Fleisch aus der Dose verspeiste.

Am Morgen fuhren sie weiter nach Khovd. Früher lebten viele Chinesen in der Region. Hinweise auf die chinesische Besiedlung finden sich in dem, was von der Stadtmauer und den Toren übriggeblieben ist, dazu kommen die Gemüsegärten in der Umgebung. Das Gemüse wurde von den Chinesen angebaut. Mongolische Landwirtschaft gibt es nicht. In Khovd finden sich mehrere verschiedene ethnische Gruppen. In den Straßen stehen uralte, von den Chinesen gepflanzte Bäume. Deshalb gilt die Hauptstadt dieses *aimag* als angenehmer als viele Städte im Westen der Mongolei. Doch der erste Eindruck des Westlers war ein anderer: *Wir sind in Khovd angekommen. Die Stadt ist staubig und fürchterlich trist. Es ist bewölkt, und alles ist grau und schmutzig. Dies ist das Ende der Welt. Eine große Favela mitten in der Ebene, überall riecht es nach gekochtem Hammelfett. Ein unseliger*

Ort. Seit vier Tagen gibt es keinen Strom. Die großen Städte im Westen werden im allgemeinen von den Russen beliefert, und da die Mongolen häufig nicht pünktlich zahlen, sitzen sie hin und wieder ohne Strom da. In dem in der Kategorie Luxus eingestuften Hotelzimmer gibt es kein fließendes Wasser. Die Stadt ist von Mücken verpestet. Ich habe den Eindruck, daß alles Abwasser ins Freie läuft, doch Purevbaatar klärt mich auf, das sei lediglich ein Rohrbruch. Chinesische Technik. Wir werden hier übernachten. Da ich nichts zu tun habe, laufe ich durch die Straßen auf der Suche nach einem bekannten Gesicht. Ich weiß nicht, wieso Purevbaatar so fest davon überzeugt ist, daß wir ihn in keiner Stadt finden werden. Das städtische Theater liegt am Hauptplatz gegenüber vom Hotel. Es ist ein rosa und weiß gestrichenes Gebäude mit einem grünen Metalldach. Die eklektische Fassade sieht eher nach der babylonischen Kulisse einer Stummfilmproduktion aus. Ich sehe flüchtig, wie ein Mann durch eine Seitentür hineingeht. Und sekundenlang glaube ich, ihn zu erkennen. Ich versuche, ihm hinterherzugehen, doch als ich die Tür öffne, tritt mir ein alter Mann, bekleidet mit einem del *und einem braunen Hut, in den Weg. Ich verstehe nicht, was er sagt, und er versteht nicht, was ich sage. Aufgeregt bemühe ich mich, ihm auf englisch zu erklären, daß ich einen Mann sprechen muß, der soeben hineingegangen ist. Ich versuche, mir den Eintritt zu erzwingen, doch er drängt mich schreiend hinaus und schlägt die Tür zu. Ein paar Leute, die über den Platz gehen, schauen erschrokken zu mir herüber. Ich laufe zum Hotel und überrede Purevbaatar, mit mir zum Theater zu gehen. Doch nun ist niemand mehr da, der uns aufmachen könnte. Purevbaatar fragt, ob ich sicher sei, daß ich ihn gesehen habe. Wie kann ich sicher sein, wenn ich ihn gar nicht kenne?*

Am nächsten Tag goß es in Strömen. Durch das schlechte Wetter verzögerte sich die Abfahrt aus Khovd. Erst am Nachmittag näherten sie sich dem Tsambagaravgebirge. Unterwegs kamen sie an zwei Traktoren und einer Planierraupe vorbei, die an der »Jahrtausendstraße« arbeiteten. Ein, wie schon der Name sagt, ehrgeiziges Projekt, das sich noch über viele Jahre hinziehen würde. Das Ziel war, den äußersten Westen der Mongolei mit dem äußersten Osten durch eine Asphaltstraße zu verbinden. Es wäre die zweite große asphaltierte Überlandstraße der Mongolei. In seinem Tagebuch sprach der Verschollene von der anderen, die Ulaanbaatar mit Darkhan verbindet, der zweitgrößten Stadt der Mongolei, 1961 von den Russen als künftiges Industriezentrum im Norden des Landes erbaut. Ganbold und er waren auf dem Weg zum Kloster Amarbayasgalant durch Darkhan gekommen: Kühe, Pferde und Hammel laufen über die Straße, während die Autos mit hoher Geschwindigkeit vorbeifahren. Auf einer Brücke kämpfen zwei Pferde miteinander und kümmern sich nicht um die Autos. Sie bäumen sich auf und schlagen mit den Vorderhufen aufeinander ein. Das Kloster wurde zu Beginn des achtzehnten Jahrhunderts in einem entlegenen Tal von dem Mandschu-Kaiser Yongzheng errichtet, demselben Tyrannen, auf dessen besondere Nachfolgeregelung der Westler schon in Peking aufmerksam geworden war, als er in der Verbotenen Stadt den Palast der Himmlischen Reinheit besuchte. Es hatte ihn verblüfft, in welch machiavellistischer Manier der Kaiser aus Furcht vor Staatsstreichen beschlossen hatte, seinen Nachfolger zu bestimmen: Er hatte den Namen des Erwählten hinter dem Thron in einem Kasten deponiert, der erst nach seinem Tod geöffnet werden sollte. In Amarbayasgalant gab es auch einen Narkhajid geweihten Tempel, den der Verschollene jedoch nicht wahrgenommen hatte, weil er sich damals noch nicht für das Geheimnis der Göttin interessierte; er war zu dem Zeitpunkt weder in Erdene Zuu gewesen, noch hatte er Narkhajid Süm besucht, weshalb er auch keinen Zusammenhang herstellen konnte.

Vor der Fahrt hinauf nach Tsambagarav gab die Strecke den Blick frei auf ein großartiges Tal, und der Regen, der zwischendurch nachgelassen hatte, setzte erneut mit der Wucht eines Wolkenbruchs ein. Sie waren gezwungen, bei der ersten Nomadenfamilie, die sie erblickten, Zuflucht zu suchen. Durch den Regen und die Höhenlage war es bitterkalt. Die gesamte Nomadenfamilie hatte sich in der ersten Jurte am Eingang des Tals versammelt. Sie saßen rings um die Feuerstelle. Der Klanchef war ein freundlicher Mann. Er trug einen blauen *del* und einen runden grauen Filzhut. Außer ihm und seiner Frau waren noch eine alte Frau da, ein jüngeres Paar, ein halbwüchsiger Junge und drei kleine Mädchen. Die Erwachsenen trugen *dels,* ebenso das kleinste Mädchen, das vermutlich höchstens zwei Jahre alt war. Der Westler wurde nicht so recht schlau aus den Verwandtschaftsbeziehungen.

Sie sind beispielhaft für die mongolische Gastfreundschaft. Großzügig und hilfsbereit. Ihre Hautfarbe ist dunkel. Im Tal haben wir Nomaden gesehen, die weit hellhäutiger waren als die Mongolen. Ein blondes Kind lief durch den Regen. Purevbaatar sagt, das sei der kasachische Einschlag. Als wir nach den Kasachen fragen, geben uns der Klanchef und seine Frau halb lachend, halb ausweichend zu verstehen, daß sie sich nicht mit ihnen vertragen. Sie werden verlegen. Wir erkundigen uns nach Baitolda. Sie sagen, am Fuße des Gletschers gebe es Kasachen, und im Winter tauche hin und wieder ein Falkner in der Gegend auf. Als der Regen aufhört, machen wir uns weiter auf den Weg in die Berge. Wir fahren bis zum Fuß des Gletschers. Wir befinden uns in dreitausend Meter Höhe. Eisiger Regen setzt ein. Auf der Hochebene kampieren nur zwei Familien. Purevbaatar erkennt sofort, daß es keine Kasachen sind. Die Jurten der Kasachen sind größer und höher als die der Mongolen, außerdem bunter und innen mehr ausgeschmückt. Purevbaatar schlägt vor, trotz des eisigen Regens die Zelte aufzubauen, bevor es dunkel wird, und anschließend zu den Jurten zu gehen und nach Baitolda zu fragen oder nach einem Hinweis, wo wir ihn finden könnten. Es ist inzwischen sieben Uhr abends. Wir müssen tatsächlich hier übernachten. Wegen der schwarzen Wolken ist alles ringsum dunkel. Es geht ein starker Wind. Zweihundert Meter weiter liegt Schnee. Nachdem wir unter großer Mühe die Zelte aufgebaut haben, machen wir uns auf den Weg. Die erste Jurte, die wir besuchen, steht ungefähr fünfhundert Meter weiter an einem Bach. Bauaa fährt uns im Jeep dahin. Immerhin bietet sich damit ja noch einmal eine Gelegenheit zum Essen, obwohl er sich schon bei der Nomadenfamilie im Tal den Bauch vollgeschlagen hat. Als wir die Jurte betreten, finden wir nur Frauen und Kinder darin. Kein einziger Mann, abgesehen von den Jungen. Mir kommt der Gedanke, es könnte die Jurte einer der alleinstehenden Mütter sein, von denen Ganbold mir in Ulaanbaatar erzählt hat und die er zusammen mit dem Verschollenen auf dem Weg in die Südgobi besucht hat. Die Hausherrin sieht aus wie eine Brasilianerin. Sie ist dick, braunhäutig und hat keine Schlitzaugen. Eine kräftige, freundlich lächelnde und warmherzige Frau. Sie sagt, die Männer seien vor Tagen aufgebrochen und noch nicht zurückgekommen. Ein Neffe studiert in London Volkswirtschaft. Sie zeigt uns sein Foto, das neben anderen Familienporträts auf dem Altar hinten in der Jurte steht. Zwei der Kinder schielen, ein Mädchen hat offenbar das Down-Syndrom. Wir essen mit ihnen zu Abend. Die Hausherrin sagt, bei einer anderen Familie sei ein Kasache zu Gast. Auf der Durchreise. Heute angekommen. Als Purevbaatar mir übersetzt, was sie gesagt hat, packt mich sofort die Ungeduld, den Reisenden zu sehen. Wir verabschieden uns nach einer Stunde. Draußen ist es wie am Nordpol. Der Wind peitscht die Jurte, der Regen gefriert auf den Planen. Bauaa fährt uns zu der anderen Jurte, die näher am Gletscher steht.

Als wir eintreten, sitzen alle um die Feuerstelle. Der kasachische Gast ist zu meiner Enttäuschung nicht Baitolda. Er hat Frau und Tochter dabei. Sie sind hellhäutiger als die mongolische Familie und sehen nicht sehr gesund aus. Ihr Haar ist aschblond. Einer der Gastgeber macht mit ihnen pausenlos Scherze und nimmt sie auf den Arm. Die mongolische Familie amüsiert sich auf Kosten ihrer Gäste. Der Kasache ist groß und schlank. Sein Gesichtsausdruck ist undurchdringlich, halb dümmlich, halb verschlossen. Ob sein Schweigen auf wohlwollende Ironie, auf eine Abwehrhaltung gegenüber den Verspöttelungen, die sich gegen ihn, seine Frau und seine Tochter richten, oder schlicht und einfach darauf zurückzuführen ist, daß er nicht weiß, was er sagen soll, läßt sich nicht ausmachen. Auch nicht, ob sie überhaupt Mongolisch sprechen. Der Gastgeber belästigt ihn weiter mit seinen Witzeleien, aber er reagiert nicht. Die kasachische Frau blickt mißtrauisch und unterwürfig. Eine Miene, hinter der ich mitunter einen Anflug von Bösartigkeit vermute. Das völlig eingemummelte Mädchen, auf dem Kopf eine rote Mütze, ständig an die Mutter geklammert, hat etwas Kränkliches an sich. Es ist sehr blaß und wirkt geistig zurückgeblieben. Wir fragen nach Baitolda, und da macht der Kasache zum ersten Mal den Mund auf. Baitolda ist in der Gegend berühmt. Der Kasache sagt, das letzte Mal habe er ihn zwischen den Seen Tolbo und Döröö gesehen. Es sei noch nicht lange her. Purevbaatar sagt zu mir, es sei nicht weit dahin. Aber weder er noch Bauaa wollen bei diesem Unwetter die Jurte verlassen. Hier drinnen haben wir es wenigstens warm. Genaugenommen ist die Jurte heiß wie ein Backofen. Wir trinken Tee und zögern unseren Aufbruch hinaus. Wir werden in diesem Eisregen schlafen müssen. Der Wind heult in den Bergen. Je weniger Zeit wir im Unwetter in unseren Zelten verbringen müssen, um so besser. Um so geringer das Risiko, daß wir erfrieren.

Als der Westler aufwachte, regnete es nicht mehr. Seine Blase war zum Platzen voll. In der Nacht hatte er nicht gewagt aufzustehen. Vor lauter Kälte hatte er sich im Schlafsack kaum bewegen können. Nun lag der Blick frei auf das Plateau zwischen den verschneiten Gipfeln, durch das der Bach rann. Vor dem Frühstück kletterte er einen schneebedeckten Hügel gegenüber vom Gletscher hinauf und suchte nach einem sichtgeschützten Eckchen. Auf dem Rückweg kam er an einer Herde von Schafen und Ziegen vorbei, die zwischen Schneeflächen grasten, und in der Ferne entdeckte er einen Nomaden, der ihm entgegengeritten kam. Dreihundert Meter vom Westler entfernt saß der Reiter ab, legte sich neben das Pferd, stützte den Kopf mit aufgesetztem Ellbogen ab und räkelte sich auf dem eiskalten Gras. Eine surreale Szene. Sein Verhalten paßte, gelinde gesagt, überhaupt nicht zu den Witterungsverhältnissen. Der Reiter winkte ihm. Der Westler erkannte den Mongolen vom Vortag, der sich über seinen kasachischen Gast lustig gemacht hatte. Er wirkte gutmütig. Er forderte den Ausländer auf, zu ihm zu kommen, doch dieser tat, als hätte er nicht verstanden, winkte zurück und stieg weiter hügelabwärts.

Auf dem Weg zum Talbo-See erblickten sie eine kasachische Jurte und hielten an, um Auskunft einzuholen. Es waren Falkner. Die Kasachen waren scheu, im Gegensatz zu den Mongolen, die, wann immer Bauaa anhielt und nach dem Weg fragte, den Kopf in den Jeep steckten und sich in die Fenster hängten, entweder drauflosschwatzten oder gar nichts sagten, aber alle neugierig darauf waren, was sich im Wageninnern befand, vor allem, wenn sie gemerkt hatten, daß auf dem Rücksitz ein Ausländer saß. Die Kasachen hielten sich im allgemeinen von den Mongolen fern, und das einzige, was sie auf mongolisch sagen konnten, war *mitgüi* (»ich weiß nicht«), und das sagten sie mitunter schon, bevor sie überhaupt die Frage gehört hatten. Meistens hörten sie hin, dachten kurz nach, grinsten verlegen und antworteten *mitgüi*. Das ging Purevbaatar auf die Nerven. Seiner Aussage nach hatten diejenigen, die überhaupt etwas Mongolisch sprachen, einen so starken Akzent, daß man sie nicht verstehen konnte. Es war klar, daß er sie nicht mochte. Seit sie sich auf kasachischem Gebiet befanden, verhielt er sich anders, er war mißtrauischer und schweigsamer geworden. In der Mongolei lebten rund einhundertfünfzigtausend Kasachen. Ein paar Familien waren, von der mongolischen Regierung angelockt, in den fünfziger und sechziger Jahren zugewandert, doch die meisten lebten schon seit Jahrhunderten im Altaigebirge. Im allgemeinen sagte man, die Kasachen der Mongolei pflegten und bewahrten Traditionen, die im akkulturierten Kasachstan längst vergessen oder untergegangen seien. Im Unterschied zu den Mongolen hatten die beiden Falkner runde karamelfarbene Augen. Auf dem schlammigen Gelände hinter der Jurte saß ein Adler, eine Haube über dem Kopf, angebunden auf einem Baumstamm. Noch bevor die Kasachen sie zum Eintreten aufforderten, stieg Bauaa aus und kam ihnen zuvor, so daß ihnen gar keine andere Wahl blieb. Das Innere der Jurte war ein Fest an Farben und bedruckten Stoffen. Die Decke war grün und rot gestreift. Die Wände waren bedeckt mit Teppichen in geometrischen Mustern in den Farben Rot, Grün, Blau, Gelb, Schwarz usw. Bis auf den letzten Millimeter war alles ausgeschmückt. Rechts vom Eingang stand ein kleines Bett, fast ein Kinderbett, mit einem Betthimmel, an dem ein fransenbesetzter Vorhang aus grün-rotem Stoff mit blauen und goldenen Stickereien hing. Auf dem Bett saß eine alte Frau mit einem Kleinkind auf dem Schoß. Das Kind hielt ein großes grünes Plastikspielzeugauto mit Rauchglas in der Hand. Die Alte hatte ein weißes Kopftuch so umgebunden, daß es eine Art Haube bildete, wie der Fez eines Kalifen, und unter diesem hing ein Tuch rund um ihr Gesicht wie ein weißer Bart. Die Kasachen sind sunnitische Moslems, muten aber wie Zigeuner an. Eine sehr dunkelhäutige Frau mit einem knallrosa Tuch um den Kopf und einem Gesicht wie eine Indiofrau aus Guatemala (die Innendekoration erinnerte auch an die üblichen Farben und Formen des guatemaltekischen Kunsthandwerks) saß neben der Feuerstelle in der Mitte der Jurte auf dem Fußboden. Außer dem Kleinkind gab es noch drei Mädchen und einen traurigen Jungen. Die Mädchen waren sehr lebhaft. Zwei hatten helle sommersprossige Haut und aschblondes Haar. Angesichts des Westlers wurden die Mädchen aufgeregt. Im Gegensatz zu den beiden Männern draußen, vermutlich ihr Mann und ihr Schwager, war auch die Frau entzückt, einen Ausländer zu Besuch zu haben. Sie zeigte diverse Polaroidaufnahmen von sich mit Japanern und Ungarn, die schon bei ihnen gewesen waren. Ob es Touristen, Anthropologen oder Sozialarbeiter waren, blieb offen. Sie wollte die Familie mit dem Westler zusammen fotografiert haben. Als eine Erinnerung an den Westler. Die beiden Männer standen wie Wachposten an der Tür und sagten nichts. *Es gelingt uns nicht, uns verständlich zu machen. Doch als sie den Namen Baitolda hören, erhellt sich schließlich ihre Miene. Sie sagen, wir könnten ihn in seinem Sommerlager in der Nähe von Olon Nuur finden. Gegen Bezahlung könnten sie uns dorthin führen. Purevbaatar sagt, wir müssen aufbrechen. Er ist wütend. Er sagt, er könne die Kasachen nicht ertragen, das seien alles Gauner. Wir fahren weiter.*

Tolbo ist ein elendiges Kaff in der Nähe eines großen Süßwassersees. Da gibt es so viele Mücken, daß man sofort versteht, warum die Häuser nicht direkt an den See gebaut wurden. Sie stehen etwas weiter weg in der kargen Ebene. Schon aus der Ferne erkennt man, daß es ein Kasachendorf ist. Die Häuser sind aus Stein und Adobe gebaut, außerdem gibt es eine kleine weißgekalkte Moschee, ihre Kuppel wie auch die Spitzen der beiden niedrigen Minarette sind hellblau angestrichen. Von weitem sieht das Dorf wie ein Zahnstocherbehälter aus, eine Ansammlung von Hütten, gespickt mit schiefen Holzpfosten, dazwischen schlaff hängende Stromdrähte. Tolbo war der Schauplatz einer entscheidenden und blutigen Schlacht zwischen der Weißen Armee, die für die zaristische Monarchie kämpfte, und den Bolschewiken, denen sich die Mongolen 1921 anschlossen. In dem Dorf sagte man ihnen, Baitolda wohne dreißig Kilometer weiter südwärts. Nachdem sie schon mehr als zwanzig Kilometer gefahren waren, begegneten sie zwei Männern zu Pferde und hielten an, um sich zu erkundigen. Zufällig war der eine Baitoldas Sohn, und er erbot sich, sie zum Haus seines Vaters zu führen. Während er vor dem Jeep hergaloppierte, drehte Purevbaatar sich nach hinten zum Westler um und sagte: »Die wollen Geld.«

Es ist ein Haus aus Holz und Adobe. Es steht mitten auf der Ebene, gegenüber von einem kleinen See. Bauaa bleibt im Jeep sitzen. Die ganze Familie ist versammelt. Baitoldas Schwiegertochter reicht uns zur Begrüßung eine Schale Tee mit Milch. Der andere Reiter, dem wir unterwegs zusammen mit Baitoldas Sohn begegnet sind, ist ihr Bruder. Vier Kinder starren mich unentwegt an. In einer Ecke hinten im Haus, das wie eine Jurte aus einem einzigen Raum besteht, liegt auf einem Metallbett unter Decken und Fellen etwas Voluminöses. Es ist elf Uhr vormittags. Wir hören ein Husten unter den Decken, sie bewegen sich. Der alte Jäger merkt, daß Besuch da ist, und steht auf. Unter den Decken wird weiter gehustet. Da erst erkennen wir ein kleines, runzliges Gesicht, es gehört Baitoldas Frau, sie ist so klein, daß sie nur hin und wieder zwischen Wogen von Decken und Fellen auftaucht. Sie hustet stark. Die Enkelin hockt sich ans Kopfende des Bettes und streichelt der Großmutter die Stirn, um ihr Leiden etwas zu lindern, während Baitolda, nachdem er sich einen schwarzen Umhang übergeworfen und die typische Kasachenmütze mit ihren gestickten Motiven aufgesetzt hat, von der Schwiegertochter eine Schale Milch erhält und sich an der Feuerstelle niederläßt. Auch er ist klein. Er hat helle Augen und weißes, kurzgeschorenes Haar. Der Schnurrbart und der Spitzbart, beide dünn und grau, hängen ihm bis auf die Brust. Er beginnt über Adler und sein Handwerk zu sprechen. Er ist ein-

undachtzig Jahre alt und gilt als ein großer Jäger. Purevbaatar hat er nicht wiedererkannt (oder es zumindest nicht zu erkennen gegeben). Purevbaatar seinerseits hat Mühe, ihn zu verstehen und zu übersetzen, was er sagt. Baitolda hält mich für einen Touristen, der sich für die kasachischen Falkner interessiert. Er zeigt uns eine Seite in einem koreanischen Reisemagazin mit einem Bericht über ihn, illustriert mit schönen Winterfotos. Er sagt, der Journalist, der den Artikel geschrieben hat, sei ein weltberühmter Fotograf. Dank des Fotografen sei nun auch er in der ganzen Welt bekannt. An der Wand hängt ein Poster mit dem offiziellen Porträt des mongolischen Präsidenten. Er fragt, ob ich von ihm auch so eine Aufnahme machen könne. Ich verneine. Dann fragt er, ob wir seinen Adler sehen wollen, und noch bevor wir antworten können, ist er schon aufgestanden, hat sich ein paar Sachen gegriffen (die kleine Haube, eine Leine und den ledernen Armschutz) und führt uns zur Tür. Wir treten aus dem Haus und gehen zu dem kleinen See, der hinter dem Haus liegt. Die ganze Familie kommt mit, bis auf die alte bettlägerige Frau. Baitolda sagt, das Haus sei sein Sommersitz; im Winter geht er hinauf in die Berge. Er sagt, er jage schon von klein auf. Wir stellen keine Fragen. Er sagt, der erste Schritt sei, den Adler noch als Junges aus dem Nest zu holen. Die Ausbildung ist schwierig. Man muß den Adler erziehen. Wenn er fünfzehn Jahre alt ist, kann man ihn wieder in die Natur entlassen. Ein Adler wird im Schnitt zwanzig bis dreißig Jahre alt. Normalerweise wird er mit der Haube über dem Kopf neben dem Haus angebunden gehalten. Er könnte sonst die Kinder und die Herde angreifen. Um ihn zu erziehen, bindet der Falkner ihn an und läßt ihm nach und nach immer mehr Leine. Das Wichtigste für einen Adler ist das Futter. Man füttert den Adler, bis er ge-

lernt hat, daß er hier, bei seinem Herrn, zu fressen bekommt, sagt der Falkner. Die ganze Atmosphäre ist sehr seltsam. Ich sehe, daß sich Baitoldas Sohn mit Purevbaatar unterhält, verstehe aber nicht, worum es geht. Der Adler ist angebunden und hockt auf einem Stein am Seeufer. Rings um ihn herum sieht man Blut und weißes Fell. Überreste von einem Kaninchen. Als wir uns nähern, hebt der Adler den Kopf und sieht uns von der Seite an. Plötzlich hört der Alte auf zu sprechen und wirft seinem Sohn einen Blick zu. Alles ganz diskret. Dann sagt er, er könne sich den Adler nicht wie geplant auf den Arm setzen, damit wir ihn mit dem Vogel fotografieren können. Er sagt, der Adler fresse gerade und würde böse werden. Er wird ihm nicht die Haube überstreifen können. Wir haben um nichts gebeten, doch unvermittelt schlägt seine Stimmung um, so als wäre ihm jetzt erst klargeworden, daß der Adler gerade frißt. Purevbaatar nutzt die Gelegenheit und fragt nach dem, was wir wirklich wissen wollen. Zwischendurch immer wieder einen Blick mit seinem Sohn wechselnd, sagt Baitolda, er habe nie von einem Mönch ein Manuskript erhalten. Er habe auch nie einen Mönch gerettet. Er sagt, er habe keinem Menschen gegenüber jemals irgend etwas dieser Art erwähnt. Purevbaatar erzählt ihm von dem Verschollenen und fragt, ob er sich an den Brasilianer erinnern könne, der mit ihm vor sechs Monaten durch Tsambagarav gekommen sei, doch auch daran kann der Falkner sich überhaupt nicht erinnern. Purevbaatar läuft rot an. Ich habe das Gefühl, er wird gleich vor Wut platzen. Erst als wir uns verabschieden, sagt Baitolda schließlich, im letzten Winter sei kurz vor einem Schneesturm ein Ausländer allein zu Pferd in Richtung des Döröö Nuur vorbeigekommen.

Der Satz genügte, um die ohnehin schon kritische Atmosphäre zwischen dem Führer und dem Westler noch weiter zu vergiften, als hätte der Falkner geahnt, wo er die beiden treffen konnte, und die Gelegenheit genutzt, sie gegeneinander auszuspielen. Purevbaatar stieg verärgert in den Jeep, schimpfte auf den alten Kasachen und sagte, nun bleibe ihnen nur noch übrig, nach Ölgiy zu fahren. Doch wegen Baitoldas Satz bestand der Westler darauf, Richtung Süden zum Döröö Nuur zu fahren, als letzten Versuch, den Verschollenen zu finden. »Sie kapieren nichts«, gab Purevbaatar zurück. »Alles, was der Alte gesagt hat, ist gelogen. Vor sechs Monaten sind wir ihm in den Bergen begegnet. In gewisser Weise ist er an allem schuld, denn er hat uns gesagt, allerdings ohne nähere Angaben, wir seien schon an der Stelle vorbeigefahren, wo Narkhajid 1937 dem Lama erschienen sein soll. Und jetzt behauptet er, von nichts zu wissen. Ein Lügner. Erst sagt er, er könne sich an nichts erinnern, und auf einmal fällt ihm ein Ausländer ein, der allein zu Pferd Richtung Döröö Nuur unterwegs war! Der erzählt einem, was er will. Haben Sie nicht gemerkt, was sich da abgespielt hat?«

Als sie unterwegs Baitoldas Sohn begegnet waren, hatte er, ohne daß es der Westler wahrgenommen hatte, Geld dafür verlangt, daß er sie zu seinem Vater führte, und Purevbaatar hatte ihm geantwortet: »Das werden wir dann noch sehen.« Zwischen Mongolen und Kasachen bestand eine unüberbrückbare Differenz, insbesondere, wenn der Mongole Purevbaatar war. Sie sprachen nicht dieselbe Sprache und verstanden einander nicht. Zwar hatte der Westler die Atmosphäre als etwas merkwürdig empfunden, doch wie groß die Aversion war, hatte er während des Besuchs beim Falkner nicht wahrgenommen. Im Grunde war das Ganze eine Inszenierung für Touristen gewesen. Der Alte war an Neugierige gewöhnt und hatte deshalb, als er aufwachte und feststellte, daß ein Ausländer da war, ganz selbstverständlich angefangen, über sein Handwerk zu sprechen, ohne daß ihn jemand danach gefragt hatte. Deshalb hatte er sie anschließend zu seinem Adler geführt. Bevor er jedoch den ledernen Armschutz umlegte und dem Vogel die Haube überstülpte, hatte er auf ein Zeichen seines Sohnes gewartet, der die Aufgabe hatte, die schmutzige Arbeit zu erledigen und mit den Besuchern den Preis auszuhandeln. Als der Sohn, ohne daß der Westler es begriff, Purevbaatar zum zweiten Mal auf Geld ansprach, hatte dieser sich nicht mehr beherrschen können und mit dem Zeichen für »Leck mich ...« reagiert, für das man in der Mongolei den Daumen zwischen Zeige- und Mittelfinger klemmt. Mehr hatte der Falkner nicht gebraucht, um zu behaupten, er könne sich den Adler nicht auf den Arm setzen.

Als Purevbaatar ihm erzählte, was sich abgespielt hatte, drehte der Westler endgültig durch. Seiner Ansicht nach hatte der Führer wegen einer Laune alles verdorben. »Ich hätte bezahlt. Sie sind derjenige, der hier nichts kapiert. Wir suchen nach einem Menschen. Ich kann jeden Betrag bezahlen, um ihn zu finden. Was Sie von mir für diese Fahrt verlangt haben, hat mich schon einen Haufen Geld gekostet. Es spielt für mich überhaupt keine Rolle, wenn ich einem alten Falkner noch ein paar Münzen gebe. Sie werden dafür bezahlt, mir zu helfen, aber nicht dafür, daß Sie aus Dummheit und purem Stolz alles verderben. Vielleicht hätte ich, wenn ich statt eines mongolischen Führers einen Kasachen engagiert hätte, denjenigen, den ich suche, längst gefunden«, sagte der Westler.

»Wer hier noch immer nichts kapiert, sind Sie. Wir haben ihn vor sechs Monaten, als wir ihm zum ersten Mal begegnet sind, bezahlt. Sie könnten bezahlen, soviel Sie wollen, ihm alles Geld der Welt geben, weit mehr, als Sie mir gegeben haben, aber Sie würden dafür nur einen Haufen Lügen bekommen. Und dann noch diese Geschichte mit dem Döröö Nuur! Wenn er damals, als er verschwand, glaubte, wir seien, ohne es zu wissen, an der Stelle vorbeigekommen, wo der Lama 1937 die Erscheinung gehabt hatte, wenn er also die Strecke, die wir inzwischen hinter uns hatten, noch einmal zurücklegen wollte, nur in umgekehrter Richtung, dann wäre er logischerweise niemals zum Döröö Nuur geritten. Schlicht und einfach deshalb, weil wir niemals dort gewesen sind! Aber Sie haben das Sagen. Wir werden wegen einer Lüge, die weder Hand noch Fuß hat, von unserer Route abweichen«, erwiderte Purevbaatar beleidigt, dann wies er, dem wenigen nach, was der Westler verstand, Bauaa an, zum Döröö Nuur zu fahren.

Bis zum frühen Abend sprachen sie kein Wort mehr miteinander. Der Döröö Nuur war ein eigenartiger See, umgeben von Steppenhügeln und verschneiten Gipfeln in der Ferne und geteilt von einer natürlichen, im Bogen verlaufenden Sandbank. Auf der einen Seite stand brackiges Wasser. Auf der anderen Seite Süßwasser. Möwen flogen in großen Schwärmen von den Ufern auf, als sich der Jeep näherte. Plötzlich setzte heftiger Wind ein. Und die stille Wasserfläche wurde kabbelig. Die Möwen flogen gegen den Wind. Gewitterwolken zogen von den Bergen her auf. Zum ersten Mal seit ihrem Streitgespräch, nachdem sie von Baitolda aufgebrochen waren, wandte sich Purevbaatar an den Westler und sagte, da sie dort übernachten müßten, wäre es besser, wenn sie sich gleich einen windgeschützten Platz suchen und die Zelte noch vor dem Unwetter aufbauen würden. Sie schlugen ihr Lager an einer relativ geschützten Stelle hinter einem Hügel auf. Der Sturm brach um sechs Uhr nachmittags los. Wolkenbruchartiger Regen ging über dem See nieder. Bauaa und Purevbaatar flüchteten sich in den Jeep, der Westler verkroch sich im Zelt. Zwei Stunden lang versuchte er, im Schein seiner Taschenlampe das Tagebuch des Verschollenen zu lesen, fest davon überzeugt, daß er früher oder später vom Wind fortgeblasen werden würde. In einer der Passagen, die er entziffern konnte, war die Rede von dem Mangel an Privatsphäre bei den Nomaden: Die Mongolei ist ein äußerst dünn besiedeltes Land, und doch ist immer jemand in der Nähe. Der Ort mag noch so einsam, noch so entlegen sein, immer steht am Ende eines Tals eine Jurte. Immer kommt dich jemand besuchen und will sich dein Zelt mitten in der Wüste, in der Steppe oder oben in den Bergen ansehen. Immer wenn du irgendwo anhältst und um Auskunft bitten willst, steckt jemand den Kopf in dein Auto, um zu sehen, was sich darin befindet. In der Mongolei wird niemand in Ruhe gelassen. Immer ist einer da, der von dir wissen will, wer du bist, woher du kommst, was du willst, was du zu bieten hast. Im allgemeinen sind die Menschen freundlich und großzügig, aber es gibt auch die Betrunkenen. In der Mongolei existiert so etwas wie Privatsphäre nicht. Heute früh haben uns zwei Mädchen Tee und Milch zum Frühstück gebracht. Man denkt, man befinde sich mitten in der Natur, endlich in der Einsamkeit, doch das stimmt nicht. Die Natur in der Mongolei ist bewohnt, auch wenn sie noch so dünn besiedelt ist. Ganbold sagt, dienstags und samstags tragen die Nomaden nichts aus dem Haus, verteilen keine Geschenke und kein Essen an andere, weil es Pech bringe. Die Milch und der Tee heute morgen waren eine Ausnahme. Gleich darauf erschien ein Junge und entschuldigte sich mit den Worten, die Mutter habe ihm nicht erlaubt, auch die Butter zu bringen, denn es sei kein »guter Tag«.

Gegen neun Uhr abends ließ der Regen allmählich nach. Als der Westler aus seinem Zelt herauskam, nieselte es noch, und der Himmel war schwarz, obwohl die Sonne erst gegen elf unterging. Um die Mißstimmung etwas zu lockern, servierte Purevbaatar seinem Kunden vor dem Abendessen ein Glas Wodka und sagte, während sie tranken und getrocknete Aprikosen aßen, die er in einer Schale auf das Gras gestellt hatte, völlig unvermittelt: »In der Mongolei gibt es keine Homosexuellen.« Der Satz klang völlig sinnlos. Erst recht hier, so aus heiterem Himmel. Purevbaatar wartete auf eine Reaktion des Westlers, dem nichts anderes übrigblieb, als seinen Blick ratlos zu erwidern, dann setzte er nach: »Vielleicht heimlich ein paar in Ulaanbaatar – ab und zu steht in der Zeitung etwas von einem Skandal –, aber hier auf dem Land niemals. Bis vor kurzem hatten wir von so etwas noch nie gehört. Bevor ich mit Westlern Kontakt hatte, konnte ich mir gar nicht vorstellen, daß es das gibt.«

Der Westler verstand noch immer nicht, als sie plötzlich eine Art Vision hatten. Sie sahen eine Gestalt, die zu ihnen den Hügel heraufkam. Ein Reiter. Im Zwielicht nach dem Unwetter sah es aus, als hätte der Reiter vier Beine. Die Beine baumelten. Erst als er näher bei ihnen war, begriffen sie, daß der massige Mann die Gestalt seines hinter ihm sitzenden kleinen Sohnes verdeckte. Zwei der Beine gehörten zu dem hinter dem beleibten Vater versteckten Jungen. Er war eine Art Riese, ähnlich Frankensteins Gehilfe. Ein merkwürdiger Mann. Er war bekleidet mit einem Mantel und einer Mütze, wie sie die Kasachen häufig tragen. Eine furchterregende Gestalt. Er hieß Kuidabergen. Nach den üblichen Fragen und kurzem Zögern nahm er Purevbaatars Einladung an, machte es sich, den Sohn neben sich, auf dem Boden bequem und hatte innerhalb weniger Minuten sämtliche Aprikosen verzehrt.

Ein merkwürdiger Typ, er verschlingt mich mit Blicken und zeigt mit dem Finger auf mich, während er zu Purevbaatar spricht, was bei den mongolischen Nomaden übrigens üblich ist. Er hat ein rundes, plattes Gesicht, sein Schädel ist völlig kahl rasiert, seine Augen sind rund und die Ohren unförmig. Er sieht aus, als wäre er gut vierzig Jahre alt, wenn nicht schon fünfzig, er kann aber auch um einiges jünger sein. Der Sohn ist begeistert, als Purevbaatar die Karte von Bayan-Ölgiy auf dem Erdboden ausbreitet, um ihm zu zeigen, welche Strecke wir zurückgelegt haben. Der Riese lädt uns ein, bei ihm zu übernachten. Er sagt, wir könnten nicht im Regen im Zelt schlafen, und es werde wieder Regen geben. Er will sich mein Zelt von innen ansehen. Doch Purevbaatar hindert ihn gerade noch daran, als er schon gebückt vor dem Eingang steht und am Reißverschluß zieht. Er reagiert verschnupft. Dabei hätte er gar nicht ins Zelt gepaßt. Dann fragt er, ob ich Fotograf bin. Purevbaatar verneint. Der Riese ist enttäuscht. Er fragt, ob wir Geologen sind und nach Gold suchen. Dabei starrt er mich immer noch an. Dann will er unbedingt wissen, woher ich komme. Er sagt, ich sei der erste Ausländer, der seit dem Winter hier vorbeigekommen sei. Als Purevbaatar ihm sagt, daß ich Brasilianer bin, mustert er eindringlich mein Gesicht, als glaubte er ihm nicht. Bevor er sich wieder auf den Weg macht, lädt er uns noch einmal nachdrücklich ein. Vergeblich. Er sagt, wir werden in unseren Zelten erfrieren. Dann erklärt er, wo sein Haus steht, hinter einem anderen Hügel, falls wir es uns überlegen sollten. Jedenfalls sollen wir ihn am nächsten Morgen besuchen. Er bittet uns, einen Kanister Wasser mitzubringen. Dann geht er hinkend davon. Das Pferd hat er seinem Sohn überlassen. Es hat schon etwas Rührendes, mit anzusehen, wie der Riese in seinem Samtmantel und seiner Mütze über die Steppe und die Hügel humpelt, während der Junge vorausreitet.

»Kasachen dürfen Sie niemals trauen. Das sind alles Lügner«, sagte Purevbaatar, während er das Abendessen bereitete. »Ich habe nichts gegen sie, solange sie mich in Ruhe lassen«, sprach er weiter, nur um auf das Thema zurückzukommen, bei dem er durch das Erscheinen des Riesen unterbrochen worden war. »Das gilt genauso für Homosexuelle.«

Der Westler hörte ihm schweigend zu. Ayush fiel ihm ein.

»In der Mongolei gibt es keine Homosexuellen«, sagte Purevbaatar noch einmal. »Und deshalb hatte ich auch nicht vor, meinem Kunden die Geschichte zu übersetzen, die der alte Falkner erzählte. Damit wollte er mich nur demütigen, weil ich Mongole bin und Baitolda Kasache ist, verstehen Sie?«

»Nein«, antwortete der Westler, inzwischen leicht gereizt, doch gleichzeitig sehr interessiert an dem, was nach dem Anfang einer Enthüllung klang.

»Als wir Baitolda im vergangenen Winter trafen, sagte er nicht nur, daß wir an der Stelle, die wir suchten, also an der Stelle, wo der alte Mönch 1937 diese verdammte Escheinung gehabt haben soll, bereits vorbeigekommen sind, sondern auch, daß nicht, wie wir glaubten, eine Nonne ihn bei seiner Flucht aus der Mongolei führte, sondern ein junger Lama, den der Alte angeblich initiiert hatte. Der absurden, unglaubwürdigen, respektlosen und unlogischen Version des kasachischen Falkners zufolge war der alte Lama mit einem Jüngling unterwegs und nicht mit einem Mädchen. Ich will Sie ja nicht beleidigen, aber verstehen Sie wirklich nicht, was der verdammte Kerl damit andeuten wollte? Er hat uns diese unsinnige Geschichte nur erzählt, um uns zu provozieren! Logisch, daß ich das nicht übersetzen konnte, denn genau das wollte der Schweinehund, verstehen Sie? Er wollte mich demütigen, uns etwas unterstellen, meinen Kunden beleidigen. Und außerdem war das gelogen. Sie haben es ja heute erlebt. Er tat, als hätte er mich nie gesehen. Und sagte, daß er niemals weder von einem geheimen Tagebuch noch von einer Geschichte über einen buddhistischen Mönch gehört hätte.«

»Wir haben ihm nicht gezahlt, was er haben wollte. Außerdem ist es normal, daß er aus Angst den Mund hält, wenn er erfährt, daß ein ausländischer Tourist verschwunden ist«, sagte der Westler.

»Ein Halunke, das ist er. Der hat nie im Leben ein geheimes Tagebuch gesehen. Und ich bin mir inzwischen auch nicht mehr sicher, ob es überhaupt je eins gegeben hat. Als wir ihn bezahlt haben, hat er uns getäuscht. Wir haben dafür bezahlt, betrogen zu werden. Und dann hat er auch noch Andeutungen über meinen Kunden und mich gemacht. Ich möchte ja nur, daß Sie meine Gründe verstehen. Ich konnte damals nicht übersetzen, was der alte Falkner erzählte. Er wollte uns nur demütigen. Weil ich Mongole bin. Ich konnte nicht übersetzen, daß wir, ohne es zu merken, am Ort der Erscheinung vorbeigekommen waren, wie der Alte behauptete. Auch nicht, daß der Mönch von einem jungen Mann und nicht von einer Frau geführt wurde. Denn nur das war es, was er wollte: Abgesehen davon, daß er mich in den Augen meines Kunden herabsetzen wollte, bezeichnete er uns auch noch als Homosexuelle.« Und nach einer Pause fügte er in anderem Ton hinzu, als wollte er am liebsten alles wieder zurücknehmen: »Und außerdem kann es auch sein, daß ich nicht alles verstanden habe, was er gesagt hat. Diese verdammten Typen können ja kein Mongolisch.«

Purevbaatar war inzwischen leicht angetrunken und erregte sich immer mehr über seine eigenen Worte: »Wollen Sie genau wissen, was er gesagt hat? Er hat gesagt, in Wirklichkeit sei die Erscheinung des alten Lama die Abbildung der Göttin – Narkhajid, richtig? – gewesen, die der junge Mönch auf seinem Geschlecht hatte. Können Sie sich das vorstellen? Der Falkner sagte, der junge Lama habe sich vor dem Meister, der ihn in der Vergangenheit mißbraucht hätte, nackt ausgezogen, und der Alte habe, als er auf dem Geschlecht des jungen Mannes wie einen Dämon das eintätowierte Bild von Narkhajid gesehen habe, einen Schock bekommen, von dem er sich nie mehr erholt habe. Wie hätte ich das übersetzen sollen? Und außerdem, woher wollte er wissen, was in dem Tagebuch stand, das Ayush ihm gegeben hatte, wenn er gar kein Tibetisch konnte? Ayush hat uns doch selbst gesagt, daß er kaum etwas hat entziffern können, oder? Und dazu kommt, daß er gar nicht wußte, wie der Kasache hieß, der ihn bei dem Unfall gerettet hatte. Vielleicht war es gar nicht Baitolda. Ich beschloß, meinen Kunden zu schützen. Ich habe ihm erst erzählt, was der Falkner gesagt hatte, als wir schon in Ölgiy waren. Und da kam es dann zum Streit zwischen uns. Denn er wollte unbedingt wissen, wo der alte Lama die Erscheinung gehabt hatte, wo er 1937 Narkhajid oder den nackten Mönch gesehen hatte, er ließ sich nicht davon abbringen, er wollte noch einmal mit Baitolda sprechen. Und er wollte unbedingt noch einmal mit Ayush sprechen. Als hätte er, nachdem er die verrückte Suche eigentlich schon aufgegeben hatte, plötzlich beschlossen, von vorn anzufangen, als ergäbe alles wieder einen Sinn. Ich konnte mir noch so große Mühe geben, ihn davon zu überzeugen, daß der Falkner uns nur belogen hatte und demütigen wollte, daß es gar keine Stelle gab und vermutlich auch überhaupt keinen Mönch und keine Erscheinung gegeben hatte, er bestand darauf zurückzufahren. Er wollte noch einmal mit dem Falkner sprechen, wollte sich die Geschichte von Ayush bestätigen lassen, dabei war er derjenige, der mit seinen Fragen eine Geschichte konstruierte. Die Geschichte gab es nur in seinem Kopf. Merkte er das gar nicht? Er brachte doch alle erst dazu, ihm zu erzählen, was er hören wollte. Das Ganze war eine Wahnvorstellung. Ich sagte, ich würde nicht zurückfahren. Wenn er zurückwollte, sollte er allein fahren. Das tat er dann.«

Der Westler reagierte sofort: »Dann stimmt gar nicht, was Sie mir in Ulaanbaatar erzählt haben. Der Grund dafür, daß Sie nicht weitergefahren sind, war nicht, daß man Ihre Papiere einbehalten hat, als Sie in Ölgiy die Genehmigung beantragten, weiter bis Tavanbogd zu fahren. Sie haben mir vorgelogen, man habe Ihnen verboten, die Stadt zu verlassen. Es war nicht die Polizei. Sie selbst haben ihm den Paß weggenommen, um ihn daran zu hindern, allein zu Ayush zurückzukehren.«

Purevbaatar sah den Westler an, dann zuckte er die Achseln.

Die Lüge des einen ist das Gegengift für die Lüge des anderen, schrieb der Westler. Und an diesem Abend, als er nicht einschlafen konnte, weil der Wind am Zelt rüttelte, las er noch ein paar Seiten im Tagebuch des Verschollenen: Heute ist Naadam, das Nationalfest. Zwei Tage lang, am 11. und 12. Juli, strömen Nomaden aus der ganzen Mongolei in die Städte und Dörfer, sie kommen zu Pferd, in ihren besten Kleidern, um sich Wettkämpfe im Ringen und Bogenschießen sowie Pferderennen anzusehen oder selbst daran teilzunehmen. Es ist eine mittelalterliche Tradition. Ringen ist der mongolische Volkssport, und die großen Meister, die stärksten Ringer, versammeln sich im Stadion von Ulaanbaatar. Das Bogenschießen ist die einzige Disziplin, bei der auch Frauen zugelassen sind. Ganbold zeigt mir das Foto einer großen Schützin, es ist eine stämmige Frau, die, weil niemand sie förderte, illegal nach San Francisco ausgewandert ist und heute recht und schlecht als Kellnerin in einem chinesischen Restaurant überlebt. In ferner Vergangenheit, geht die Sage, hat eine als Mann verkleidete Frau den Wettkampf gewonnen. Das war eine so große Demütigung, daß die Männer seitdem mit nacktem Oberkörper kämpfen müssen, um die heimliche Teilnahme von Frauen zu verhindern. Das Pferderennen wiederum ist Kindern vorbehalten, weil sie die leichtesten Jockeys sind. Wir treffen am ersten Naadam-Tag in Karakorum ein. Unterwegs sehen wir ganze Nomadenfamilien, die frühmorgens aus ihren Jurten kommen und in Gruppen über die Steppe reiten. Wir nehmen ein junges Mädchen mit, das in die Stadt zum Fest will. Sie hat sich feingemacht und geschminkt. Sie sagt, wenn jemand mitgenommen wird, muß er sich bei seinen Wohltätern mit einem Lied bedanken, doch als sie sich in Karakorum verabschiedet, vergißt sie es. Hier gibt es für die Ringkämpfe kein Stadion wie in UB. Der Wettkampf findet im Freien auf einer Art Rasenarena statt, einer von vier großen blau-weißen Zelten begrenzten Fläche, die an Darstellungen der mittelalterlichen Reiterspiele erinnern, und ringsherum stehen die Zuschauer. Die Ringer versammeln sich in einer Ecke, schwatzen freundschaftlich miteinander, veranstalten ein Riesenspektakel, bereiten sich vor, ziehen ihre Ringermäntel an und wieder aus, aber von richtigem Kampf nicht die Spur. Das alles ist nur das Vorspiel. Der eigentliche Wettkampf beginnt erst am Nachmittag, wobei drei gegnerische Paare gleichzeitig kämpfen. Rings um den Kreis aus Publikum und Jury bilden berittene Nomaden einen Gürtel, sie reiten hin und her und schwatzen miteinander. Es ist die reinste Modenschau. Manche Amazonen, die mit ihren Männern und Söhnen zusammen gekommen sind, tragen speziell für diesen Anlaß genähte *dels*, eine Sonnenbrille und das Haar zu Zöpfen geflochten. Sie schminken sich das Gesicht weiß, um den dunklen Teint derer, die in der Sonne arbeiten müssen, zu kaschieren. Außerhalb des Reitergürtels sind auf dem Gras zwei Billardtische aufgestellt, und die Männer schließen ihre Wetten ab. Ein Stück weiter befindet sich die Zielgerade des Pferderennens. Gestartet wird dreißig Kilometer von der Stadt entfernt. Die Reiter werden am späten Nachmittag erwartet. Hauptsächlich spielt sich Naadam aber am Rand der Wettkämpfe unter den zumeist festlich gekleideten und berittenen Zuschauern ab. Sie bewegen sich rund um die Arena wie die Einwohner einer Provinzstadt, die am Sonntag auf dem Kirchplatz ihre Runden drehen. Da sie im Sattel sitzen, ist das Ganze etwas gewalttätiger als bei flanierenden Fußgängern, und gelegentlich spitzt sich das Durcheinander zu, wenn ein Pferd ein anderes beißt oder nach ihm ausschlägt oder wenn die inzwischen betrunkenen Reiter selbst aneinandergeraten. Die Wahrscheinlichkeit, daß plötzlich ein Streit ausbricht, ist unter diesen berittenen Zuschauern am größten, vor allem wenn einer seine Peitsche gegen einen anderen erhebt. Dann rasen Pferde ringsum in alle Richtungen davon und ebenso die Zuschauer. Es gibt bei den Mongolen eine latente Gewalt, die jederzeit zum Ausbruch kommen kann. Eine irrsinnige Gewalt, in der die Ignoranz und die Brutalität zum Vorschein kommen, die durch das Phänomen des Nomadentums in der schönsten Landschaft der Erde ansonsten überdeckt sind. Gewalt existiert hier wie überall auf der Welt. Doch angesichts der friedlichen, unbesiedelten Landschaft ist man von solchen Gewaltausbrüchen überrascht. Auch scheinen Ausländer den jungen

Mongolen unangenehm zu sein. Seit der Öffnung des Landes nach dem Zusammenbruch des Kommunismus können sie ihre eigene Armut mit dem Reichtum der Touristen vergleichen. Der direkte, eindringliche Blick bedeutet nicht immer Neugier, wie es all jene gern hätten, die noch immer an den Mythos vom guten Wilden glauben. Die Konfrontation mit dem Fremden offenbart auch – durch Spott oder durch das begierige Interesse des Fotografen an Aufnahmen von einander umschlingenden halbnackten Männern in Stiefeln und bestickten knappen Slips – das latente, unbewußte homosexuelle Element, das sich im Ringkampf und der gesamten vorausgehenden Zeremonie findet, angefangen bei dem »Garuda-Tanz«, den der Ringkämpfer zu Ehren der geflügelten Figur aus der orientalischen Mythologie vollführt, indem er wie ein Raubvogel mit ausgebreiteten Armen um einen Pfahl herumtanzt. Dadurch, daß der Fremde dem Alltäglichen und Gewohnten ein übergroßes Gewicht beimißt, läßt sich gar nicht vermeiden, daß sein Blick bei dem beobachteten Mongolen Unbehagen und Mißtrauen auslöst, und sei es noch so gering. Oder merken sie etwa gar nichts, wenn eine Horde Ausländer mit ihren Fotoapparaten wie die Insekten um die halbnackten Ringer herumschwirren, die sich mit deutlich exhibitionistischer Absicht umziehen? Wenn ich Ganbold gegenüber äußere, daß ich etwas lustig finde, versteht er im allgemeinen nicht, wovon ich spreche, und findet es überhaupt nicht lustig. Wenn ich etwas merkwürdig finde, versteht er auch nicht, was daran merkwürdig sein soll. Es gibt bei den Mongolen ein Maß an Nichtbewußtsein, das irritierend ist, weil es sich dem Ausländer so deutlich offenbart. Das gilt vor allem für sexuelle Handlungen. Im Buddhismus sind sexuelle Darstellungen eindeutig, doch da, wo eine Gottheit mit der anderen kopuliert, sieht Ganbold eine mütterliche Figur mit einem Kind auf dem Schoß. Verstanden habe ich es noch nicht richtig, doch mir scheint, daß diese Sublimierung damit zu tun hat, daß die Natur im alltäglichen Leben der Nomaden so präsent ist. Auf dem Land gibt es weder Homosexualität noch andere abweichende Formen der Begierde, einfach deshalb, weil sie im Kontakt mit der Natur überspielt und kaschiert werden.

Und ein Stück weiter: Wir überqueren das Khangaigebirge mitten in der Mongolei, weil wir nach Süden wollen. Die Nordseite der Berge, auf die der kalte Wind aus Sibirien trifft, ist bewaldet. Die der warmen Luft aus der Wüste Gobi ausgelieferten Südhänge hingegen sind nackt, nur mit Steppe bedeckt. Wir halten an einem solchen Hang an, um zu Mittag zu essen. In der Ferne sehen wir einen Bauern und ein Kind, die eine Herde hüten. Wir breiten das Tischtuch auf dem Erdboden aus. Ganbold bereitet das Essen zu. Als wir mit der Mahlzeit beginnen, nähern sich der Bauer und seine Tochter mit der Herde, wagen aber nicht, sehr nah heranzukommen. Die Herde zieht in der Ferne vorbei. Die beiden setzen sich ungefähr dreihundert Meter hügelabwärts an den Pistenrand und warten auf ein Zeichen. Ganbold winkt sie heran. Als sie sich uns nähern, zieht der Bauer den Hut. Das Mädchen trägt Schleifen im schmutzigen Haar. Wir bieten ihnen von allem an, was wir gegessen haben, Suppe, Fleischbällchen, Apfelsaft, und geben ihnen auch eine leere Plastikflasche. Ich schenke dem Mädchen eine noch ungeöffnete Packung Kekse, und sie nimmt sie mit ausgestreckten Händen entgegen – bei den Mongolen ein Zeichen größter Höflichkeit und ein Ausdruck von Dankbarkeit und Respekt –, dann blickt sie ihren Vater an, steckt die Packung in die Tasche und zieht den Reißverschluß zu. Der Vater lächelt. Sein Blick ist freundlich. Er ist mager. Sein Gesicht ist rund und voller Falten. Er trägt einen schmutzigen grünen *del*. Es sind sehr einfache, scheue Menschen. Das Mädchen hat die ganze Zeit eine Hand auf dem Oberschenkel des Vaters, während dieser mit Ganbold und unserem Fahrer Batnasan (wenig) spricht. Genaugenommen antwortet er nur auf ein paar Fragen. Das Mädchen sagt kein Wort. Sie dürfte höchstens neun Jahre alt sein. In ihrer stillen Art sind sie bezaubernd. Wir beenden unsere Mahlzeit und bereiten uns auf die Weiterfahrt vor. Die beiden bleiben sitzen, während wir Teller, Besteck und Gläser einpacken. Auf einmal stehen sie auf und gehen wortlos weg, ohne sich zu verabschieden oder zu bedanken. Ehe ich mich's versehe, sind sie schon rund fünfhundert Meter weit weg und gehen Hand in Hand den Berg hinunter. Der Vater hat die leere Plastikflasche in eine Umhängetasche gesteckt, und das Mädchen hat die rechte Hand in der Tasche, in die sie die Kekse gesteckt hat. Ab und zu drehen sie sich zu uns um. Der Mann in Hut und *del* und das Mädchen mit Schleifen im Haar. Ich drehe mich zu Ganbold um, der hinter dem Auto Wasser in ein Gefäß füllt, und sage: »Sie sind weg.« Und er antwortet mir gerührt: »Diese Menschen sind unglaublich. Haben Sie gesehen? Sie bedanken sich nicht, aber das war auch nicht nötig.« Ich blicke wieder den beiden nach, wie sie den Hügel hinuntergehen, und sie drehen sich zu mir um. Ich steige ins Auto, um mir die Augen zu trocknen. Es muß die Erschöpfung sein. Ich werde für immer das Bild von den beiden Gestalten in Erinnerung behalten, die hinunter in das Ölt-Tal gehen, wo früher die Regierung eine Goldmine betrieb und heute die Nomaden sich mit ihren Jurten um ein riesiges Loch in der Erde scharen, das die gesamte Talsohle einnimmt, wie eine gigantische offene Wunde in der Steppe. Jeden Tag schöpfen die Nomaden mit ihren Plastikschüsseln schlammiges Wasser aus dem Loch, in der Hoffnung, eine Krume Gold zu finden, vielleicht einen kleinen Rest, obwohl nichts mehr da ist. Der Bauer hat gesagt, während seine kleine Tochter sich auf seinem Knie abstützte, daß ganz selten jemand noch ein winziges Goldkorn findet, und nur deshalb seien sie noch nicht weitergezogen. Wir fahren den Berg hinunter, und als wir an ihnen vorbeikommen, winken sie uns lächelnd zu.

Der Westler mußte an den hinkenden Riesen und seinen Sohn auf dem Pferd denken. Er blätterte weiter bis zu der

Seite, wo die Aufzeichnungen des Verschollenen ohne jede Erklärung mit einer Beschreibung der Stadt Ölgiy abbrachen. Er schlug das Tagebuch zu, schaltete die Taschenlampe aus und schlief ein.

Nachdem der Westler beim Frühstück verkündet hatte, die Suche sei für ihn zu Ende, er sei inzwischen überzeugt, daß ihnen nichts anderes mehr übrigblieb, als nach Ölgiy zu fahren und den Behörden in Ulaanbaatar das Verschwinden zu melden, bestand er aber darauf, bevor sie abreisten, den Kanister im See mit Wasser zu füllen, wie sie es am Tag zuvor dem Riesen versprochen hatten. Er fragte Purevbaatar nicht nach seiner Meinung. Und in dieser Situation stand es dem Führer auch nicht an, darüber zu diskutieren. Er würde, wenn auch widerstrebend, tun, was der Westler verlangte, sie würden Wasser aus dem See holen und dem Riesen den vollen Kanister ins Haus bringen.

Es war nicht einfach zu finden. Kuidabergen wohnte mit seiner Familie in einer Elendsbehausung aus Naturstein und Ziegeln irgendwo versteckt zwischen den Hügeln. Das war sein Winterquartier. Es sah aus wie ein Schweinestall.

Als er uns mit dem Wasser kommen sieht, spielt Kuidabergen den harten Kerl, ist aber gerührt. Er hat nicht geglaubt, daß wir kommen würden. Er lebt mit seiner Frau und einem Haufen Kinder. Ich trage den Kanister allein und balanciere ihn auf einem Brettersteg über dem Matsch ins Haus. Statt mir selbst zu helfen, schickt der Riese eines seiner kleinen Kinder. Merkwürdig. Innen drin ist der Erdfußboden auch mit Brettern ausgelegt. An der Wand hängen ein Wolfsfell und Käuzchenfedern, Ehren- und Statussymbole der Kasachen. Ich bitte Purevbaatar, ihm zu sagen, daß wir gleich weiterfahren werden, wir müssen noch heute Ölgiy erreichen. Der Riese ist betrübt, er will uns nicht gehen lassen und besteht darauf, uns Tee anzubieten. Wir können nicht ablehnen. Das wäre eine Beleidigung. Die Frau serviert uns Tee mit Milch und Joghurt und fordert uns auf, uns auf den Boden zu setzen. Alles ist schmutzig, der Boden, die Milch und der Joghurt. In den nächsten Tagen werden sie ins Sommerquartier in den Bergen umziehen. Als der Riese sich setzt, läßt er uns zum ersten Mal sehen, daß ihm der rechte Arm fehlt. Es ist gleichsam ein Geständnis und ein Zeichen von Vertrauen. Er sagt: »Ich habe den Arm bei einem Unfall verloren. Jetzt lebe ich so, mit den Kindern.« Da erst verstehe ich, daß er uns deshalb gebeten hat, Wasser aus dem See mitzubringen, weil er seine Kinder schonen wollte, und ich verstehe, warum er mir nicht geholfen hat, den Kanister vom Jeep ins Haus zu tragen. Alle sind rings um uns versammelt: der Junge, den wir gestern zu Pferd gesehen haben, ein zehnjähriges Mädchen, das der Mutter beim Kochen hilft, ein Mädchen im Säuglingsalter und noch weitere fünf Kinder. Der Riese fragt: »Helfen in Brasilien die Reichen den Armen?«, dann sieht er mich eine Weile an, bevor er hinzusetzt: »Ihre Reise wird gut verlaufen, weil Sie den Armen geholfen haben.« Plötzlich hören wir draußen Schritte, und ich merke, daß Kuidabergens Miene leicht aufgeregt wird. Ein Mann in Lumpen geht mit einem Korb auf dem Rücken am Fenster vorbei. Er war draußen unterwegs. Die Frau bietet mir noch Tee an. Ich bitte Purevbaatar, ihnen zu sagen, daß wir aufbrechen müssen. Kuidabergen sagt etwas zu dem ältesten Jungen, worauf dieser aus der Tür rennt. Binnen weniger Sekunden hören wir wieder Schritte im Matsch, und der Mann geht erneut am Fenster vorbei, ohne uns drinnen im Haus zu beachten. Alle Blicke sind nach draußen ge-

richtet, und als ich mich umdrehe, sehe auch ich seine Gestalt auf der Schwelle. Es ist ein seltsames Gefühl. Damit hatte ich nicht gerechnet. So hatte ich mir das nicht vorgestellt. So hatte ich ihn mir nicht vorgestellt. Ich habe mich seit Tagen nicht mehr im Spiegel gesehen, und auf einmal ist es so, als sähe ich mich selbst, verdreckt, abgemagert, bärtig, mit langem Haar und in Lumpen. Ich stehe da in der Tür, außerhalb von mir. Es ist mein Gesicht über einem anderen Körper, das bei unserem Anblick erschrickt. Der Jeep draußen konnte weiß der Himmel wem gehören. Wir haben über unser Äußeres hinaus noch etwas gemeinsam, denn genau wie er brauche ich eine Weile, bis ich begreife, was ich sehe. Doch im Gegensatz zu mir erkennt er mich nicht. Er erkennt lediglich Purevbaatar. Er weiß weder, wer ich bin, noch, daß ich ihn gesucht habe. Es dauert, bis ich verstehe, warum der Riese so darauf gedrängt hat, daß wir zu ihm kommen. Und eigentlich auch, warum er uns gebeten hat, ihm Wasser zu bringen, nachdem wir seine Einladung zum Übernachten abgelehnt haben. Als ich mich nach innen ins Haus umdrehe, sind aller Blicke auf mich gerichtet, in Erwartung einer Reaktion oder einer Antwort, die ich noch nicht geben kann. Nur Purevbaatar sitzt mit offenem Mund da und kann den Blick nicht von dem jungen Mann wenden, der wie ein Bettler noch immer in der Tür steht und sich nicht hereintraut. Buruu nomton.

Kuidabergen hatte ihn bewußtlos im Schnee gefunden und mit nach Hause genommen. Er war verletzt. Er war gestürzt und hatte sein Pferd verloren. Sie hatten ihn gesund gepflegt. Seit er das Bewußtsein wiedererlangt hatte, hatte er kein Wort gesprochen. Sowie er wieder zu Kräften gekommen war, hatte er von sich aus angefangen, bei der täglichen Arbeit zu helfen, als gehörte er zur Familie. Ganz automatisch. Er bat nicht, gehen zu dürfen. Er bat um gar nichts. Er sprach ganz einfach nicht. Kuidabergen vermutete, er sei Brasilianer, wegen des Ansteckers, den er im Schnee in der Jackentasche gefunden hatte, genau so ein Anstecker mit der brasilianischen Fahne, wie der Westler ihn Tage zuvor in Shagdarsourens Jurte gesehen hatte, und darunter der Name des Landes. Ein kasachischer Händler auf der Durchreise, der ein paar Wörter in der einen oder anderen westlichen Sprache kannte, hatte Kuidabergen den Namen übersetzt. So oder so wußten sie nicht, wo Brasilien lag. Der Riese wartete ungeduldig auf den Beginn des Sommers, denn dann tauchten hin und wieder westliche Touristen in der Gegend um den Döröö Nuur auf. Er hoffte, es kämen Ausländer, die den jungen Mann nach Hause bringen könnten. Und nur deshalb war er noch nicht mit der Familie in das Sommerquartier in den Bergen umgezogen. Für ihn war der Westler wie von Gott geschickt gekommen.

Bevor wir draußen in den Jeep steigen, nimmt der Riese die Hand des jungen Mannes und beschnuppert ihn im Gesicht, wie ein Vater, der sich von seinem Sohn verabschiedet. Das ist in der Gegend Sitte, sowohl bei Kasachen als auch bei Mongolen. Dann winkt er mich zu meiner Überraschung zu sich heran, fordert mich auf, ihm das Gesicht hinzuhalten, und beschnuppert auch meine Wangen.

Keiner spricht auf der holprigen Fahrt im Jeep nach Ölgiy, während Folkloremusik – Militärmärsche und politische Hymnen – von der Kassette ertönt, die Bauaa seit unserer Abfahrt aus Altai ständig spielt. Inzwischen reicht es mir mit diesen Liedern, ich kann sie längst auswendig. Purevbaatar